尖锋
JIAN FENG

时代出版传媒股份有限公司
安徽文艺出版社

作者介绍：

顾天玺，本名顾婷婷，中国作家协会会员、江苏省作家协会会员，鲁迅文学院第十三期网络文学作家（现实题材班）学员，七猫中文网签约作家，中国网络作家村成员，泰州市首届文艺新星，泰州医药高新区特聘作家。

著有现实题材作品《尖锋》《指尖有光》《时光养老院》《人间喜事》《婚姻登记处》，悬疑刑侦三部曲《追凶三十三天》《沉默之刃》《云端对决》等。在七猫中文网累计人气值超过 200 万，各部作品网站评分均为 9.2 以上的高分，成为平台悬疑推理类新秀作家。《尖锋》获得七猫中文网"第一届现实题材征文大赛"分类二等奖、中国作家协会和苏州市委宣传部举办的"最江南"主题网络文学作品征文大赛优秀奖、入选江苏网络文学十年五十部最具影视改编价值榜单、入藏上海浦东图书馆。《人间喜事》入选 2024 中国作家协会网络文学重点作品扶持项目——乡村振兴主题、获得七猫中文网"第四届现实题材征文大赛"分类二等奖，目前正在 IP 影视推进中。

尖锋

JIAN FENG

顾天玺 ◎ 著

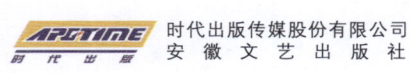

时代出版传媒股份有限公司
安徽文艺出版社

图书在版编目（ＣＩＰ）数据

尖锋/顾天玺著.--合肥：安徽文艺出版社，2024.11
ISBN 978-7-5396-7883-2

Ⅰ.①尖… Ⅱ.①顾… Ⅲ.①长篇小说－中国－当代
Ⅳ.①I247.5

中国国家版本馆CIP数据核字(2023)第216940号

出 版 人：姚　巍
责任编辑：张妍妍　宋晓津　　　　　　装帧设计：徐　睿

出版发行：安徽文艺出版社　　www.awpub.com
地　　　址：合肥市翡翠路1118号　邮政编码：230071
营 销 部：(0551)63533889
印　　制：安徽联众印刷有限公司　(0551)65661327

开本：880×1230　1/32　印张：10.25　字数：250千字
版次：2024年11月第1版
印次：2024年11月第1次印刷
定价：55.00元

(如发现印装质量问题，影响阅读，请与出版社联系调换)
版权所有，侵权必究

目　　录

第1章　辅警张小波／001

第2章　三年前邂逅／006

第3章　将来想当什么／011

第4章　封锁高速路／015

第5章　解救跳河女／020

第6章　电瓶车盗窃／027

第7章　小区盗车案／035

第8章　小利失踪了／041

第9章　厂妹失踪案／047

第10章　马小利散心／055

第11章　厂妹获救了／059

第12章　"神眼"小波／065

第13章　考察期一年／071

第14章　小利回来了／075

第15章　张小波转岗／080

第16章　表彰大会／087

第17章　五名新生儿／091

第18章　高速卫士／097

第 19 章　高速连环车祸 / 102

第 20 章　警民一家亲 / 110

第 21 章　开始做副业 / 116

第 22 章　小波的表哥 / 124

第 23 章　采访高速卫士 / 130

第 24 章　无事献殷勤 / 136

第 25 章　小女孩爬上高速 / 144

第 26 章　少女跳楼 / 149

第 27 章　高速春运潮 / 156

第 28 章　大年三十 / 160

第 29 章　食物中毒 / 167

第 30 章　惊现亡命之徒 / 173

第 31 章　小李牺牲了 / 178

第 32 章　失独父母 / 183

第 33 章　反目成仇 / 191

第 34 章　钱情表白 / 196

第 35 章　创伤后应激障碍 / 202

第 36 章　我们分手吧 / 210

第 37 章　马小利辞职 / 215

第 38 章　算什么男人 / 219

第 39 章　珍惜眼前人 / 223

第 40 章　战胜 PTSD / 228

第 41 章　两人的爱巢 / 233

第 42 章　张小波求婚 / 238

第 43 章　国庆高峰期 / 242

第 44 章　充话费送的 / 249

第 45 章　送老人就医 / 255

第 46 章　钱倩被分手 / 260

第 47 章　电波婚礼 / 264

第 48 章　张小波接亲 / 270

第 49 章　卢墨助攻 / 277

第 50 章　辅警秒变"修车工" / 281

第 51 章　司机被抢劫 / 290

第 52 章　卢墨回来了 / 295

第 53 章　卢远明表白 / 301

第 54 章　马小利怀孕 / 305

第 55 章　严防高速口 / 308

第 56 章　迎接新生儿 / 311

第 57 章　汽车超速了 / 313

第 58 章　交警张小波 / 318

第 1 章　辅警张小波

"我志愿加入凤城市公安辅警队伍，坚决做到忠诚敬业、依法履职、服从指挥、廉洁奉公、保守秘密，为维护社会治安、打击违法犯罪、服务人民群众而努力奋斗！"

张小波站在凤城第四分局辅警管理办公室，想起当年初入辅警队伍的宣誓。此刻，他正在等待今晚的执勤任务通知。办公室的墙上贴着当年加入辅警队伍的一张全员合影，他的目光从照片里一张张年轻的面庞拂过。当年那些与他一同加入辅警队伍的兄弟，时至今日，还留在辅警队伍当中的已经所剩无几，而他就是那寥寥无几当中的一员。

辅警工资普遍较低，属于编外人员，流动比较频繁。在新兴职业没有兴起之前，曾经也出现过一个岗位抢破头的盛况。

如今随着互联网的繁荣发展，许多利用网络便可以实现财务创收的新兴职业应运而生，比如外卖骑手、微商、自媒体、职业游戏玩家、游戏主播、带货主播等。许多年轻人便不再青睐辅警这一职业，而是希望借着互联网的风向，在网络世界中分一杯羹。

张小波不禁轻叹了一声，铁打的营盘流水的兵，如今从总局到分局甚至派出所人手都不够，新人辅警也不如过去那么好招聘了。

他刚从实验小学门口的交通指挥岗亭下班，这一年他专门负责学校附近的交通秩序维护，已经和不少家长、老师、小学生混了个脸熟。每天呵护着一群祖国的花朵上下学，张小波倒是干得津津有味。

下班后，他突然接到了师父卢远明的电话，说是由于警力不够，晚上他可能要被派到某处加班，让他先来分局集合。

十二月的凤城，已经冷得刺骨。虽说零下几摄氏度的气温对于北方人而言简直不值一提，但是对于南方人而言已经是身体能承受的极限了。往年最冷也就零下五六摄氏度，今天气温竟然创下新低，达到了零下八摄氏度。上午，气象台发布暴雪蓝色预警信号，预计未来12小时内凤城大部分地区将出现强降雪。下午，气象台又发布一则紧急消息，凤城大部分地区道路结冰橙色预警信号。

凤城第四分局接到消息，局长命令全体民警带领各自手下的辅警队伍全员出动，时刻待命。

道路结冰对交通的影响不容忽视，夜间交警大队将安排人员坚守各大高速路口，为出行司乘人员提供及时帮助和服务。

散会后，交警卢远明走进了辅警办公室，看见张小波正看着墙上的一张合照出神。

他轻咳了一声，张小波才回过神来，清俊疏朗的脸上露出了亲和的笑容。

"师父，这么急着叫我过来，局里是不是出什么事了？"

卢远明拍了拍张小波的肩膀："小波，今晚可能要通宵加班，你和我到城南高速路口检查站执勤，赶紧给家里头打个电话报备一下吧！"

卢远明四十岁出头，五官刚毅，标准的国字脸。他负责带队的几名辅警当中，但凡交代下去的工作任务，张小波一直都是干得最出色的一个。在卢远明的举荐下，张小波在分局入了党，成为凤城第四分局辅警队伍中唯一一名党员辅警。

两人因为合作默契，在分局是出了名的一对搭档，私底下也是以师徒相称。张小波加入第四分局，一开始就是交警卢远明带着他，在市区最重要的路口维持交通秩序。卢远明作为前辈，教会了他许多。

卢远明看着墙上那张合影，感叹道："铁打的营盘流水的兵，他们一个个都离开了，就你还一直坚守着。"

今晚高速路口执勤，辅警可以参与拦截嫌疑车辆、查验相关证件等工作，但依法做出处罚时，必须由交警执法。"这么冷的天气，不怪师父喊上你吧？"

张小波笑道："回家也没事干，师父，您怎么突然变得这么矫情了？"

卢远明笑笑："我是担心你女朋友不高兴，刚才刷了一遍朋友圈，大家都在期待下雪呢！说什么一下雪，有情人就可以在漫天大雪中白头偕老了！女朋友找你没？"

张小波淡淡笑道："师父，她不是那种矫情的女人，我就喜欢她这一点。"

卢远明摇了摇头："哪有女人不喜欢浪漫？人家只是体谅你工作的特殊性。等忙完了这阵子，好好陪一陪女朋友。"

话音刚落，张小波脸色闪过一丝复杂的神色，有些事情只有当事人最清楚，于是转移了话题："师父，老百姓们都在盼下雪，咱们最怕这样的鬼天气，特别是地面上结冰，最容易造成交通事故。"

卢远明点点头："快给家里打个电话吧，不然你妈又要担心了！"

张小波拿起手机犹豫了几秒,最终面色艰难地拨通了母亲的电话。

李芬芳接到儿子电话时,正在厨房准备晚上的饭菜:"儿子,咱们晚上在家吃火锅。外面马上就要下雪了,你赶紧麻溜回来。"

张小波呼之欲出的话,愣是卡在了嗓子眼里。半晌之后,他说道:"妈,我今晚要到城南的高速路口执勤,您别等我吃饭了,晚上也别留灯了。局里安排了盒饭,三荤两素还有一汤。"

李芬芳一听,顿时脸色沉了下来,看着一锅老母鸡汤和一桌子的涮菜,气不打一处来。

没等她开口,儿子继续喋喋不休道:"妈,晚上天气冷,让爸早点休息。他一把年纪了,还不分昼夜地写小说,伤了身体太不值当。"

李芬芳气道:"你们王八别笑乌龟,父子两个都是倔驴。辅警工作累死累活赚不到钱,你爸写小说没写出一个枣儿来。这些年这个家不是妈辛苦支撑着,你们都去喝西北风吧……"

电话里头,李芬芳越说越委屈。她含辛茹苦,起早贪黑,一张一张煎饼烙出来的大学生,至今还在公安战线底层辛苦挣扎。

虽说儿子在工作中表现出色,抓捕过不法分子,被市民评选为"网红辅警",又是辅警队伍中罕见的党员辅警,但对于李芬芳而言,一个大男人赚不到钱,光有这些空名一点用都没有。每次她劝儿子改行,这小子总是给她画大饼。相处了快三年的女朋友,也到了该谈婚论嫁的年龄,至今都没有商议结婚的动静。说白了,女方父母还是瞧不上她儿子这份辅警工作。

想到这些烦心事,李芬芳气哭了:"张小波,你就住在第四分局算了,以后也别回来了!"

张小波还没来得及解释，母亲已经气急败坏挂断了电话。

卢远明问道："又被阿姨训啦？是不是又让你改行？"

张小波轻叹了一声："我妈这人是刀子嘴豆腐心，过两天就好了！"

师徒二人整理好各自的警服出了门。路上张小波犹豫了半天给女友发了一条微信，主动报备自己晚上通宵加班的事情，提醒她下了班早点回家，晚上要下大雪。

马小利收到微信时，气得趴在桌上哭了起来。两人交往三年，张小波一直忙于工作，陪伴她的次数少之又少。她刚准备约他晚上一起看雪，缓和一下两人前几天争吵的不悦，没想到他又加班了。

想起前几天父母与张小波初次见面，两人都对张小波的工作和家庭不满意。如果他们执意要在一起，父母希望张小波可以听从他们的安排，介绍他去一家国企上班。

张小波却一口拒绝了，说他热爱现在的工作，坚决不会离开辅警队伍。一瞬间，四个人陷入了僵局，两人之间也冷战了好几天。

此刻，马小利一个人待在办公室，其他同事都已经下班回家了。她抬起头看向了窗外，才发现外面的屋顶上已经覆盖了一层洁白的雪花，思绪一下子回到了三年前……

第 2 章　三年前邂逅

　　三年前，一样的下雪天，两个人在茫茫车海中再度相逢。

　　那天马小利火急火燎赶往人民医院，母亲得了急性肠梗阻，正在医院紧急手术。她在车海中求突破，没想到发生了追尾，被对方女车主狠狠怒骂了一顿。

　　几近崩溃时，张小波突然出现了。他身穿辅警制服，五官清俊疏朗，身材如同伟岸的松柏。张小波连忙进行了调解，最终两名女司机互相留了联系方式，商量第二天私了。

　　处理完这起交通事故，张小波扶正头上的警帽，清俊疏朗的脸上一脸阳光："女士，下次开车不要随意变道，一定要遵守交通规则，尤其是出行高峰期……"

　　张小波话没说完，顿时察觉出来面前的女人竟然是自己的高中同桌马小利。

　　"你是马小利吧？"

　　马小利红着脸，笑道："我刚才就认出你来了！"

　　张小波哈哈笑道："真是女大十八变，差点没认出来，你比上高中的时候更漂亮了……"

　　窗外下着大雪，马小利坐在办公室，回忆三年前和张小波在路上偶遇的场景。这时，她的同事兼好闺密钱倩突然返回办公室，一阵高跟鞋的声音将她的思绪拉回到现实。钱倩和马小利是一个系的同事，两人因为年龄相仿十分投缘。

"你怎么又回来了？"马小利连忙擦干眼泪问道。

钱倩愣了一下，举起手中的一只U盘："晚上加班要用的U盘忘记拔了。你怎么一个人在这里哭鼻子啊？是不是你们家小波没时间陪你一起出去看雪？"

马小利吸了吸鼻子，苦笑一声："我可能不配吧！他更喜欢他的工作，刚才发微信给我，说是今天晚上通宵值班。"

钱倩挽着马小利的胳膊，安慰道："他当辅警不少年了，工作又出色，现在成了市里的网红辅警。有人民的认可，有单位的认可，他将来一定能破格成为一名正式的交警！你们两个门不当户不对，你们一家都是体制内人员，张小波能不为了你们的未来努力嘛！咱们大度一点，别像那些小姑娘，就知道亲亲抱抱举高高。"

马小利苦笑了一声："我怀疑你是他重金请来的托儿！"

钱倩哈哈笑道："走，咱俩去吃海底捞，没什么是一顿火锅解决不了的。如果不行，那就两顿！"

第二天马小利刚走进办公室，一屋子的人蜂拥而至，她的辅警男朋友又火了。

媒体都在争相报道，昨晚那么冷的天气，竟然有不法分子非法烟草专卖品。当时眼看着那辆车就要开出卡口，张小波发现车主的眼神十分鬼祟，当场将车辆拦截了下来。

经过警方仔细搜查，在车上发现了大量非法烟草专卖品，不法分子立刻被控制起来交给了刑警大队。

"小利，网上都说了，你们家张小波天赋异禀，不当刑警可惜了。"

"是啊！是啊！如果不是他及时发现，那辆车就从警务人员眼皮子底下溜走了！"

"小利，你可要好好珍惜这么优秀的男人，你们家小波以后前途无量。"

马小利全程职业假笑，有个网红男友也是挺烦的。如人饮水冷暖自知，他们根本不知道因为张小波干的这份工作，她已经被"冷落"了很久。每一次张小波约她出来时，她甚至都有一种后宫不受宠的妃子被皇上翻牌子的感觉。

父母见她恋爱谈得如同单身，心里既心疼又着急。前几天父亲想过动用自己的社会关系将张小波安排进一家国企单位，但是被他一口拒绝了，两个男人还为此闹了不愉快。马小利夹在父母和张小波之间，更是左右为难。

张小波给予她的种种不确定，经常成为马小利精神内耗的缘由。

此刻，大家都觉得她拥有一个很有名气的男朋友，脸上特别有面子。只有她心里最清楚，对于他们的未来，她看不到一点希望。

人群散开后，马小利坐在办公室胡思乱想。她越想越觉得憋屈，于是决定找张小波问个明白：关于他俩的未来，他到底有没有计划？这样一直等待的日子，她真是过够了！她可不想通过电视台新闻、公众号文章，或是微信朋友圈得知他的一切！今天她要让他在工作和爱情之间选一个，她不想谈一场没有男朋友陪伴的恋爱。

马小利开车经过了两人高中时期上学必经的人民路，这条路还有一个好听的名字——情人路。道路两旁遍布参天大树，枝繁叶茂，夏天十分清凉，是凤城市最美的一条道路。春夏秋冬，四季更替，这条长长的道路拥有不同的美景。

前方红绿灯路口左转就是张小波所住的小区——20世纪90年代初期建造的一座老小区。

马小利打算刨根究底的勇气随着时间的流逝，正在一点一点地消失。

也许是来到了这条人民路，她想起高中时期的张小波，嘴角不禁流露出了微笑。

当年的张小波在学校挺出名的，出售辣条、倒卖磁带，小小年纪就掉进了钱眼里，同学们给他取了一个外号叫"张财迷"。他看似不学无术，可每回考试成绩都能保持在中等水平。他就是老师说的那种，只要把心思放在学习上，就一定可以学有所成的天赋型学生。

老师不忍放弃这个天赋型学生，于是特意安排马小利和他成为同桌，当时俗称"好带差"。

起初，马小利对老师的安排十分反感。要不是那次在路上偶遇，她也许不会对张小波另眼相看。

那天早晨，母亲睡过头了，给了她五块钱出去买早餐。她在路上看见一个卖煎饼的三轮车，没想到卖煎饼的阿姨是张小波的母亲。

张小波见到同桌马小利，脸上顿时现出了尴尬，因为班上没人知道他的妈妈是卖煎饼的。他听说马小利的父母都是体制内的公务员，而且都是干部，心里越发感到自卑。

马小利却一脸兴奋道："张小波，你每天踩点上学，原来是在这里帮阿姨做生意啊？"

张小波低着头"嗯"了一声，不好意思看她的眼睛。

马小利也是第一次发现，这家伙没有了平日里顽劣的一面，正儿八经干活的样子和平时很不一样，不禁心里对他改观了许多。

"阿姨,我和张小波是同班同学,我们还是同桌,以后我会多带一些同学过来照顾您的生意。"

李芬芳不禁看了一眼儿子:"小波,你怎么不早说是你同学?下次同学来,一律不能收同学的钱,知道吗?"

张小波一脸不悦地"哦"了一声。

李芬芳一脸和气地笑道:"小姑娘,快把钱拿着!以后要想吃阿姨做的煎饼,每天都可以过来,或者让我们家小波给你带到学校去。"

"谢谢阿姨,我以后一定常来!"

马小利笑得一脸明媚,张小波的内心更加自卑,担心她以后会看不起自己。

少年的心总是脆弱而敏感,他说话竟然开始夹枪带棍:"马小利,你把全班同学都叫过来,我妈还怎么做生意?"

马小利刚想解释,发现身旁的早点摊贩们都在忙着收摊。她回头才发现一辆面包车正朝着这边开过来。

张小波急着大喊道:"妈,别做煎饼了,'地头蛇'来了,咱们快跑吧!"

第 3 章　将来想当什么

从面包车上走下来三名男人，气势汹汹地道："这个地方归我们管，你们几个在这摆摊交保护费了吗？"

此刻的张小波已经没心情顾虑马小利怎么看自己，只想帮着母亲成功逃离。

撤退的过程中，母亲收钱的铁盒子不小心从三轮车上掉了下来，里面都是母亲一张张煎饼烙出来的血汗钱，张小波说什么都要去拿回来。

"妈，钱盒子掉了，我去拿回来。"

李芬芳一把拉住儿子的胳膊："小波，这都什么时候了？被他们打了，这点钱都不顶用！快跑！"

张小波却像一头倔驴，扯着嗓子喊道："妈，你快走，别管我，我能行。"

说着，张小波飞快地跑向铁盒子，天知道里面的钱是他们家多少天的生活费。

早些年，父亲安守本分在一家国企上班。那时候家里的日子谈不上富裕，但是不需要母亲太过操劳生计。

自从父亲辞职回家写小说，家里的一切重担就全部落在了母亲一个人的肩膀上。

父亲不分昼夜地写作，经济上写不出一个枣儿来，生活中也帮不上这个家什么忙。反倒是因为终日写作，父亲时常魂不守舍、沉迷剧情，几次险些把厨房给烧着了。

少年时期的张小波对父亲这些行为的厌恶，连眼神都无法隐藏。因为父亲的不作为，母亲吃尽了苦头。所以当母亲的钱盒子掉在地上时，张小波本能地选择了逆行。

可是他的逆行完全是自讨苦吃，被三个混混当中最瘦弱的一个轻松拎起。

"放开我！"他一边狠狠捶打那个身材精瘦的男人，一边扯着嗓门喊道，"妈，快跑！"

李芬芳赶紧回头，对混混说："钱可以给你们，车你们也可以拿去，请你们把我儿子放了，他还是个学生。"

"老大，别放了这坏小子，他刚才居然敢偷袭我这……"擒住张小波的那个瘦子捂着裤裆，表情十分痛苦。

带头的男人顿时眉头蹙起，说道："你儿子袭击我们的人，我们替你管教一下，不然长大一定是个小混混。"

这话一出口，李芬芳急得眼泪迸出："孩子还不懂事，我们以后一定不在这里摆摊了，您大人不计小人过，先放孩子去上学吧……"

张小波见母亲为了自己低三下四，扯着嗓子大声喊道："妈，你别求他们，我将来一定不会是个小混混。"

现场一片混乱，马小利突然想出了一个"解救"张小波的主意。

她骑着自行车，加快速度冲向三个混混。两人眼神对视时，张小波瞬间秒懂，跨上了马小利的自行车。

两人一路逃到了一条小巷子里头，把身后的混混甩开了。

马小利将自行车停靠在路边，气喘吁吁道："张小波，没看出来，你居然这么重啊!"

一旁的张小波低着头，踢着地上的积雪，表情十分尴尬，更多是觉得丢脸。

"我也没想到你力气这么大，更没想到你一个好学生竟然会帮我甩开那群浑蛋。"

这话一出口，马小利嘚瑟地举起胳膊："姐可是练过跆拳道的，看看我发达的二头肌。"

张小波却笑不出来，无奈地叹了口气："他们这些混混真要有人好好治一治。马小利，我将来一定要成为比他们厉害的人物!"

刚才三个混混的形象历历在目，马小利当然站在张小波母子这边。

"张小波，咱们换个愉快的话题，说说你将来想当什么。"

"我想当警察!"张小波几乎脱口而出。

马小利歪着脑袋，一脸好奇地问道："你是想除恶扬善、惩治坏人吗?"

张小波双拳紧握，眼神坚定地说道："当上警察就没人敢欺负我妈了，以后我妈想在哪里摆摊就在哪里摆摊。"

马小利偷偷一笑，越发觉得张小波这人真是傻得可爱。

如果当了警察，家属就可以肆意摆摊，那和滥用职权的坏警察有什么两样?

但是那一刻，张小波坚定的语气让马小利相信，张小波未来一定是一名为人民服务的好警察。

张小波问道："马小利，你的梦想是什么?"

马小利思考了一会儿，道："我爸妈想让我将来当一名大学老师，但是我的理想是当一个自由职业者，不用被上班束缚的那种职业。张小波，你相信未来我们可以足不出户，利用互联网就能谋生吗？"

张小波虽然没听懂，但是感觉现在的马小利特别有思想，和她平时高冷的模样判若两人。

因为这起风波，悄悄拉近了他们之间的距离……

第4章　封锁高速路

昨晚下了一场大雪，张小波和师父卢远明在高速路口通宵值班。前半夜，由于雪量不大，高速路口暂时未封路。

一辆货车经过卡口时，显示没有安装 ETC（电子不停车收费系统），收费站工作人员进行了收费。

由于天气太冷，张小波就站在卡口处的位置原地小跑以暖身，无意间看见了车主的长相。男人的长相用"獐头鼠目"形容一点不为过，张小波不禁多看了两眼。当男人将现金递给收费站的工作人员时，张小波注意到男人手上的文身。都说相由心生，男人长相、穿着、文身都显得十分社会气，尤其是他的一双小眼睛一直鬼鬼祟祟地四处扫视。

张小波立刻上前将车辆拦截下来，结果从车上检查出来大量非法烟草专卖品。正当他准备呼叫师父卢远明前来执法时，不法分子掏出了一把锋利的匕首，险些刺中了张小波的要害。所幸卢远明及时赶到，立刻将不法分子铐上，打电话通知缉私警察前来带走了这名不法分子。

过路的司乘人员拍下了这一幕并上传到了网上，卢远明和张小波都没想到，他俩很快就因这个小视频火了起来。

后半夜有强降雪，上级要求全面封锁高速路，禁止任何车辆夜间上高速。一个晚上,他们劝返了多名欲上高速的市民。大部分市民都表示理解,但也遇到了几名不讲理的市民。

其中一个二十来岁的小伙子,开着一辆保时捷,要去隔壁海港市给女朋友过生日。张小波将他拦下时,他一脸不耐烦,甚至口出狂言:"你知道我爸是谁吗?说出来吓死你!"

张小波呵呵笑了笑:"不管你爸是谁,高速公路已经封了,任何车辆都不能由此出行。雪下得太大,地面已经结冰,很容易造成交通事故,请你原路折返!"

小伙子顿时气急败坏道:"我女朋友明天过生日,我要赶在深夜12点出现在她的面前,不然她会向我发脾气。你们今天必须把道闸打开,我一定要过去!"

张小波看了一眼副驾驶,上面摆放着一束红玫瑰,后座还有一个生日蛋糕。

"小伙子,我能够理解你的心情,但是我们接到上级命令,不得让任何车辆出行。还是那句话,请配合我们的工作,也是对自己的生命安全负责!"

这话一出口,小伙子眼神中散发出了愤怒,从车上下来了。

张小波眉头轻蹙,问道:"你要做什么?"

"揍你!"小伙子一脸玩世不恭地笑了笑,突然朝着张小波脸上抡了一拳。

卢远明正在劝阻另外一辆车,突然看见了这一幕,立刻冲了过去:"你干什么?"

张小波捂着脸,狠狠朝地上吐了一口血唾沫。

小伙子轻笑道:"好狗不挡道。你又是谁?信不信我揍你!"

卢远明冷笑一声:"好啊,你来试试!"

小伙子一下子被激怒了,握起拳头猛地挥了过去。卢远明一个快速闪躲,小伙子身体扑了个空。转身,卢远明一个反手擒拿,将小伙子瞬间控制住了。

"浑蛋,放开我!你知道我爸是谁吗?我分分钟弄死你!"

卢远明轻哼一声:"我不管你爸是谁,你就是说局长、市长,我也不会怕你!你爸要是看见你这副浑球儿样子,一定巴不得我好好教训一下你!"

说完,卢远明拿着对讲机:"这里有个男人袭击执法人员,动手打伤了我们一名辅警同志,请派人将他带回公安局。"

很快,警车抵达现场,小伙子嘴里面骂骂咧咧:"你俩给我记住了,我迟早要收拾你们!"

人被带走之后,卢远明担心地问道:"小波,牙齿没被打掉吧?"

张小波苦笑道:"结实着呢!"

卢远明叹了一口气,批评道:"你小子是不是傻啊?为什么不还手?正常的躲闪动作也该会啊!"

"我以为他没那胆子动手,谁知道这家伙年少轻狂,一点不怕得罪执法人员。再说了,这要是传出去,万一别人造谣说辅警素质低下,动手打人,我们辅警的形象在市民心目中岂不是更差了?"

卢远明无奈地摇了摇头:"小波,以后再遇到这种情况,你不愿意动手,就要做好防守动作。你这要是大门牙被打掉了,我怎么向你女朋友交代啊?到时候你俩结婚,你一笑大门牙没了,那可丢死人了!"

张小波轻叹了一声:"唉,我俩能不能走到最后还不一定呢!"

"她爸妈还是不同意?"

"他们对我的工作不满意,要介绍我去国企上班,我当场拒绝了！我特能理解她父母，如果我女儿找了一个合同工，我心里一定也不痛快。他爸妈希望女婿的职业是公务员、教师、医生，而我只是一名辅警，我根本不敢奢望能够和她走到最后！"

卢远明拍了拍他的肩膀："小波，今年的公务员考试再努力一把，提前看书刷题，回头我给你找个老师突击一下。就算考不上，以你的资历和成绩，以后还是有机会破格成为正式交警的。"

话音刚落，远处一辆七座面包车朝着高速卡口的方向驶来，两人立刻打起了精神。

"小波，上级规定七座面包车必查，里面容易人货混装。"

张小波点了点头，走近了那辆面包车："今晚高速公路全面禁止通行，你们这是要上哪儿？"

司机连忙一脸堆笑，递了一条中华香烟给张小波："同志，通融一下呗！"

张小波一脸拒绝道："赶紧收起来！一、今晚不可以通行；二、你这车上到底坐了多少人，前后车轮胎都压扁了。赶紧把车门打开，我们需要检查！"

司机一听，脸上讪讪一笑："同志，这天儿怪冷的，既然高速不让通行，那我们就原路返回了。"

张小波敏锐地察觉出眼前这辆车一定有问题："请下车配合检查！"

张小波的声音散发出不可拒绝的威力，司机只好打开车门。

张小波对车内人员进行清点，发现核载 7 人的面包车竟然乘坐了 13 人。他拿起对讲机喊道："师傅，这车上乘坐了 13 人，严重超载了。"

卢远明一惊，立刻跑了过来。

司机立刻尿了："警察同志，我们一大家子要回去祭祖。念在我们是初犯，麻烦通融一下放我们走吧！"说着，他从车上拿了两条中华香烟塞给了卢远明和张小波。

卢远明冷哼一声："把东西收起来，别来这一套。我们依法对你超员载客的违法行为罚款200元，记6分。"

司机苦着脸，哀求道："能不能就罚钱，别扣分了？多罚点也没事！"

卢远明道："这是交通法规，不可以随意改动。今天如果发生交通事故，这就是13条鲜活的人命……"

一直忙到天亮，卢远明和张小波才与检查站的同事进行了工作交接。

第 5 章　解救跳河女

回到家，张小波不见母亲的身影，却看见了桌上的早餐。他不禁咧嘴笑了起来，老妈真是刀子嘴豆腐心。

这时，书房门打开了，父亲张卫国从里头出来了，伸了个长长的懒腰。

父子二人面面相觑，张小波问："爸，你这是刚写完吗？"

张卫国点点头，兴奋道："爸一夜写了一万字，很长时间没写得这么痛快了。小波，你这是才回来吗？"

张小波点点头，埋怨道："爸，你年纪也大了，以后少这么'昼伏夜出'。"

"放心吧，爸知道！"说完，张卫国坐在儿子对面大快朵颐。

早饭后，张小波见父亲换鞋准备出门，问道："爸，你熬了一宿了，不补觉吗？"

张卫国笑道："爸出去透透气，回来再补觉。夜里阴气太足了，适当户外运动可以吸收正阳之气。"

张小波无奈地摇了摇头，妈说的果然没错，他们父子二人都是倔驴，在热爱的事业上都是一根筋。张小波转身回到房间，拉上窗帘后便呼呼大睡，根本不知道马小利正在来他家的路上。

马小利来到张小波家门口，敲了半天门无人应答，便不停拨打他的电话。直到第 38 个电话时,张小波才被手机振动吵醒了,迷迷糊糊睁开了眼睛。

他定睛一看,突然一个鲤鱼打挺坐了起来,手机上竟然有 38 个未接来电!

打开门,他看见马小利哭得梨花带雨:"小利,怎么突然来家里了?是不是出什么事了?"

"张小波,恭喜你啊,你又火了!"马小利将手机举在张小波的面前,"我今天来是问你,工作和我之间,你究竟选哪一个?"

张小波接过手机看了看,故作轻松地笑道:"没想到我还挺上相的,是不是很帅气?"两人平时很少见面,他不想一见面就吵架,更何况前两天刚冷战过。

马小利苦笑一声道:"你不要转移话题,工作和我,你今天必须选一个!"

张小波没正形地笑了笑:"小孩子才选择,成年人全都要。"

马小利无奈地轻笑了一声,每次和张小波上纲上线的时候,这家伙总是这副样子:"你一直负责维护实验小学门口的交通秩序,怎么突然被拉到了高速路口执勤了?昨晚全城的情侣都在盼望着下雪,我以为下雪天你一定会来见我,没想到你又跑去加班了。张小波,有时候我觉得我在你心里的分量,根本不如你的辅警工作。"

张小波见马小利红着眼睛,心顿时一软,连忙解释道:"昨天下班的时候,我接到了师父的电话。寒流突然来袭,道路结冰橙色警报,上级领导要求各个高速路口安排人员执勤。最近局里面警力不足,这两年辅警又不好招。人手不够了,我师父就喊上我陪他一起去了城南高速路口。"

说话时,两人已经进了屋。马小利看见张小波脚上长了冻疮,眼泪吧嗒吧嗒往下掉："怎么长了这么多冻疮？是不是昨天一夜长出来的？"

张小波连忙将脚丫子塞进了被窝，顺势将马小利拉进了怀里："没事儿，大老爷们，皮糙肉厚。"

马小利一脸心疼道："小波，我爸说的那家国企单位福利挺好的，如果你现在愿意过去，我回家跟他说。你这份工作不仅辛苦，而且咱俩一个月也见不到几次，我总感觉自己好像没有男朋友。"

这话一出口，张小波顿时脸色沉了下来："小利，我那天已经当着叔叔阿姨的面拒绝了。我知道当时我没有顾及你的感受，但是我是真的热爱这份工作。叔叔阿姨是好心帮我，但是我不喜欢'吃软饭'。如果我真的接受了你父亲的安排，以后他也会打心眼里瞧不起我的。"

马小利嗔怒道："你就是'直男癌'思想，我爸根本没这么想。"

"小利，你还记得那次你骑着自行车带着我甩开了那三个混混吗？"

"你说长大了要当警察，以后你妈想在哪里摆摊就在哪里摆摊。"

张小波淡淡笑道："其实我一直努力工作，也是为了实现当年在你面前吹下的牛。"

马小利红着眼睛说道："我根本不在乎这些，我只想你有时间陪着我。我们恋爱三年，你自己数数看，咱俩一共约会了几次？每一个特殊的节日，你都不在我身边，这个世界上应该没有比我更大度的女人了吧？我同事都知道你，他们都羡慕我有一个网红辅警当男朋友，但是他们根本不知道我已经被你打入了'冷宫'。"

张小波连忙解释道："局里警力不够，很多工作都需要辅警上阵,但是这几年辅警招聘越来越难。互联网衍生出了许多新兴职业,年轻人都不愿意来当辅警了。听说外卖骑手只要肯干,月入过万都不是梦。小利,局里需要我,我怎么能不去呢?"

"可是我也需要你!"马小利哽咽道。

见马小利哭得梨花带雨,张小波心里特别不是滋味,将她揽入怀中细细安慰了好一会儿。马小利来时的怒气,随着两人亲密的相拥逐渐烟消云散了。

这时,卢远明的电话打了进来,打扰了二人难得的甜蜜:"小波,你赶紧来东城河一趟。刚接到电话,说桥上有个女的要跳河……"

挂断电话,张小波面露愧色:"小利,对不起啊,我得赶紧去一趟东城河。有个女的要跳河,师父喊我过去劝阻。"

马小利顿时一脸不悦:"为什么要你去啊?局里不是有谈判专家吗?你这才下了大夜班啊!"

"这方面我有过几次成功的经验,他们都觉得我是最合适的人选。哈哈,谈判专家未必有我行!"

马小利见张小波一脸嘚瑟,气也消了一大半了:"傻瓜,别人夸你几句,你就能替他们卖命!他们都说看好你,以后可能让你破格入编,我怎么感觉他们是在给你画大饼呢?"

"画大饼我也干,我一定要兑现当年在你面前吹过的牛。"张小波一边说着,一边穿辅警制服。

马小利的心情已经平静了许多,男友的拥抱抚平了多日来的患得患失。张小波这么努力是想让她的父亲认可他,自己又有什么理由再去责怪他呢?

张小波一路疾驰,终于抵达东城河。

桥上站着一个身材纤弱的女人,二十七八岁的模样,穿得很单薄，眼神落寞地看着面前的东城河。

人群中有人看见张小波，一下子认出了他："张小波来了，这姑娘有救了！"

张小波真是出名了，他一来不仅警员松了一口气，围观群众也像看到了救星。

这时，坐在桥上的女人准备跳河，吓得群众发出了一阵紧张的惊呼声。

张小波见女人穿着打扮讲究，眉毛修得工整，眼睫毛一看就是在美睫店里做的，嘴唇似乎还涂抹了一层唇膏，看得出来她对外在形象很重视。观察到这个细节之后，张小波不禁松了一口气，一个想法在他心里油然而生。

张小波朝着女人喊道："美女，人淹死了五官会很难看，你难道一点不在乎死后的形象吗？"

女人苦笑一声道："我都准备死了，还在乎这些做什么？你别过来！"

张小波见到女人说话时，眼神中闪过一丝光亮，可见她内心一定动摇了一下："美女，你也许不知道人被淹死以后的样子有多难看，我来给你科普一下。当人的呼吸停止时，由于人体的密度大约和水的密度相等，尸体是会沉入水底的。然后随着尸体一点一点腐败，被水底的微生物和小动物当成食物啃食之后，身体内就产生越来越多的腐败气体。当尸体内充满腐败气体时，就会变成一只巨大的人形气球，尸体会逐渐地浮出水面。这个时候人的体内已经处于高度腐败，大量的腐败气体充斥在尸体中，这些腐败的气体把尸体'吹'成了一个大皮球。你的家人来收尸的时候，你的样子会给他们造成一辈子的心理阴影。"

话音刚落，女人眉头紧蹙，轻生的欲望正在被一点一点击退，似乎开始动摇了。

半响之后，她突然哭着说道："我和男朋友在一起八年了，原本今年他打算向我求婚的，没想到他妈背地里给他找了个有钱人家的女儿，说是那个女人的父亲可以让他少奋斗二十年。他一听就把我甩了。我八年的青春都给了他，我俩上大学的时候就在一起了……"

围观的众人一片唏嘘，纷纷骂那个男人就是现代版的陈世美。

张小波心里松了一口气：就怕当事人闷在心里不作声，女人愿意倾诉出来，证明她还有救。

"美女，你死了渣男照样可以活得很好，这个世界上根本没有那么多报应。但是你死了，你的家人和朋友会伤心难过。快把手给我，为了一个负心汉跳河自杀太不值得了。"

"你别过来，我已经没有退路了。刚才我看见有人拍照片拍视频，我已经没有脸活下去了。"女人哭着准备跳河。

张小波朝着女人大声喊道："姑娘，我车上有些面包和牛奶，你吃饱了再上路。"

女人似乎没有吃早餐，点了点头答应了，张小波立刻取来了面包和牛奶。

女人一阵感动，脚步开始慢慢朝着张小波移动。就在女人的手快要拿到食物时，张小波以最快的速度将女人紧紧抓住，将她从护栏上解救了下来。女人顿时歇斯底里，身旁警员被迫无奈，只能先用手铐将她束缚住了。

看着女人被同事带走了，张小波长长地松了一口气，周围顿时响起了热烈的掌声。

现场一名电视台记者举着话筒，激动地追问道："小波，请问你刚才有几分把握能够救下她？能和我们分享一下吗？"

张小波脸上扯起了自信的笑容："我从不做没把握的事情，身为一名警务辅助人员，这是我的职责，你们不用刻意去赞美我。我也提醒一下广大市民，人生难免会遭遇不如意的事情，但是风雨过后总会见彩虹。"说完，张小波开着车离开了。

女记者一脸激动道："这就是人民的英雄，凤城市的骄傲，请记住这位网红辅警的名字，他叫张小波……"

张小波一边开车一边深思，一个女人为了一个男人连命都不要了，不禁令他感到唏嘘。这让他想起刚才马小利的眼神，突然感到有些后怕。等忙完了这阵子，他打算和单位请年假，好好陪一陪女朋友。

第 6 章　电瓶车盗窃

第二天一大早，张小波来到第四分局参加了一次会议，没想到会议的主角竟然是自己。

潘局长带头鼓掌，眉宇之间写满了对张小波的欣赏——自己手下出了一名网红辅警，这让他脸上倍儿有面子。不仅市里面的领导得知了张小波这个人物来自第四分局，连省公安厅也有人从网上看见了张小波的谈判视频，对他成功解救跳河女子一事连连称赞。

潘局长带头，整个会议室内响起了热烈的掌声，张小波感到受宠若惊。

掌声结束之后，潘局长一脸欣慰地说道："张小波同志虽然是一名辅警，却是整个队伍里最出色的。上级领导开会，几次对他大加赞赏。昨天上午他在东城河成功解救了一名欲跳河的女人，当天下午人家家属已经送来了锦旗。小波，我代表局里对你先进行口头表扬，后面会有红头文件对你给予书面表扬。回头你把锦旗挂在你们辅警办公室。"

张小波红着脸，不善言辞地道："潘局长，这些都是我应该做的！"

潘局长继续说："小波，今天叫你来局里开会，还有另外一件事情。下周一请你为大家讲讲如何与轻生者谈判，以及如何攻破他们的心理防线，让他们重燃活下去的希望。给你一周的时间准备，可以吗？"

张小波看向了师父卢远明，卢远明朝着他坚定地点了点头，这给了他一股强大的勇气，于是他答应了潘局长的邀请。

散会后，有人提议第四分局火了一把，晚上出去撮一顿。大伙一个个围住了潘局长，闹着让潘局长今晚请客。

潘局长一高兴，当场痛快地答应了："我同意晚上让你们聚餐，不过要注意一点，严禁铺张浪费！我就不参加了，这是你们年轻人的场合。"

"潘局长，年轻是状态不是年龄，您也是年轻人，一起去吧！"

"是啊，一起庆祝一下吧，大家伙好久没有一起聚聚了。"

潘局长笑着婉拒道："我年纪大了，就不和你们小朋友一起玩了，我要陪刚满周岁的小外孙呢！你们晚上好好聚一聚，不过现在都给我努力干活，知不知道？"

众人齐声回道："是！"

大家散开以后，张小波拿着那面锦旗来到了辅警办公室。卢远明走进来时，张小波正将锦旗挂在墙上。他上前拍了拍张小波的肩膀，笑道："小波，年后的公务员考试再加把劲儿，师父相信你这次一定能成。"

张小波不好意思地挠了挠头："师父，我今年一定努力！"

说完，两人看向了墙上那张辅警合影。铁打的营盘流水的兵，当年那一届辅警的感情最好，留下了唯一一张合影。

"师父，这三个人现在都在外面当外卖骑手，一个月收入能有一万多块钱；这两人现在是游戏玩家，月入两万元；兵子和强子一起合伙开了一家网红餐厅，夏天啤酒龙虾，冬天烤全羊，生意非常火爆……"

卢远明抿抿嘴："小波，是不是动摇了？这里面就剩下你一个人还在干辅警工作了。"

张小波摇了摇头，笑道："师父，我就是真心替他们感到高兴。我们都做着自己喜欢的工作，所以不觉得特别辛苦。"

卢远明欣慰地点了点头，眼神中却掠过了一丝复杂的情绪。

"师父，你怎么了？"张小波问道。

卢远明叹了一口气："潘局长让我带着管理辅警队伍，但是辅警的人员流失太大了。现在辅警都和过去不一样了，有些95后、00后的辅警，你和他说话嗓门大一点，人家就卷铺盖不干了。最近潘局长让我配合人事部招聘辅警，壮大辅警队伍，我跟着去了两天人才市场。一些互联网公司每天都能招聘不少年轻人，有些年轻人问了辅警的底薪和福利都绕着路走了。唉，正式工警力不足，合同工又难招，目前只能一个人当几个人使。"

张小波沉默了片刻，道："师父，其实一个人做几个人的活儿不是不可以，只要把大家的工资往上提一提，我觉得还是有人愿意多劳多得。"

卢远明捏着下颌骨，又叹了一口气："你这是说到了点子上了！财政每年会给局里拨钱、发放工资，但是辅警的工资是局里自己发，所以工资水平才一直上不去。刚才找了几个辅警，都不愿意多干活，还有几个带头闹事，好像是要辞职。"

张小波拍了拍卢远明的肩膀，笑道："师父，别愁了，船到桥头自然直！我听说最近宏发小区业主举报有小偷盗窃业主电瓶车的事情。我想着今天去蹲点，看看能不能抓住可疑人物。还有两个月快过年了，那帮孙子一定会频繁作案，这个时候抓他们的时机正好。"

卢远明笑道："小波，如果人人都像你一样不计较得失，这个世界该有多美好。"

张小波哈哈笑道："师父，傻人有傻福，这话我相信。"

出了第四分局，张小波就开车去了宏发小区，一座建于20世纪90年代的老旧小区。小区属于学区房，不少老人留守在此，照顾子女的下一代。

车子刚停稳，小区的大爷大妈就蜂拥而上围住了张小波。

吴大妈拉着张小波的胳膊说道："小波，你总算是来了，听说你去了高速路口，还立了大功，我们以为你不来了。我们家最近都被偷了两辆踏板电瓶车了，一辆车价值三千多块钱，你快帮大妈想想办法啊！"

"小波，我儿子刚买的摩托车也被蟊贼偷了，花了好几万块钱呢！"

"小波，我家门口挂着过年吃的咸肉，也被那帮蟊贼给顺走了……"

宏发小区的业主们七嘴八舌，吵得张小波脑瓜子嗡嗡作响，他赶忙出声打断："各位大爷大妈，大家仔细想想，最近小区有没有看见什么可疑人物或者生面孔出现？"

张大爷连忙说道："我们几个老头每天在门口下象棋，没瞧见有什么可疑人物啊！"

李大妈冷笑道："老张，你们几个人的眼睛都死死盯着那张棋盘呢，难不成还能有第三只眼睛长在后脑勺上？"

这话一出，张大爷冷哼一声："好男不跟女斗，你就逞能吧！"

李大妈白了张大爷一眼，两家人前几年因为安装太阳能热水器吵过架，后来就一直看对方不顺眼。

李大妈继续说道:"小波,我们几个老太太经常坐在一起聊天、择菜,倒是看见过几个生面孔进入小区。两三个年轻小伙子,看着也不像是坏人啊!"

张大爷顿时找到了言语之间的漏洞:"李春莲,坏人的'坏'字写在脸上啊?这年头越是看着像坏人的越是好人,越是表面上看上去像好人的啊,其实心里坏得很!"

眼看着张大爷和李大妈就要掐架,张小波赶紧示意大家保持安静:"大家听我说,先不要着急。距离过年还有一阵子,蟊贼不会只满足于偷几辆车,一定还会继续作案。接下来如何防止被盗,我给大家提以下几点建议。

"首先,大家要买把好锁,养成随时锁车的习惯。不要觉得车在家门口,就存在侥幸心理,蟊贼就是利用这份侥幸心理进行多次作案。

"其次,大家尽量将电瓶车、自行车、摩托车或是三轮车,停进自家车库,不要放在楼道或路边。小区现在都安装了监控,也可以将车停在监控区域范围内。

"最后,你们可以让家里的年轻人在车上加装 GPS 定位,这是目前最有效的防盗方法,警务人员能够根据定位准确找到车辆的位置。大家都听明白了吗?"

"明白了,咱们就照小波的方法去做,先加强防范,我就不信那帮蟊贼还有其他本事不成。"

"咱们门口晾晒的腌制品,什么鸡鸭鱼肉呀,也得小心他们顺手牵羊,贼也要回家过年!"

"小波,要不咱们面对面建个群吧!如果发现可疑人物立刻拍下来发到群里,让你逐一排查。"

这话一出，张小波一脸惊喜，果然是21世纪的大爷大妈，竟然会用微信面对面建群："大爷大妈，你们太牛了，现在的老年人真是与时俱进啊！"

这话一出口，大爷大妈满脸得意。面对面把群建好之后，天色已经暗沉下来，大爷大妈各自散开。

张小波开车前往局里同事约定好的餐馆时，卢远明和刚招聘进来的辅警小李已经站在店门口等候多时。

卢远明急道："小波，你怎么才来啊？就差你一个人了！是不是又被宏发小区的大爷大妈抓着唠嗑了？"

张小波叹了一口气："要过年了，蟊贼越发猖狂了，宏发小区连续几天都有电瓶车被偷了。"

卢远明道："先吃饭，回头再说吧，大家都饿了！"

张小波到了，人也就齐了。

辅警小李虽然刚来不久，但是性格十分开朗，被称为气氛担当："小波哥，快坐，接下来有请咱们卢警官发表讲话！"

第四分局的兄弟姐妹们难得齐聚，场面十分热闹。

在众人的注视下，卢远明拿起手机，清了清嗓子："下面我将为大家朗读一篇本地最大的官媒新鲜出炉的文章，这篇推文目前阅读量已经破了10万！内容是表扬我们的党员辅警张小波同志，在高速路口火眼金睛发现了一辆藏有非法烟草专卖品的车辆；在东城河利用独特的谈判技巧，成功将跳河女子解救了下来。"

辅警小李一脸崇拜地看着张小波，兴奋道："卢警官，快念吧，急死了！"

卢远明轻咳一声，开始朗读道："辅警是公安系统工作中不可或缺以及不容小觑的重要力量，他们与人民警察一起并肩作战，用忠诚和赤胆之心为人民群众奉献自己的力量。我市凤城第四分局辅警队伍中涌现出许多优秀的辅警,其中有一名被群众称为网红辅警的张小波同志,近年来频频出现在大众的视野中。他是一名光荣的党员辅警,他是忠诚、为民、专业、奉献的代名词……"

话音刚落,包房里响起了沸腾的掌声。

辅警小李一脸激动道:"小波哥给我们辅警长脸了,小波哥是我对标学习的榜样。"说完,这位刚来几个月的年轻辅警眼眶湿润了,想起平日里遭受的种种委屈。

见状,卢远明笑道:"小李,这是怎么了?"

小李哽咽道:"小波哥给我们辅警长脸了,平时工作中许多市民都看不起我们辅警。我虽然刚参加辅警工作几个月,已经遇见了许多不配合我们辅警工作的市民。我们劝阻市民不要闯红灯、电瓶车不要逆向行驶时,有些市民见我们穿着辅警制服,压根儿就不搭理我们。有的不说话就嗖地一下闯了红灯,有的还会骂上几句,什么合同工,什么'伪军'……说话特别难听。我们虽然不是交警,但是我们辅警也应该得到应有的尊重……"说完,小李一杯啤酒底朝天。

小李的一席话,也让在座的交警和辅警心中五味杂陈。大部分老百姓对辅警心存偏见。

其实辅警人员也是一路经过过关斩将,先笔试,后面试,后期还需要参加体能测试和体检等一系列环节,最终才能进入公安局警务辅助人员这个大家庭中。这些年,交警与辅警的福利待遇、薪资酬劳相差甚远,市民区别对待辅警更是常态。一时间,在座的辅警心里都有些不是滋味。

这时,张小波爽朗地笑了:"小李,你现在经历的这一切我都经历过，咱们当辅警的千万不能有玻璃心。玻璃心是属于弱者的，强者自强不息，无坚不摧。不管人民群众如何看待我们辅警，我们只要做好自己的本职工作，在岗位上始终保持旺盛的工作热情，任劳任怨、积极主动、一心为民，我们就是合格的警务人员。"

小李用力点了点头："小波哥，希望有一天大家提起我，也能够像提起您一样。"

张小波一脸宠溺地看着小李，仿佛看见了当年的自己，那个刚走出校园的自己。

"吃饭吧，小屁孩！"

第 7 章　小区盗车案

张小波回到家，已经是深夜 2 点多，看见书房的灯还亮着。

父亲这些年一直坚持写作，经常熬夜到天亮，却一直没有为家里实现创收。几本书都是母亲掏钱给他自费出版的，时至今日，父亲还只是市作协会员。

为了减轻母亲负担，张小波从大一就开始勤工俭学。虽说赚到了生活费，但是也让他和同龄的学生在学业上拉开了距离。毕业之后，几次公务员考试他都没考上，这才退而求其次，考进了辅警队伍中。

他曾经恨过父亲，甚至对他恶语相向过，直到有一天父亲用书信的方式吐露心声，张小波的心结才解开了。

父亲说，写作是他的梦想。虽说父亲的梦想很自私，意味着母亲日复一日的辛苦。长大后的张小波知道，写作是爸爸的梦想，而他自己的梦想是穿上警服当人民警察。虽然辅警与交警的制服肩章不同、臂章不同、帽徽不同。这对刚离开校园就能顺利考进辅警队伍的张小波而言，并没有那么重要。能够从事公安工作，张小波感到特别自豪。

站在父亲的书房前，张小波笑了笑："这都几点了？这老身子骨儿还挺能扛的！"

临睡前,他看见宏发小区群聊竟然有上千条聊天记录,仅大爷大妈提醒张小波关注的群记录就有好几十条。

张小波看完之后,心里越发沉重起来。下午离开宏发小区不到一个小时,群里就有人说电瓶车被偷了。他决定第二天去分局向领导汇报宏发小区盗窃案,并且请求领导最近不要安排其他的事务给他,他要在一周之内将这帮蟊贼通通抓获。

第二天一大早,他刚到宏发小区,大爷大妈们蜂拥而至——小区的孤寡老人徐大爷的电动三轮车被人偷了。

一见张小波来了,徐大爷哭得更伤心了,让他一定要找回那辆电动三轮车。

昨天晚上被偷电瓶车的业主马明明,上下打量着张小波:"你就是张小波吧?"

张小波点了点头:"我是凤城第四分局的辅警张小波!"

马明明冷哼一声:"你们第四分局随便塞个网红辅警就把我们打发了?你一个合同工没这个本事抓贼吧!"

马大爷见状,连忙将儿子推到一旁:"你怎么和小波说话的?"

"爸,他不是警察,他就是个打杂的辅警,肩章、帽徽都不一样!"

"闭嘴!这些年来,就是小波对咱们老人最有耐心!……"

此刻,张小波心想宏发小区内设有监控,蟊贼能够躲避监控,并且破坏了监控,一定是非常有经验的惯犯。他们一定是盗窃后先卸下牌照,然后将车辆停放在隐蔽的地方,再伺机转卖脱手。

仅凭一己之力破获这起连环盗窃案,困难重重,如果是遇到了偷车团伙,更是难上加难。

以往都得由分局刑侦大队打盗抢骗专班联合便衣大队、派出所、网监大队成立专案组展开侦查。可眼下将近年关，局里的案件积压了不少，公安干警一个要当三个用。辅警支队的兄弟们大多也都派出去铲雪、维护交通秩序了。分局里头本来就警力不足，张小波自然不好意思再请求支援。

等人散开后，张小波打电话请物业维修了小区内所有的监控。随后，他打给了师父卢远明，将宏发小区盗窃案的具体情况做了说明。

卢远明意识到此次盗窃案的严重性，立刻向潘局长汇报。潘局长要求张小波留守在宏发小区，一定要尽快抓到蟊贼。最近警力不够，潘局长思来想去，最终还是让卢远明与张小波一起负责宏发小区盗窃一案。

宏发小区是20世纪90年代中期建成的，安保人员就是传达室里的一位老保安。张小波在传达室待了一天，观察了小区内监控、来往车辆以及行人。老保安一天也没闲着，传达室、大门口，来来回回跑了几十趟。

晚上，老保安后半夜在睡梦中被香烟味呛醒了："小伙子，大爷换你睡会儿！"

"大爷，您继续睡，我非逮住这帮蟊贼不可！"张小波的眼睛里面布满了红血丝。

黎明破晓，凤城迎来了崭新的清晨。

这一整夜宏发小区十分平静，一辆车都没有丢失。想必蟊贼知道来了警务人员，不敢轻易造次。

张小波盯了监控一天一夜，没见到一个可疑人物，心想总不能一直在这间传达室里守株待兔吧！

老保安劝慰道："小伙子，别心急。眼下快要过年了，蟊贼比咱们急。这附近都是高档小区,安保设备完善,业主的电瓶车大部分都停在地下车库。他们选择宏发小区,就是看咱们这里电瓶车多,保安少,各方面安保做得不完善,容易钻空子。"

张小波点了点头,可是心里没法平静。

马小利刚才打了个电话给他,让他明天晚上陪她一起去参加同学的婚礼,根本没给他拒绝的机会就匆忙挂了电话。

张小波心中一阵烦闷,点了一根烟开始吞云吐雾。希望这帮蟊贼快点出洞,让他一举拿下。

第二天他又苦守了一天,依然没有等到盗窃团伙出来作案,心想蟊贼一定知道传达室里蹲了一个来抓他们的人,所以不敢轻易作案。

张小波忖度一番,决定先离开小区,让蟊贼误以为自己已经走了。他将这个想法和老保安说了之后,开着车离开了小区。

这一招很快就奏效了,可疑人物终于出现了。几个男人戴着鸭舌帽、眼镜、口罩,骑电瓶车进入了小区。张小波让老保安先不要打草惊蛇,等他们开始作案的时候,一举拿下这帮蟊贼,到时候人赃并获,看他们怎样狡辩。

张小波再次回到宏发小区,准备进行抓捕时,马小利的电话打了进来:"小波,我已经下班了,你什么时候来接我?"

张小波急道:"小利,我这边有急事,可能要晚一点。"

"我不管,你每次都临阵脱逃,这一次必须和我一起出席同学的婚礼!如果你不来,后果自负吧!"说完,马小利挂了电话,不给张小波一丝解释的机会。

张小波顾不上安慰马小利,因为蟊贼已经进入小区。他根据监控一路尾随,并且将手机调至了静音。马小利等不到自己,一定还会继续打电话。张小波索性心一横，打算等抓住蟊贼后再去找马小利赔罪！

很快，蟊贼的同伙就出现了。张小波看到他时，顿时一脸震惊。这起盗窃案果然是里应外合，这个同伙不是别人，正是口口声声说自己电瓶车被偷的马大爷的儿子马明明。

不一会儿，卢远明骑着电瓶车赶到了宏发小区。

"师父，你总算来啦！"

"路上太堵了，幸亏我骑了电瓶车，总算是赶上了。我看他俩这体格，你要是一打二，还挺悬的！"

师徒二人小心翼翼地取出了腰间的手铐，抓蟊贼行动迫在眉睫。

马明明和同伙正在撬锁时，卢远明呵斥一声："不许动！警察！"

马明明和他的同伙直接瘫软在地，人赃俱获，两个蟊贼乖乖束手就擒了。

"小波，把他俩铐上，带回局里。"

"是！"

师徒二人推着两个蟊贼往宏发小区门口走，前来支援的警车已经停在了小区门口。

围观的居民越来越多，看见马明明被抓，人群中骂声一片。大家都没有想到，宏发小区竟然出了个吃里爬外的东西。

马大爷气得瘫软在地上，指着儿子怒骂道："你这个畜生，你让我这张老脸以后往哪里搁，真是家门不幸啊……"

回到局里，警务人员仔细宣讲法律政策，不断开展思想工作，终于逐步瓦解了两个蟊贼的心理防线。很快他们供出了同伙的窝点，并对盗窃宏发小区电动车、摩托车的犯罪事实供认不讳。

宏发小区盗窃案终于告一段落，张小波年轻的身体不由得感觉一阵乏累,这是高压工作之后的后遗症。

  他一个人待在辅警办公室,将两张椅子并在一起,蜷缩着身子打算眯一会儿。突然,他猛地坐了起来,想起刚才抓捕蟊贼的时候他将手机调成了静音模式。

  他掏出手机一看,马小利给他打了五十八个电话!

第 8 章　小利失踪了

张小波慌了，立刻回拨过去，马小利的电话已经关机。

已经是晚上 11 点半，婚宴这个时间已经散场了吧！

张小波急得一遍遍拨打马小利的电话，对方却一遍遍重复："您好，您拨打的电话已关机，请稍后再拨。"

他赶到酒店婚礼现场时，早已经人去楼空，只有婚庆公司的几个人在连夜拆卸舞台。

"师傅，请问有没有看见一个这么高、皮肤很白、眼睛很大、笑起来很好看的美女？"

几个师傅没搭理他，继续忙着手里的活儿，只有一个年轻小伙子搭话道："帅哥，你说的这种美女啊，我们每天能见一箩筐，你去别处找吧！"

张小波开车去了马小利学校，打算再碰碰运气。因为之前几次她心情不好的时候都在学校办公室躲着他。

张小波看见学校门口的保安，心急如焚地问道："师傅，空乘系还有人在吗？"

"你找哪位？"

"我找空乘系的马小利老师，她在吗？"

保安摇了摇头："这么晚了，老师们都已经下班了！"说完，保安关上窗户，不再理会他。

张小波这一次真的慌了，他从没想过马小利有一天会不接他的电话。过去不管两人之间如何闹矛盾，她从来都不会关机，她一直是个很识大体的姑娘。所以在张小波心里，只要他想找马小利，她随时都在那个地方等着他。他太自信了，自信到有些盲目，也许被爱的人总是有恃无恐吧！这一次，马小利不按常理出牌，让张小波第一次感觉到了手足无措和前所未有的恐惧。那种恐惧叫失去！

他不停地给马小利发微信，期待她的头像旁边能够出现一个红色的提示标。然而等了许久，马小利的微信无动于衷。他又拨打了马小利几个闺密的电话，她们都说马小利没有与她们联系。

张小波感觉到自己正在失去马小利，他最终还是想到了马小利的父母。前几天第一次见家长，四个人之间闹得不愉快，张小波拿起电话又放下，如此重复了多次，依旧不敢拨打马小利父母的电话。对马小利的高干父母，他一直心存芥蒂，总感觉他们瞧不起自己的出身背景。他那来自原生家庭的自卑，也让他与马小利一家似乎有一种天生的距离感。

时间一分一秒地流逝，夜里 12 点半左右，张小波的手机响了。他以为是马小利的电话，激动地拿起手机，才发现是马小利父亲的电话。这组电话号码一直存在张小波的手机里，但是两个男人从来没有联系过对方一次。

此刻的张小波隐隐感觉到，马小利可能出事了，不然她的父亲绝不可能主动拨打他的电话。

犹豫了几秒，张小波接通了电话："马叔叔……"

电话那头，马父咄咄逼人地质问道："张小波，我女儿呢？"

张小波的心此时已经揪成了一团，他听出了马父语气里面泛着浓浓的火药味："马叔叔，小利没有回家吗？"

顷刻间，马父的情绪瞬间失控了："她要是回家了，我还用得着打你电话？她下午打电话回来，说是晚上和你一起去参加同学的婚礼，你究竟把我女儿怎么了？"

张小波支支吾吾了半天，最终说出了全部实情，气得马父破口大骂了几句："张小波，我已经忍了你很久了！小利和你交往了三年，你扪心自问，你这个男朋友当得称职吗？我一直不赞同你们交往，但是我也没有阻拦你们交往。你认为以你的条件，你适合我女儿吗？之前我退让了一步，只要你同意，我可以安排你进入国企，但是你拒绝了。你既然没有能力给小利一个正常男友能够付出的一切，你当初就不应该招惹她。这段感情一直在付出的都是我的女儿，而你的心里全部都是你那份工作。小利要是出事了，我就和你拼命。"

没等张小波继续解释，马父已经挂断了电话。

张小波愣在了原地，突然想起前几天东城河那个想跳河的女人。马小利会不会因为他爽约了，此刻正在寻短见的路上？这么一想，张小波彻底慌了，一瞬间他很想立刻拨打110。

他对着黑夜暗暗发誓："小利，我错了！只要你平安没事，我愿意放弃这份辅警工作……"

张小波将积压在心里的话编辑成一条条微信发送给马小利，希望能够收到她的回复，然而并没有！

马父那边急得崩溃，他只恨当初手腕不够硬、不够狠，就应该早点棒打鸳鸯拆散他们。

马母一边哭一边翻着女儿的通讯录，逐个打电话询问女儿的下落。种种迹象证明，他们的女儿马小利离家出走了！

夜已深，张小波开着车，在凤城市的每一条道路发疯一般寻找马小利的身影。

马父那边也没闲着，托人连夜找到派出所的人，由派出所联系移动公司查询到了女儿的出行轨迹。很快，派出所那边给出了回复，马小利购买了一张前往海南的飞机票，目前已经抵达省城机场，飞机准备起飞了。

马父换了一部手机，拨打了马小利的电话，马小利这才接通了。

"利利，你要吓死爸爸妈妈吗？"马父鲜少情绪失控，此时此刻已经哽咽。

马小利眼泪迸出，她的父亲一直都是沉稳如山的男人，竟然为了她哽咽了。

她不禁觉得自己十分不孝，哭道："爸，对不起！我就是出去散散心，我保证回来以后您和妈妈会见到一个全新的我！"

女儿这么一说，两人觉得有些道理，可能孩子散散心回来就能放下那个张小波了。

一夜之间，张小波抽光了三包烟，容貌仿佛沧桑了好几岁。

天快要亮的时候，马父打来了电话，张小波几乎秒接："马叔叔，小利找到了吗？"

马父的声音已经恢复到了平静的状态，但是声音冷得令人感觉到冰冷刺骨："张小波，请你以后不要再找我女儿了，她去海南散心了。我今天正式通知，你和她已经分手了。如果你以后再纠缠我女儿，我一定会让你在凤城市混不下去！"说完，马父再一次狠狠摆下了电话。

"分手？"张小波一脸错愕，这是马父的意思，还是马小利本人的意思？此刻，他感觉脑袋一阵眩晕，伴随着抓心挠肺的心痛感。

太阳已经悄然升起,一抹阳光照在他轮廓分明的脸上。他感到一阵刺眼,眼泪迸出了眼眶。半响之后,他放下遮阳板,镜子里头是一张胡子拉碴、形容枯槁的脸。

他对着镜子里的自己笑了:"张小波,值得吗?为了这一身辅警制服,你彻底失去了马小利。"

啪的一声,他重重合上了遮阳板。

此刻,他脑袋里只有"回家"这两个字。他需要睡觉,需要休息。

回到家,张卫国正从书房写完稿子出来,顶着一张一夜未睡的脸。

张卫国见到他这副模样,捏着鼻子,一脸嫌弃道:"臭死了,你不是戒烟了吗?怎么又开始抽烟了?你这是抽了多少包啊?"

张小波一脸失魂落魄:"我妈呢?"

"出去干活了!"

"干活?我不是让她别出去摆摊卖煎饼了吗?她的腿不能长时间站立!"

张卫国道:"你妈闲不住,跟几个姐妹去做家政了,收入还不错,每天晚上分钱。她做得蛮开心的,很有成就感。我也希望她有点事情做做,不然整天两只眼睛就知道盯着咱俩,多烦啊!你说是吧?"

张小波苦笑一声:"有人烦是好事,她不烦你的时候,你想她烦都没有。"

张卫国感觉儿子今天哪里怪怪的,又不好多问什么,他都这么大人了。

关上房门,张小波一头扎进了被窝,沉沉地昏睡了过去。

此时的马小利已经踏上了飞往海南的航班,她看着窗外的云层,眼泪潸然落下。

她已经提前了几天时间约张小波和她一起参加大学同学的婚礼,没想到这一次张小波还是爽约了。

结婚的是马小利的大学室友,两人关系十分要好。因为一直听马小利说起张小波,所以他们夫妇都想见一见张小波。得知马小利要带男朋友一起参加婚礼,班上同学都期待能够见到被班花看上的男人。

马小利苦笑一声,同学们没有见到她的男朋友,倒是见到了她的笑话……

第9章　厂妹失踪案

张小波不知道自己睡了多久，只知道他一直在做噩梦。

梦里他一直追着马小利，就当他快要触碰到她的手时，她又消失不见了。

最后，他看见马小利出现在一场浪漫的户外婚礼现场，她穿着一袭洁白的婚纱朝着他走来。她美得不可方物，美得如同画中走出来的人。一张娇美洁白的脸上，挂着甜美的笑容，而她身旁的新郎竟然不是他。

"小利，不要——不要嫁给他——"

张小波猛地从噩梦中惊醒，才发现这是一场梦，眼泪已经浸湿了一大片的枕头。

他从床上下来，打开了卧室的遮阳窗帘，傍晚的阳光已经没那么刺眼，他整个人清醒了许多。

随后，他拿起手机拨打了马小利最好的朋友钱倩的电话："钱倩，小利有没有说什么时候回来啊？"

钱倩冷哼一声："张小波，你早干什么去了？像你这样自私的男人，小利早该离开你了！"

张小波鼻尖一酸，声音哽咽道："钱倩，你有空吗？"

钱倩愣了一下，答应张小波在一家咖啡厅见面。

来到咖啡厅，钱倩并没有给张小波好脸色看："有话快说，我没兴趣和你多聊！"

"小利，她现在还好吗？"张小波支支吾吾地问道，"她还是不接我的电话，微信也不回复，朋友圈也把我屏蔽了。"

钱倩冷笑道："如果你想从我这里打听到马小利在海南的近况，不好意思，无可奉告。我只想告诉你，马小利和你交往的这三年，你们之间的点点滴滴我都看在眼里。马小利这三年根本没有谈恋爱，她谈的就是一场空气。所有具有仪式感的节假日，都是我陪着她、安慰她。你总是忙于工作，在你心里马小利和工作，你会毅然决然选择工作。张小波，你们可能真的不合适。"马小利临走前再三叮嘱钱倩，不管张小波问什么，都不要搭理他，她希望两人都能够冷静一阵子。

话音刚落，张小波眼眶泛红了："小利……她打算在海南待多久？即使是要分手，也应该当面说清楚吧！"

钱倩心口一惊，没想到张小波竟然在她面前落泪了。如果马小利知道，会不会心疼死？尽管如此，她还是故作镇定，嘴角扯起一副绝情的冷笑："张小波，你是一名好辅警，但你一定不是一个合格的男朋友。我觉得你们分手挺好的，小利以后一定会遇到一个珍爱她的男人，不会让她经常患得患失。而你，我觉得更适合打光棍，请不要再祸害其他女人了。"

张小波刚想接话时，手机突然响了，师父卢远明打来的电话："小波，你现在人在哪？潘局长要带县分局的人参观辅警办公室，你钥匙带了吗？"

张小波摸了摸口袋："嗯，在身上！"

"我现在就过来，你赶紧把位置发给我！"

卢远明来到咖啡厅见到张小波，猛地喝光了桌上的一杯柠檬水，喘着粗气道："小波，赶紧把钥匙给我！"

这时从洗手间的方向走来了一个美女，径直坐在了张小波的对面，两人的眼睛同时看向了他手中的水杯。

"小波，这是你朋友啊？你们这样看着我干吗？"

钱倩呵呵笑道："先生，这杯水我已经喝过了！"

卢远明脸色顿红，恨不得当场挖个地洞钻进去："美女，对不起啊！我刚才太渴了，以为这杯水是小波给我准备的。"

张小波撇了撇嘴，一脸委屈道："师父，你也没问我啊，上来就直接喝光了！"

钱倩看了看手表，起身准备离开："张小波，以后不要再联系我了，再见！哦，不对，不见！"

转身离开时，钱倩冲着卢远明笑道："大叔，可以加个微信吗？"

卢远明愣住了，现在的女孩都这么主动吗？"不好意思啊，我不用微信！"他赶忙说。

"呵呵，还挺矜持的！"钱倩淡淡一笑，离开了咖啡厅。

潘局长将卢远明叫到了办公室："远明，昨天戴南镇李家庄发生了一起拐卖妇女事件。消息已经开始扩散了，为避免引发市民恐慌，上面命令我们第四分局尽快抓捕罪犯。我思来想去，决定派你和张小波守在高速公路检查站，那条路是罪犯出逃的必经之路。他们身上很可能有凶器，我会多派一些人手配合你们。如果遇到罪犯，立刻将他们绳之以法。"

卢远明点了点头，语气愤恨地说道："这都什么年代了，还有

第9章　厂妹失踪案 ｜ 049

人敢拐卖妇女？那帮孙子难道不怕吃牢饭吗？"

潘局长沉着脸站起身，拍了拍卢远明的肩膀："远明，张小波是一名非常出色的警务辅助人员，你俩一起搭档我很放心。最近我会把他的岗位调整一下，不去实验小学警务岗亭了，以后就跟着你去检查站工作。你俩今晚就去检查站报到，全力进行车辆人员盘查工作，不要放过一辆可疑车辆。"

"是！"卢远明点了点头。

潘局长继续说道："我知道你和小波师徒情深，他做一名辅警确实可惜了，他的能力当刑警都没问题。可是这得一步一步来，不能操之过急。稍后你俩先熟悉一下案情，将事情的来龙去脉了解清楚，这样例行盘查工作的时候才能做到心中有数！"

卢远明思索了一会儿，最终还是鼓起勇气问道："潘局长，以张小波的资历和成绩，他以后有可能转为正式警察吗？这小子考运不行，几次都没有考上公务员，我担心今年还是悬！"

潘局长没有正面回答卢远明这个问题，这让卢远明心里有些七上八下。

"张小波方方面面都很出色，就拿这次宏发小区连环盗窃案来说，全程都是他一个人在跟进。希望潘局有机会一定要帮他争取到内部转正的名额，张小波从小到大的梦想就是当一名人民警察，他也一直在为此努力。"

潘局长点了点头，从他的眼神可以看出他十分欣赏张小波："小波这孩子我也喜欢，人也很机灵，可惜他文化基础差，公务员考试几年都落选了。他在工作上的成绩大家有目共睹，公安系统里面有过先例，辅警岗位表现优异，获得一等功或者二等功，有机会破格提拔为正式编制警察。只是现在就给他这个名额，我担心他不能服众。咱们都再等等吧，等到时机成熟，我会想办法和上面申请，替张小波争取一个名额。远明，你放心吧！"

有了潘局长这番话，卢远明心里踏实多了，至少张小波转正还是有希望的。张小波和女朋友闹僵了，他作为师父也是有责任的。儿子卢墨正在全力冲刺高考，他把大量的时间都花在了儿子的身上。张小波帮他兜了不少工作，这才没有时间陪女朋友。一想到这些，卢远明的心中越发愧疚不安。

走出局长办公室，卢远明打了个电话给张小波："小波，潘局长指示，交通秩序、社区治安巡逻检查、社区管理……这些都不需要你管了，最近你和我去高速公路检查站工作。"

"师父，潘局长这么相信我啊？"张小波一惊，他深知盘查工作的重要性、复杂性和危险性。有数据显示，去年一年，在高速公路检查站拦截车辆中，查获了涉毒人员 50 余名，非法运输易爆危险化学品 60 余车次，收缴各类管制刀具更是不计其数。

卢远明笑笑："这几年你的工作成绩，大家有目共睹。就是你小子太没出息了，每回公务员考试都落榜，有没有后悔大学四年没用功读书？"

张小波叹了口气："你知道的，我爸除了写作，家里什么都不管，都是我妈一个人撑起了这个家。大学四年我不出去打工赚钱，我妈早就累倒了。唉，就这样，我妈的腿还是留下了后遗症。"

"小波，只要你好好干，组织迟早会给你一个美好的前程。师父能感觉出来，潘局长很看好你！"

"师父，你别给我戴高帽子了！到底什么事情这么急着换岗啊？难道是戴南镇李家庄发生的那起拐卖妇女案件？"

卢远明眼睛一亮："你小子鼻子还挺灵啊！没错，就是那事儿！

第 9 章　厂妹失踪案　｜　051

各部门都在压着消息，避免引起群众恐慌。潘局长安排我俩守在高速公路检查站，那是嫌疑人出城的必经之地。你要做好心理准备，这和以往的小案子不同，犯罪分子可能随身携带武器！"

张小波用力点了点头："明白！"

这是张小波加入辅警队伍以来，第一次参与这么大的案件，他浑身充满力量和干劲，情绪也从马小利不告而别飞往海南的失落中得到了片刻的舒缓。

下午，第四分局就"12月31日拐卖妇女案"进行了长达三个小时的深入讨论。

根据戴南镇上的报案人提供的线索，12月31日中午1点左右，在服装厂上班的小美吃完中饭后出去溜达消食，一天一夜都没回来，家人这才打了110。

办案民警赶到李家庄进一步了解情况，得知小美出门前手机、钱包、身份证都未携带，因此得出结论，小美主动外出的可能性不大。

办案民警很快与村委会取得联系，要求村干部用高音喇叭将小美失踪的情况向全村进行了通报，发动广大村民积极提供线索。没过多久，一刘姓村民反映，31日下午在王二牛肉店门口看见小美搀扶着一名孕妇，因为距离较远，听不到她俩在说什么，村民认为极有可能是该名孕妇骗走了小美。

不久，负责村里环卫工作的老李前来反映，说31号下午也见到小美跟一个孕妇在一起，那孕妇肚子蛮大，看着快要生了。两人在路上说话，听口音，孕妇不是本地人，像是海港市的口音。

根据村民提供的这些线索，办案民警很快调取了监控录像，发现小美的确是跟着一名孕妇离开的。录像中，孕妇戴着一顶鸭舌帽，看肚子大小好像快足月了。小美扶着孕妇一路走,很快进入了监控盲区。

张小波和师父卢远明前往检查站的路上,突然接到了马小利闺密钱倩的电话。

张小波顿时激动道:"钱倩,是不是小利准备回来了?"

钱倩笑了笑:"别激动,小利这才去了几天,没一个礼拜不会回来的。你把卢警官的微信推给我,小利这次海南游的行程,我待会儿发给你!"

张小波的手机开着免提,坐在副驾驶座上的卢远明脸色通红,连连摇头拒绝:"告诉她,我已经有老婆了,孩子都要考大学了!"

张小波回道:"钱倩,我师父名草有主了,孩子马上都要考大学了,你可别惦记我师父啊!你要是喜欢交警,我们分局还有两个单身小伙子,到时候我给你介绍。"

钱倩愣了一下,其实她早就猜到卢远明是已婚人士了,但是她对这个男人竟然一见钟情。唉,爱情就是如此不讲道理地出现了!只是可惜了,别人已经有家有口了。

"既然这样,那就无可奉告了!"说完,钱倩无情地挂断了电话。

张小波和卢远明面面相觑。

快要进入年关了,天气越发寒冷。深夜,卢远明和张小波在高速公路检查站苦守着。

卢远明年长张小波十来岁,明显抗冻能力不如张小波。此刻,寒风直往警服里面钻,卢远明浑身冻得直哆嗦。他们师徒二人沿着高速公路站口的两条检查道来回踱步以暖身子。

第9章 厂妹失踪案

张小波嘴里喷着热气："师父，这天气也太冷了啊！"

"是啊！尤其是检查站附近都是农田，没有高楼建筑，比市里面的气温低不少。"

话音刚落，潘局长顶着寒风前来送温暖："大家都过来吃点热乎的水饺，吃完了继续打起精神，人贩子随时都有可能出城。"

大家都打起了十二分的精神，一边吃消夜一边听潘局长指示。

"盘查工作无论大小都有它的必要性，千万不能大意。被拐女性小美和人贩子还窝藏在本市，大家一定要加强防范，老鼠都喜欢在夜间行动。最近大家辛苦些，等抓到犯罪分子，我请你们吃大餐！"

潘局长这话一出，众人纷纷叫好。

第 10 章　马小利散心

马小利这几天过得乐不思蜀，身处海南这座美丽的海岛城市，有一种逃离现实的感觉。

此刻，她身处的酒店，是一家集旅游度假、休闲娱乐、环球美食和温泉水疗于一体的度假酒店。这里有大海、沙滩、椰树林……

原本她打算和张小波结婚度蜜月的时候一起来旅行，但是苦等他三年了，他一直没有给她一个准话。她知道张小波心里在想什么，她也知道自己不在乎的那些身外之物，恰恰是张小波最在乎的。因为自己家庭条件好，所以无形中张小波与她交往，总会小心翼翼，甚至有点自卑。

张小波努力打拼事业，虽然是因为热爱公安事业，渴望得到组织认可，未来可以成为一名正式警察，但在张小波的心里，似乎只有成为体制内一员，他才有足够的勇气和马小利的父母说"我想娶你们的女儿"。

马小利知道，在张小波没有成为正式警察之前，他们之间注定是棋盘上面的死局。父亲打电话将她狠狠训斥了一顿，因为自己离家出走散心，父亲对张小波的意见更大了。此时，马小利看着一望无际的大海，无奈地叹了一口气。半晌之后，她决定收拾心情，心无旁骛地享受眼前的美景和美食，将一切不开心的事情抛到脑后。

她一边游玩,一边写游记,将自己在海南的所见所闻写进了 Word 文档中。其中,有大量的文字都是她对远方的张小波倾诉的。

"小波,这几天我去了很多地方,一路欣赏着海南的风土人情。这儿真美,我突然发现自己的文学细胞太不丰富,没有精雕细琢的华丽辞藻来形容这儿的美。小波,走在澄迈县大丰镇才存村,我第一次见到了榕树。在这个长寿之乡,九十岁以上的老人随处可见,每一位都精气神足足的。他们在榕树下乘凉,在茶社里拉扯家常。

"小波,我来到了海南的东坡书院,瞻仰先贤,感受千年文脉。原来伟大的诗人苏东坡先生九百多年前在海南生活过。站在他的雕像下,我感受到了文学的传承。小波,你的语文成绩特别好,你一定比我更了解苏东坡的生平事迹。

"小波,下午我去了海花岛,这里是由多名世界顶级建筑设计大师操刀设计的世界顶级文化旅游胜地。这里是一个超大的全球性的商业综合体,国际著名品牌、米其林星级品牌餐厅、度假酒店、免税店……应有尽有。

"小波,你猜我晚上住在哪儿?哈哈,我去了海南省美丽的白沙黎族自治县,这里真是太美了。我突然觉得自己很没文化,此刻就想对着眼前的美景大声呼喊:真美!这里鸟翔鱼游、树茂花艳……这里简直就是天然的氧吧。

"小波,这里的空气很湿润,衣服不容易干。就连酒店里面的床单,我都觉得有点湿漉漉的。今天我去了阿罗多甘共享农庄,这个农庄不仅有特色餐饮、生态牧场、果蔬基地等,还有跑马场、骑行驿站、房车营地等项目。

"小波,今晚我住在南山迎宾馆。开窗就能见到高达一百零八米的海上观音像。你知道吗?这座观音像是世界上最高的观音像,比自由女神还要高十五米呢!

"这里梵音缭绕、蓝天祥云,我看着碧蓝大海、金色沙滩,看着世界各地慕名而来的人在拜菩萨。小波,我也向菩萨许了愿望。你想知道是什么愿望吗?我不告诉你,说出来就不灵了。

"小波,今天我去了西岛海洋旅游度假区,岛上的渔民开了许多特色民宿,风格多样,每一种我都喜欢。渔家风、复古风……许多游客都来打卡了。小波,这里太有意思了,有椰树林、百年老屋、海上书屋、大海、沙滩、水上摩托艇、拖拽伞、潜水……

"小波,我今天穿了比基尼,大红色的。悄悄告诉你,偷看我的男生可多了。

"听说这里以肤色判断本地人、外地人以及新海南人,肤色黝黑代表是本地土著居民。

"导游说,随着海南自贸区的发展,两个海南本地人结婚,相当于两家上市公司利润合并。

"小波,海南的美食别具特色。有石斑鱼、文昌鸡、椰子老鸭汤、百香果鱼汤、生蚝、各种虾、各种螺,每一餐都有新鲜的椰子,刚从树上摘下来的那种。天啦,太好喝了,喝完椰子汁,椰子肉还可以吃,或者煲汤。我突然好想在这里买一套房子,每年冬天可以来度假,春节还可以带爸妈一起来。

"小波,导游带我们去了海南最大的海棠湾免税店,今天我也'剁手'了。购买五件商品享九折,购买八件商品享八五折,双倍积分。我买了许多东西,回去该托运行李了。我将车停在机场,下了飞机直接进停车场,是不是很机智?

"小波,我今天到了万宁,参观了兴隆热带花园,还见到了'血封喉树',它还有个名字叫'箭毒木'。据说古代打仗,它是必不可少的武器。只要将它乳白色的汁液涂抹在箭头上，被射中的人不死也残废。这里还是咖啡和可可的种植基地，据说当年周总理前来考察一连喝了三杯咖啡。你知道的，我一喝咖啡就失眠，但是今天没有。哈哈，是不是远香近臭？"

马小利合上笔记本时，已经是深夜1点。

夜里，她做了一个美梦。她梦见和张小波一起来到了海南，身后有一群摄像师为他们拍结婚照。他们还在美丽的海南举办了一场海边婚礼，婚礼现场父母和亲朋好友都为他们送上了祝福。

她不知道，此刻的张小波虽然在加班，心里却一直隐隐作痛。他们之间真的结束了吗？马父宣布他和马小利分手了，这究竟是马小利的意思还是她父亲的意思？

一阵寒风袭来，张小波浑身打了一个激灵，感觉到钻心刺骨的寒冷。他已经和师父卢远明说了，最近不要安排他休息，他需要让自己忙碌起来，这样心灵才能得到片刻的安宁。

第 11 章　厂妹获救了

深夜1点,张小波他们突然接到指示,务必加强防范,支援队伍已经全面进入抓捕状态。

据监控大队侦查,已经锁定了拐卖小美的那辆银灰色的面包车在附近三公里处藏匿。相信这只"大老鼠"很快就会按捺不住,今晚一定会出洞。

凌晨4点,当所有人都以为这个夜晚白等了时,从远处开过来一辆白色的面包车。

侦查大队调查结果显示,人贩子是开着一辆银灰色的面包车,显然这辆白色的面包车不是嫌疑车辆。

只见白色的面包车正以缓慢的速度行驶,在距离收费站一百米处停了下来。

卢远明和张小波一阵警觉,进入了警备状态。

身旁一位民警已经体力不支,眼周呈现出两只茶色的黑眼圈:"你们别疑神疑鬼了,几个过路的停在路边放水的老爷们。这种人我见多了,出门不撒尿,非要到了高速路口才想起来'放水'。"

张小波眉头蹙起,敏锐地察觉出那辆面包车一定有问题。

卢远明拍了拍他的肩膀:"别那么紧张,天都快亮了,这车的颜色以及车牌照和侦查大队发来的不一样。这一夜又白熬了,等天亮了换班赶紧回去好好睡上一觉。"

张小波脸色顿沉:"师父,我过去看看!"

就在他朝着那辆白色的面包车走过去时,车上下来的几个人突然一阵慌乱地上了车。

张小波敲了敲车窗:"请把驾驶证和行驶证拿出来!"

司机是一名中年男人,笑着露出一嘴大烟牙,递了一支香烟给张小波:"兄弟,马上要上高速了,我们刚才下去放了个水!"

张小波打量着车内,发现司机一副遮遮掩掩的样子,副驾驶座上那名男子更是鬼鬼祟祟。张小波再次说道:"快点,把驾驶证和行驶证拿出来,没问题就放你们走!"

这时,司机面露凶色,踩了一下油门。

张小波举起对讲机,大声喊道:"师父,这辆面包车有问题!"

刚说完,卢远明几个就迅速冲了过来。

司机猛踩油门,试图冲出检查站,张小波本能地想用身体拦住车辆。他叫喊道:"不许动,快停下!"

眼看着面包车要撞上张小波,卢远明一个腾空跳跃,抱着张小波翻滚到了道路旁的栅栏处。

白色面包车很快被一众警察包围,司机和同伙抱着头下了车。后座下来一个戴着鸭舌帽的女人,与监控中孕妇的形象十分相似,除了没有怀孕。

警方从车内查获了大量管制刀具和假牌照,在后备厢发现了失踪女孩小美以及假扮孕妇用的抱枕。小美正陷入昏迷状态。看来这个团伙专门对那些涉世未深的小姑娘下手,利用她们的同情心,进行诱导拐骗。

警察将四名犯罪嫌疑人带回局里进一步调查处理,被拐女孩小美被抬上了120救护车。

这时，不知道从哪里得到消息的电视台记者冒了出来。

女记者一番慷慨激昂地赞美了高速公路检查站的警察和辅警，报道了现场的抓捕情况。

"发生在我市的一起拐卖案于今日凌晨收网，被拐女孩已经被送往医院救治。在现场，我们再次见到了网红辅警张小波的身影。此次案件能够告破，全凭小波同志的一双'神眼'。歹徒的车辆由银灰色换成了白色，车牌照也是临时更换的。张小波同志敏锐地察觉出面包车的异常，随后联手民警同志们进行了抓捕工作。所以这次拐卖案件得以告破，离不开小波一双犀利的眼睛……"

此刻，卢远明站在一旁气红了眼睛："张小波，你傻啊？竟然用身体挡面包车，你当自己是钢铁侠吗？"

张小波被师父卢远明的样子吓得怔住了，半晌没有吭声："师父，我当时就是不想让不法分子从我们眼皮子底下溜走。"

卢远明红着眼睛训斥道："所以你就逞能，以身挡车？张小波，当英雄不是这么当的，你这是拿自己的生命不当一回事。你不是九命猫，你只有一条命！"

张小波的喉结猛一阵收缩，师徒二人相识几年，卢远明从未冲他发这么大的火。他赶紧说："师父，我以后一定注意，坚决不再犯了！"

听到这话，卢远明才停止了责备："别再有下一次了，要是再发生这样的事情，你未必有这么好的运气。如果你敢再冲动，我会劝你离职。"

此刻的卢远明除了后怕，更多的是生气，张小波竟然为了抓人不要命了。这万一有个三长两短，他怎么和张小波的父母交代？

第11章 厂妹获救了

张小波鼻子一酸:"师父,这帮人贩子太可恶了,那姑娘要是没被我们找到,一辈子就毁了。我当时根本没有多想,我就想拦住那辆车。只要我在,他们别想跑了!"

"张小波,我现在想想都后怕,要是那车把你压扁了,我怎么和你爸妈交代!"卢远明气得眼泪飞出。

张小波故作轻松地笑了:"师父,你怎么还哭了?你这几滴眼泪,我得请你吃多少顿饭才能扯平啊?"

"一辈子!"卢远明眼神坚定地看着张小波,"辅警是不配武器的,你这副肉身不能和那些不长眼的歹徒硬碰,他们可都是亡命之徒!抓捕犯人的前提是,先保证自己活着!记住没?"

张小波用力地点了点头,心里泛起了汹涌的情绪,不禁哽咽道:"师父,我记住了,今后一定保住这条小命!"

两人相视一笑,眼里泛着泪花,庆幸彼此还活着。

获救女孩小美经过医护人员的治疗,很快苏醒了,一家人抱在一起痛哭流涕。

等当事人情绪稳定后,警方介入调查,询问了当事人案发时的情况。

小美说案发当天,她在厂里吃完中饭就和往常一样,在附近的小路上散步消食。平日里厂房周围很少有外人,没想到那一天居然出现了一名大着肚子的孕妇。年轻的小美看见孕妇摔在地上,表情很痛苦,嘴里一直在喊救命,于是动了恻隐之心。

孕妇声称肚子疼,请求小美带她去镇上医院。小美在路边等了几分钟,见没有人过来帮忙,孕妇又一副非常痛苦的模样,于是就答应了她。

两人往镇上走,走了半个钟头,孕妇突然不喊肚子疼了,说是要回家,让小美送她回家。小美心想,孕妇大着肚子万一出事就不好了。一时心软,就又答应了她。

两人走了很远,小美才越发觉得不对劲,觉得自己可能被骗了。当她想逃跑的时候,身后出现一个人,快速捂住了她的口鼻。晕倒的过程中,她看见那名孕妇在得意地笑,才明白自己遭人绑架了,可惜已经太晚了。

等到醒来的时候,四周一片漆黑,她的手脚被捆绑得结结实实,嘴巴里塞了抹布。

接下来的几天,她和人贩子朝夕相处。小美发现这是一个常年贩卖人口的团伙,不仅在凤城市下面的村庄厂房附近物色拐卖对象,在其他城市也有他们的窝点。

在公安人员的心理攻势下,歹徒的心理防线很快被突破,他们将在其他城市的窝点一一交代了。警方一举将三十多名犯罪分子一网打尽,拯救十八位女性脱离苦海。

拐卖妇女案件告破后,人贩子受到了应有的惩罚。女孩小美表示要见一见张小波,当面对恩人表示感谢。

张小波觉得这都是他应该做的,几次拒绝未果,最终还是满足了当事人的心愿,在医院病房与小美见上了一面。

小美见到张小波时,第一眼就被眼前这个长相清俊的男人吸引了,尤其是他那一双深邃又忧郁的眼睛。

小美根本不知道,之前的张小波性格开朗,见人爱笑。他脸上的忧郁,源自女朋友突然离开,以及单方面被宣布分手。

小美支开了所有人,在病房上演了一段俗套的剧情,一脸害羞道:"小波哥,您有女朋友吗?"

张小波愣了一下,回道:"我有一个交往三年的女朋友!"

这话一出口,小美脸上顿时写满了失望:"她漂亮吗?"

"她很漂亮!很善良!在我心里,她是全世界最好的女人!"

半晌之后,张小波走出了病房,卢远明站在外头一脸八卦地问道:"小波,人家和你聊啥呢?还故意把我们都支开了!"

张小波微笑道:"师父,小美认我当哥哥了,以后我就多了一个妹妹了。"

卢远明拍了拍张小波的肩膀,一脸看破不说破。

第 12 章　"神眼"小波

案情结束后，张小波打算回家好好睡上一觉。刚走出医院大门，发现辅警小李已经等候多时。

小李看见张小波走出来，一脸崇拜道："小波哥，我送你回家吧！"

张小波的车子还停在检查站，于是答应让小李送他回家。刚坐上小李的副驾驶座，张小波就后悔做出这个决定。

一路上，小李兴奋得滔滔不绝："小波哥，您简直就是我的偶像，是我们所有辅警的偶像。这次破了拐卖妇女一案，您的功劳最大。现在大家都知道咱们第四分局出了个'神眼'小波，一双神眼之下，歹徒个个闻风丧胆！"

张小波浅浅一笑："这些都是咱们警务人员应该做的，没必要到处宣传。如果是你，我想你也一定会奋不顾身拦住那辆车。"

小李头摇得像拨浪鼓："小波哥，有一说一，如果是我，我可不敢用身体挡住那辆车，我可贪生怕死了。这次多亏了小波哥才大获全胜，一举拿下了拐卖人口的那帮畜生！您当时用肉身死死挡住歹徒的面包车，那一刻您就是人民的英雄，上级领导一定会嘉奖您的。对了，我还听说了，电视台这几天要来给您录制一个人物专访呢！"

此刻，张小波的心思根本不在荣誉和奖励上。他除了想要回家好好睡一觉，还担心脸上的伤如何向老妈交代呢！

一路上，小李喋喋不休，在张小波耳边唠叨个不停，吵得他的脑瓜子嗡嗡作响。

"小波哥，您就是我学习的榜样！我一家人都知道您，他们让我请您有空到我们家吃饭呢！我们家里人都挺支持我当辅警的，除了我老爸不喜欢我干这行。我爸三天两头动员我去什么国企、银行之类的单位应聘，他就是看不上我们辅警工作。小波哥，我一定向您学习，混出个人样来证明给他看。"

张小波的脑瓜子虽然被吵得嗡嗡作响，不过在他心里，小李确实是个好孩子。

小李在辅警队伍当中属于最年轻的一个，这个年龄的孩子很少有能够承受风吹日晒的毅力的。听说小李被安排到了实验小学警务岗亭，和一名交警一起维护交通秩序，表现十分出色。

如果人人都觉得当辅警辛苦，那么这个社会的治安都会压在警察的身上。公务员名额有限，警力不充沛的条件下，自然是需要合同工辅警的加入，辅警队伍起到了警务协助的作用。

小李将偶像送到了家门口，恋恋不舍地说了再见，又问："小波哥，等有空我还能来找您聊天吗？"

张小波轻轻地拍了拍他的脑袋，笑道："只要你不要像唐僧念经一样啰唆，随时欢迎你来找我。"

张小波回到家，李芬芳见他身上脸上都是伤，瞬间气哭了："张小波，你这是上班还是上刑场啊？怎么好好的出门上班，伤成了这副样子回来？把你师父卢远明的电话号码给我，我要找你们领导讨说法，我儿子好端端在市区警务岗亭，怎么突然就被调到了高速路口？"

张小波眼珠子一转，安慰道："妈，组织这是相信我、考验我，说不定我很快就能转为正式工了呢！"

李芬芳怒道："你每次都是这么说，你就知道给妈画大饼，我是不相信你们分局了。这份工作你别干了，你如果继续当辅警，妈就不认你这个儿子！"

"妈，我这不是好好的嘛！这些都是微不足道的皮外伤，我皮糙肉厚的不碍事。"

张小波越是安慰母亲，母亲越是哭得厉害，还将丈夫从书房拉了出来。张卫国正戴着耳机码字，被老婆揪着耳朵拧出来时，看见儿子小波脸上挂了彩。

"小波，这是什么情况啊？怎么好端端的受伤了？你是不是背着爸妈当刑警了？"张卫国看见儿子受伤也很紧张。

张小波连忙解释道："爸，市里发生了一起拐卖妇女案，我和师父被派到了高速公路检查站。本来以为又白熬了一夜，没想到凌晨嫌疑人出现了，他们打算将被拐卖的妇女带出凤城，被我们发现并且拦截了。当时发生了一点小摩擦，我不小心受了点伤。"

张卫国故意一脸严肃道："你这是受了点伤？你当爸妈是瞎子吗？小波，不要让你妈担心，她为了你成天担心得睡不着觉。"

这话一出口，李芬芳哭得更厉害了："我真是命苦啊，好不容易现在日子好了点了，你又开始不让妈省心了。在市区当辅警再不济也好过去检查站啊，那边鱼龙混杂，遇到亡命之徒怎么办啊？"

张小波安慰道："妈，被绑架的那名女孩今年才二十岁！当时我如果不拦住那辆车，她就被卖到山沟里了，一辈子就毁了！"

李芬芳哭着反问道："如果你救了她，自己却被歹徒要了性命，

第 12 章 "神眼"小波　｜　067

爸爸妈妈找谁讨债去啊？"

张卫国连连点头："小波，你妈说得对！你是妈妈身上掉下来的肉，你受伤了，她能不心疼吗？再说了，你的收入和回报不成正比，真没必要这么拼命。"

张小波一听，不乐意了，反问道："爸，您的付出和收入更不成正比吧？您为什么一直坚持不懈地创作呢？"

张卫国顿时一愣，明白了儿子的意思，便不再多说什么了。他们父子二人这方面十分相似，都是在事业上一根筋走到底的人。

李芬芳见形势发生了变化，狠狠瞪了这对父子两眼："你们就是两头倔驴，我迟早要被你们气死，你们就狠狠作吧！小波，妈不要你当什么英雄，就希望你一生平安。妈就你这么一个儿子，你如果有个三长两短，你让妈下半辈子怎么活啊？你现在赶紧辞职，不然你就别认我这个妈，以后就别进这个家门！"

"妈，咱别闹了，我这不好好的嘛！困死了，我先回屋睡觉了！"张小波拔腿就想溜回房间。

李芬芳气得咆哮："妈会每天给你念紧箍咒，你只要不辞职，妈就一直在你耳边唠叨。"

张卫国在一旁劝说着，李芬芳气得埋怨他："儿子都随你，脑子一根筋！"

张卫国连连点头："是是是，儿子身上的毛病都是遗传我，优点都是遗传老婆的。"

李芬芳长舒了一口气："对，就是遗传你，包括你这张爱拍马屁的嘴，专门忽悠我。"

半晌之后，张卫国看着儿子的房门，大脑里面突然蹦出了一个灵感。如果他以儿子为原型，写一部辅警题材的网络小说，讲述主角一路成长的故事，会不会有读者买账？这么想着，张卫国回到了书房，打开了一个新的 Word，洋洋洒洒写下了一个新大纲。

张小波回到卧室，拉上了遮阳窗帘，世界顿时漆黑一片，此刻他已经累得想起马小利都没力气伤心难过了。

问世间什么最能解爱情的苦，这一刻他心中有了一个答案，那一定是过度劳累。

海南环岛游的最后一天，马小利拿着行李箱上了大巴，导游将带领他们走进红色景点：南海博物馆。

中午，马小利跟随旅行团的一行人走进了潭门渔港用餐。用餐完毕，导游宣布大家可以自由活动，一个小时后在潭门渔港门口集合。

马小利将行李箱放在了大巴上，背着双肩包轻装上阵，漫步在街头。

一路上，她看见潭门的渔民们正在忙着捕鱼，大大小小的船只对面则是他们刚刚用餐的海鲜店一条街。

这里的人世世代代以南海为生，以海为田，祖祖辈辈在西沙海域和南沙海域从事捕捞作业。

从前，她听过很多关于他们的海上历险故事，知道他们为了维护祖国的领土，经历了许多真实而惨痛的过往。直到今天，他们仍然为了保护南海主权在努力奋斗着。生命的力量、民族的力量，让马小利感受到了前所未有的冲击力。

马小利惊喜地发现，渔民的船也很特别，上面可以住一家人，门窗布置得更像是一个家！看样子，他们是常年生活在船上。

她拿出手机准备拍下眼前的一切，突然感觉身后有些动静。等她回头时，发现自己的双肩包背带已经被小偷剪断了。

小偷正举着手中的战利品，咧嘴嘲笑着跑开了，马小利跟在身后疯狂地追着。

"小偷，别跑！"

马小利拼命地追，包里除了贵重物品，还有她和张小波的合照，那张照片和她一直形影不离。

因为小偷手中拿着一把锋利的匕首，路人没有敢上前帮忙的。

马小利追了没多久，狠狠地摔了一跤，膝盖磕破了，鲜血直流。就在她感到绝望的时候，一个男人的身影出现了。男人的身手十分敏捷，麻利地将小偷擒住了，那把匕首从小偷的手中滑落。

"女士，这是您的包，在外面旅游千万不要一个人单独行动。岛上最近来了不少外地贼，专偷一个人乱走的小姑娘。"

马小利站起身，看见年轻男人身穿辅警制服，眼神都亮了："谢谢你啊！"

"不用客气，这是我的职责。"男人五官清俊，一笑露出了一口洁白的牙齿。

马小利顿时惊住了，他笑起来的样子，还有他身上的那股精气神，都好像一个人……

没错，那个人就是张小波。

她突然想起张小波说过的一句话："民警是警，辅警也是警。舍小家顾大家，社会安保我当先。能抓到坏人的就是好警察！"

那一刻，马小利好像顿悟了。如果她的小波不爱岗敬业，他还是自己喜欢的那个张小波吗？

一定不是！

第 13 章　考察期一年

回到酒店，马小利迫不及待地打开笔记本。

"亲爱的小波……"当她在小波前面加上"亲爱的"三个字时，终于释怀地笑了。

"亲爱的小波，今天我去了南海博物馆，那是一个红色景点，里面有大量关于潭门人民保护南海主权的历史文献。潭门人民真了不起，他们从古至今都在捍卫祖国的南海主权，牺牲惨重。小波，他们是英雄。

"小波，我第一次看见'房船'！房车我们都知道，那是车轮上的家，兼具房与车的功能。在潭门这座千年渔港随处都可以见到大如房屋、门窗齐全的船只，兼具房与船的功能，所以我称呼它为'房船'。我看见孩子们在船的甲板上写作业，那种感觉特别神奇。在他们头顶上，海鸥在飞，海风在吹，这是我们平原地区的孩子们所看不到的美景。

"小波，那一刻我真想留在海南！你知道的，我怕冷，冬天冻手冻脚。这里四季如春，对怕冷的女性十分友好。这里有一望无际的天空、清澈透明的海域、金色柔软的沙滩、树影婆娑的椰林，我好想和你一起沐浴阳光。

"哦，对了，我今天遇到小偷了，还遇到了一名和你一样出色的辅警同志,是他帮我从小偷手中夺回了包。小波,那一刻我忘了疼,只想到你。他和你一样眼神坚毅,一样正义,闪着正道的光。

"小波,那一刻我读懂了你。在我被辅警帮助的那一刻,我才明白了身处绝境中的人是多么需要有人伸出一只手去帮助他们走出绝望。当时小偷手中有一把锋利的匕首,没有人敢帮我夺回包,是那名辅警擒住了歹徒。他没有留下姓名,但他的名字和你们一样,都叫辅警!

"感谢那名辅警,亲爱的小波,我好像比从前更懂你了。"

合上笔记本,马小利看向远处的星辰和大海,嘴角划出了一个美丽的弧度:"小波,我很快就回来!"

第二天,张小波来到第四分局,瞬间被各科各室的同事围住了,大家闹着让他在本子上面签名。

大家都太过热情了,这让张小波感觉到浑身不自在。

卢远明告诉他,潘局长要找他谈话,张小波心中一阵忐忑不安。

难道是因为擅自检查可疑车辆,行为有些逾越和冲动了?还是不符合辅警的权限?他知道,辅警没有执法权力,遇到突发情况时需要呼喊正式民警前来查办。

可是当时情况紧急,歹徒极有可能冲破围栏突围出去,到时候后果不堪设想。

张小波惴惴不安地敲了敲潘局长办公室的门,潘局长抬起头,笑道:"小波,快请坐!"

潘局长竟然起身为他倒茶,张小波受宠若惊地站了起来:"潘局长,我自己来!"

潘局长笑得一脸亲和,就像家里的一位长辈:"别动!好好坐着!受了伤,回家有没有挨骂?"

张小波挠了挠头，有些不好意思地说道："我妈说了我几句，不过我相信她迟早有一天会理解我的。"

潘局长点点头，将茶杯放在了小波的面前，然后语重心长地道："母亲说你几句也是人之常情，以后在抓捕过程中，一定要将自己的生命安全放在第一位。切记，我们不需要做出无谓牺牲的英雄！"

张小波点了点头："潘局，我知道了，我师父已经说过我了！"

潘局长继续说道："我还记得你才来时的样子，初生牛犊不怕虎，意气风发。那时候和你一起加入辅警队伍的人如今都改行了，所以我一直看好你身上的这股子韧劲儿。现在的你比以前成熟了许多，也更加稳重了。你现在是凤城市的大红人，有'网红辅警'的美称，现在大家都叫你'神眼'小波，连省公安厅的领导都听说了你的大名。"

张小波被夸得脸红："潘局长，这些都是我的分内工作，没什么值得表扬的。谢谢领导对我的认可，我会继续努力的。"

潘局摇头说道："小波，你也不要过于自谦。组织是奖惩分明的，有成绩就要嘉奖。今年我市也在进行辅警改革制度整改，原来辅警相对于公安在编警察来说，确实有薪资、身份地位、福利待遇等各方面的差别。今年，提升辅警待遇被列入我市公安系统的重要改革工作之一。另外，关于辅警能否有机会转为事业编，有四种方法！"

张小波眼睛顿时亮了，他知道潘局长找他谈话，开始进入正题了。

"第一，参加公务员考试。不过你已经试了几年，你小子文化基础差了些，看样子这条路是行不通的。第二，有许多地区已经开展了地域性招聘，报考条件会适当降低，对于辅警人员是一个不错的机会，但是在我市还没有落实。第三，内部转正考试，这个我们还在进一步探讨。第四，这方法最适合你，在辅警岗位表现优异，获得一等功、二等功的辅警，有机会破格录取成为正式编制警察。你这几年的表现，大家有目共睹，我和局里几个领导都举荐过你。特别是你师父卢远明，三天两头找我，唠叨得我耳朵根都痒痒。小波，你有这个师父，真是你的福气啊！"

张小波激动道："潘局长，感谢大家的厚爱！今后我一定会更加努力工作，回报组织，回报人民。"

潘局长笑了笑："小波，难怪你考不上公务员，前前后后就会说这几句。针对你这几次的出色表现，上级领导给予我特殊指示，对你进行考察，考察期为一年。小波，你要好好珍惜机会，努力做出更大的成绩，做一名优秀的党员……"

张小波走出局长办公室，双腿一阵发软，幸福来得太突然了。果然，幸福真的是靠自己奋斗出来的！他第一个想分享喜悦的人是马小利，如果她知道这个好消息，一定会替他感到高兴。

卢远明看见张小波出来了，笑着拍了拍他的肩膀："怎么样？我就说有好消息等着你吧！你这叫情场失意，职场得意。"

张小波抿了抿嘴："师父，我觉得腿发软！"

卢远明哈哈大笑了起来："这就腿软了？当时歹徒的车朝你冲过来也没见你腿软啊。你小子下次可不许冲动了，你的好日子还在后头呢！知道不？"

张小波满心感激："师父，谢谢你！"

卢远明笑道："别谢我！谢谢组织！谢谢你自己！接下来再接再厉，好好表现！"

第 14 章 小利回来了

没过几天，张小波又立功了，这一次抓捕了一名在海港市作案的犯罪分子。

男性犯罪嫌疑人将背叛自己的女朋友残忍杀害后，装进了行李箱，然后塞进了汽车后备厢，准备伺机抛尸。他一路从海港市逃到了凤城，没想到一下高速就被张小波逮了个正着。

当时嫌疑人开的车没有安装 ETC，停在卡口交费，张小波正在旁边巡视。嫌疑人突然鬼鬼祟祟地看了张小波一眼，张小波敏锐地发现男人的衣领上面有血迹，于是当场将他拦住了。罪犯想要冲卡的时候，张小波已经打开了主驾驶的车门，一把将嫌疑人拽了出来。

卢远明他们赶紧上前帮忙，将嫌疑人铐上了。随后警察在嫌疑人车上发现了一个黑色行李箱，打开之后顿时惊住了，里面竟然是一具女性尸体。

刑警大队队长刘子明很快赶到了现场，将嫌疑人带回局里。

临走前，他注视着张小波好一会儿："我今年才从海港市借调过来，一直就听说你的大名。张小波，其实你更适合当一名刑警，想不想跟在我后面？"

张小波笑笑："刘队，我也听说过您，您在海港市屡破大案，这次借调到凤城市一年。我还是比较喜欢现在的工作，当刑警太烧脑了。虽然我也很敬佩刑警，但是我觉得这里更适合我。"

刘子明点点头，道："很高兴认识你，感谢你帮了我们刑警队这么一个大忙。"

刘子明离开后，张小波问道："师父，这位刘队长以后还回海港市吗？"

"当然！借调之后，回去就可以升职了！"卢远明一脸欣喜，心思根本不在刘子明的身上，"小波，你小子该不会真的有一双'神眼'吧？你把眼睛瞪大了，让我看看里面有没有安装透视仪器。"

张小波笑了笑："师父，我哪有什么神眼啊？别迷信啦！我就是见那男的脸上的伤是新伤，像是利器所为。他额头上方有一个细长的伤口，从形状上看是指甲划伤的，所以我就联想到隔壁市正在通缉的嫌疑人。他的衣服领口有血，才是我怀疑的重要原因。而且当时他的面部微表情也出卖了他，他把车子停在卡口交费的时候，心情一定很紧张。"

卢远明竖起了大拇指："小波，你真是一块干刑警的好材料，竟然连微表情都有研究，我现在觉得让你在检查站也是屈才了。今年的公务员考试，你可以填报一个刑侦专业，你确实是这一块的好材料。虽说单位对你已经进行了编制转正考核，考核期一年，但是这不冲突。"

张小波笑着摇了摇头："师父，你别想撵我走，我要一直跟着你！"

卢远明一脸拿他没办法的样子："小波，你真倔，不过我是真喜欢！"

马小利回到家，父母见她心情大好，便不再追问什么。

最近凤城第四分局的张小波驻守在高速公路检查站连连破案，在凤城市引起了不小的轰动。马父作为政界的一分子，自然已经得知此事，心想这小子还是有两把刷子的！想起女儿失踪那天，他对张小波的言语确实重了一些，马父的心中不免有些后悔。夫妻二人商量决定，以后尊重女儿的选择。

马小利一回来，立刻打了个电话给钱倩，通知她前来接风。

两人约到了海底捞，钱倩一见到马小利，就故作嗔怒道："看你容光焕发的样子，一定玩得乐不思蜀吧！该不会忘了旧爱，在海南邂逅了新欢吧？"

马小利笑道："哪有什么新欢啊？我在海南都被人抢劫了！"

钱倩吓得筷子上的毛肚掉进锅里："什么？你没事吧？"

"没事啊，好着呢！当时我遇到了一个小偷，他把我的包给偷了，我就一直追着他跑。小偷手上拿着刀，附近的路人都不敢轻举妄动，我当时已经彻底绝望了。我倒不是可惜那款香奈儿双肩包，而是可惜钱包里面我和小波的一张合照。"

钱倩撇了撇嘴，眉头轻蹙："你真是没出息，出去转了一圈，还是惦记着张小波。我怎么就没觉得张小波很特别呢？你究竟看上他哪一点了啊？"

马小利笑笑："你先听我说完！当时救我的人是海南潭门的一个辅警，长得可帅了，和我们家小波一样帅！我当时真的绝望了，心想包一定是追不回来了，没想到那名辅警突然出现了。当时我见到他的第一眼，就想到了我们家小波，顿时明白了辅警的重要性，明白了小波在坚持什么。对了，我们家小波最近怎么样啊？"

钱倩一脸错愕："你爸已经宣布你俩分手了，张小波最近魂不守舍的，只有工作的时候才正常。对了，你刚走的时候，他还找过

第 14 章　小利回来了 | 077

我,当着我的面,竟然还掉眼泪了!"

马小利皱了一下眉头:"分手?我从头到尾都没和他说我要分手啊!我只是一个人出去散散心,顺便想一想我和他的未来,想通了我就回来了!现在我想通了,以后不管我们家小波做什么我都全力以赴地支持他。潭门渔港的那名辅警,就像黑夜中一束明亮的光。那束光给我带来了希望,让我一下子就镇定了。那一刻我觉得我们家小波救人于水火时,一定也是帅呆了,我决定以后再也不和他闹了!"

钱倩无奈地摇了摇头,又模仿起马小利离开时的样子:"你当时可不是这么说的!呜……呜呜……张小波让我在同学面前抬不起头……呜呜呜,我恨他……"

马小利脸颊一红,夹了一个牛肉丸子堵住了钱倩的嘴:"快吃吧!"

钱倩嘴里一边咀嚼一边说道:"你们家小波最近受了点伤!"

马小利惊道:"啊?小波怎么了?"

"没事儿,就是一丢丢小伤!这家伙真是勇猛,歹徒的车直直地冲过来,他竟然纹丝不动。还好他师父卢远明反应快,一个抱摔,两人滚到旁边栅栏那了。那条新闻都已经上热搜了,张小波又火了,这次还得了个新的称号,叫'神眼'小波。"

"'神眼'小波?"马小利一脸蒙。

钱倩一边吃一边说:"你走的这段日子,市里发生了一起性质恶劣的拐卖妇女事件。张小波当时在高速公路检查站值守,发现了歹徒的车有问题,当场给拦住了。没想到那个司机是个亡命之徒,加大油门想从小波身上碾压过去,后来被警方给控制住了。事后,记者现场报道,还给张小波取了个'神眼'小波的美名。我看你们家小波就快要熬出来了，转正式警察是迟早的事情。"

马小利的眼睛里起了雾气，小波真有机会转为正式警察吗？那可是他的梦想啊！

"小利，如果张小波破格转为正式警察，到时候你爸妈一定会答应你们结婚的！唉，不知道我的爱情在哪里？"钱倩突然一脸哀怨的模样。

马小利察觉出有事儿："什么情况啊？我不过出去了一个礼拜，你是不是有情况了？"

钱倩点了点头："可惜啊，我和他有缘无分！前几天我遇到了一个让我怦然心动的男人，可惜名草有主了！"

马小利一脸八卦地笑道："说说呗，让我见识一下，什么样的男人能让我的姐妹如此魂不守舍？"

"你认识。"

"我认识？"

"嗯，他是张小波的师父卢远明！"

马小利一口汽水差点喷出来："别闹了，此缘分绝非正缘！卢远明已经有老婆了，儿子都要准备参加高考了。"

钱倩眼神落寞地看着马小利："张小波已经告诉我了，他有老婆有儿子，所以我只能和你吐槽一下。唉，君生我未生啊！"

马小利笑笑："我们家倩倩，人美心善，才华横溢，一定可以遇到自己的真命天子的！"

钱倩夹了一块肥牛卷，颇有一种化悲愤为食欲的感觉："姐妹，借你吉言喽！"

第 15 章　张小波转岗

拐卖妇女一案告捷，张小波成了凤城市公安系统的大红人，市领导都知道了他的名字。

潘局长有心要好好历练他一番，所以将他留在了高速公路检查站，专门负责来往车辆的盘查工作。

小波得到了领导的赏识，卢远明心里十分欣慰。两人不仅是师徒，卢远明内心更是早已把小波当作好兄弟。不仅如此，小波还是卢远明儿子卢墨的干爹。卢远明心想，小波只要再立几次功，破格入编不是梦。

不过爬坡的路总是艰辛的，高速路口检查站的工作不容易，面对的突发事件也比较多。不仅如此，检查站每个月工作不少于两百小时。无论刮风下雨、严寒酷暑，都不能有一丝一毫的懈怠。对此潘局长有句经典语录："盘查工作无论大小，都有它的必要性，一点马虎不能有。"

虽说检查站的工作存在着一定的风险，但也是最能干出成绩的岗位。

虽说卢远明相信小波的工作能力，可是每次想到那一天，小波用身体挡住人贩子的面包车，他心里就一阵后怕。他不确定这对于张小波来说，是一件改变命运的好事，还是加速悲剧酿成的坏事。

人到中年，比起所谓的成功，卢远明更希望自己身边人都健健康康、平平安安。此时此刻的卢远明根本没有想到，很快他的担忧就应验了，只不过出事的那个人不是张小波。

卢远明给张小波打了一个电话，将潘局长的安排告知了他，没想到张小波很乐意去检查站工作："师父，以后咱俩就可以一块儿上班了！"

卢远明道："马上就要迎来春运，出城和进城的人特别多，到时候鱼龙混杂，各式各样的车辆都有，你可要做好心理准备，说不定会连轴转地加班。要不你再仔细考虑一下，我给你一天时间。"

张小波语气中透露出了坚定："师父，不用考虑了，我一定能行！"

晚上，两人在检查站值夜班。可能是因为天气严寒，今晚出行车辆十分稀少。阴冷的寒气迎面扑来，张小波猝不及防地吸了一口凉气，身体不禁打了个冷战。

卢远明穿的比张小波还多两件，冻得哆嗦着："小波，你冷不？"

"又饿又冷！"张小波故意一脸可怜巴巴的样子，"师父，你饿不饿？"

"当然饿啊！晚上吃饭那会儿，赶上了车辆出城进城的高峰期，咱俩都没来得及吃晚饭。"

"可惜检查站连个微波炉都没有，盒饭已经凉了，吃了容易伤胃。"

卢远明点点头："不服老不行了，我年轻那会儿吃冷饭、喝自来水都没问题！"

冷风从他们的衣领缝隙里钻了进去，又从喉咙蔓延到整个胸腔，随后一路涌上全身。

卢远明有些扛不住了："小波，进检查站里面取取暖吧，等车来了再处理。"

张小波点了点头，长夜漫漫，总不能一直在外边干冻着。

马小利和钱倩吃完了火锅，决定去检查站见一见张小波。

"倩倩，咱俩买点热乎的食物给他们送过去，今儿天气太冷了。"

钱倩白了她一眼："姐妹，你这样会不会太主动了？我妈说了，对男人越好，他们越会蹬鼻子上脸。我觉得，你还是等张小波主动找你吧！"

马小利笑笑："女人通常喜欢男人主动，其实女人也可以适当主动，你就陪我一起去吧！"

钱倩拒绝道："我不去，我担心见到那个卢远明，然后一眼误终生！"

马小利哈哈笑道："你当卢远明是杨过，你是郭襄啊？走吧，你俩当不成恋人，还是可以做朋友的。"

钱倩想了想，道："也是！多一个警察朋友，好像没什么不好的！"

两人从海底捞离开之后，前往美食街买了一些热乎的水饺和胡辣汤。

卢远明和张小波坐在检查站里轮流盯着外头的情况。

卢远明正在打盹儿，张小波突然惊呼道："师父，醒醒，前面那辆车超速了吧？"

卢远明揉了揉眼睛，定睛一看，一辆汽车正在急速驶来："走，出去看看！"

两人出了检查站,外边的寒风将瞌睡虫都吹走了。

刚才那辆急速行驶的车辆在距离检查站五十米处停了下来。

"师父,你守着,我过去看看是什么情况。"

"好!注意安全!"

张小波靠近车辆时,车窗突然打开了,露出了一张甜美的笑脸:"惊喜吗?意外吗?"

张小波缓过神来,看着钱倩,问道:"这么晚了,你这是要出城吗?"

钱倩勾着脖子张望道:"我来见见卢警官的,顺便给你带来了一份超大惊喜!"

张小波撇了撇嘴:"钱倩,我已经和你说过了,我师父有老婆有孩子,而且你俩年龄相差太大了。"

钱倩哈哈笑道:"跟你开玩笑的,别一副上纲上线的样子。你怎么不好奇我给你带来了什么超大惊喜?"

"别卖关子了,我还在上班呢!"张小波说道。

钱倩笑了笑,将汽车后座的灯打开了:"张小波,自己看看吧!"

张小波眼睛朝着后排座位上看去,发现车内竟然坐着他朝思暮想的小利,小利正含情脉脉地看着他。

张小波激动得眼眶湿润:"小利,你终于回来了!"

马小利一张娇美的脸上露出了温柔的笑意:"小波,我回来了!"

张小波顾不得自己正在上班,打开后车门,上车紧紧抱住了马小利。

钱倩捂嘴笑道:"那我就不打扰你俩小别胜新婚了,我去看看卢警官。"

"小利,上回爽约是我不对,我以为你再也不会原谅我了!"

第15章 张小波转岗

马小利红着脸:"我当时真不打算原谅你了,我那么多同学都以为你要过去,结果你让我丢人丢死了。"

两人开诚布公地聊了一会儿,张小波紧紧抱着马小利,生怕下一秒就会失去她。

这一刻,失而复得的感觉,竟然让他做出了一个决定:"小利,我决定辞职了,以后找一份朝九晚五的工作,下了班就陪你一起逛超市、逛商场,当一个街溜子,好不好?"

马小利愣了一下,一把推开了他:"小波,当警察一直是你的梦想啊!答应我,继续在你的岗位上发光发热,为党和人民服务。我以后不和你闹了……"

张小波听得云里雾里,这还是自己认识的那个马小利吗?

"小利,你……你这是怎么了?"

马小利眼神坚定地说道:"小波,以前是我太恋爱脑了,希望你能够每天陪在我身边。这次在海南的潭门渔港,我遇到了一个小偷,他偷了我的包。咱俩的合照在钱包里面,我一直追着他,结果狠狠摔了一跤。当时我已经绝望了,以为包追不回来了,结果出现了一名辅警同志。那名辅警当场擒住了小偷,成功帮我夺回了包。那一刻我才知道你做的是一份特别光荣、特别伟大的工作!小波,不要轻易放弃你热爱的事业……"

马小利将自己在潭门渔港遭遇抢劫的事情告诉了张小波,张小波听得热血沸腾。他感激潭门渔港那位无名英雄,不仅帮马小利夺回包,还替辅警兄弟们争了一口气。

"小利,给我看看哪里受伤了。"

"没事儿,都已经好了,就是一些皮外伤。"

张小波和马小利重修于好之后,两人内心更加坚定,好的爱情是互相成全和彼此成就的。

"小波，我不希望将来你老了，坐在轮椅上后悔自己今天的决定。当警察是你的梦想，不可以说放弃就放弃。即便是因为我，那也不可以。如果人人都不做辅警这份工作，人人都想着拥有一份朝九晚五的生计，那我们的社会治安和人民群众的安全，谁来维护？"

听完小利这番肺腑之言，小波满眼宠溺地说道："亲爱的，你的思想觉悟一下子提升了这么多，看来我要更加努力才行！"

这一刻，两人用沟通交流化解了彼此之间的隔阂，连日来的所有苦闷都烟消云散了。

半晌之后，马小利坐直了身体，红了眼睛："小波，你前几天以身挡车的事情，我已经听说了。答应我，以后不要做这么危险的事情。如果那天你死了，你的梦想都会在那一晚戛然而止。"

此时的张小波如同一个孩子，低着头连连答应。

钱倩来到高速卡口时，卢远明正在哆嗦。看见钱倩穿着驼色的呢大衣，宛如从偶像剧中走出来的，卢远明一下子立直了身体。

"钱老师，你怎么过来了？"

钱倩笑道："我陪马小利过来的，她买了一些吃的给你们，进去趁热吃吧！"

卢远明看了看张小波，这小子还在车里，急得他顿时心里不安："我等小波一起来吃吧！"

钱倩见卢远明一脸拘谨，笑道："大叔，别紧张，我又不吃人的！"

卢远明很少和女人聊天，表现得十分紧张，更何况是一个这么漂亮的女人。

他轻咳了一声，拿起对讲机故意喊道："小波，该轮岗了！"

张小波这才松开了怀里的小利，小利笑道："快去吧，你师父一定招架不住钱倩了。"

"你已经知道了？"

"钱倩已经告诉我了，好不容易遇见一个让她一见钟情的男人，却已经结婚多年，娃都要参加高考了。"

马小利和钱倩放下了食物，两人离开了检查站，张小波和卢远明二人开始狼吞虎咽。

"师父，这水饺和胡辣汤真是及时雨啊，我感觉现在浑身都暖和了。"

卢远明一边吃一边道："你刚才太磨叽了，让我和一个那么漂亮的女人待在一起，吓死我了。"

张小波哈哈笑道："师父，你有点双标哦！又夸钱老师漂亮，又害怕人家。"

"小波，张无忌他母亲说过，漂亮的女人都是骗子，专门骗男人的心。"

"师父，放心吧，钱老师骗不到你了，你都已婚已育这么多年了！"

卢远明点点头："这倒是！"

张小波笑笑："师父，我怎么听出了那么一丝淡淡的忧伤和惋惜呢？"

卢远明佯装要揍他："水饺不好吃，想吃拳头吗？"

……

第 16 章　表彰大会

年关将近，高速路上来往车辆增多，检查站的工作强度突增几倍。上级领导要求，检查站的工作一刻不能放松。一定要将所有可疑车辆拦截在高速道口。高速卫士们必须守护好一方水土，保证凤城人民群众能过个踏实的春节。

这期间，张小波一连查获了多辆非法运输危爆物品的车辆，配合交警搜捕了大量的非法危爆品，将危险阻挡在高速公路检查站。不乏犯罪分子当场掏出"好处"利诱他，面对这些利诱，张小波不卑不亢，第一时间向值班交警进行汇报，将危险扼杀在摇篮中。

为此，第四分局受到了市公安局的大力表彰。

表彰大会上，市公安局领导对张小波毫不吝啬地称赞道："张小波是一名辅警，也是一名党员，市民亲切称呼他'神眼'小波。他在这个平凡的岗位，以强烈的责任心、敏锐细致的观察力，为人民群众保驾护航，为集体带来了殊荣。今天的掌声，我们送给他……"

卢远明和同事们坐在下面拍红了巴掌，前排的潘局长也是一脸欣慰，张小波果然是一块金子。

表彰大会结束，记者们将话筒都对着张小波。张小波顿时一阵恍惚，这样的高光时刻，几乎很少出现在辅警人员身上。

一名记者问道:"小波,老百姓都说您有一双"神眼",能和我们分享一下,您是如何屡破大案的吗?"

张小波有些紧张:"大家好,我是张小波,凤城第四分局的一名辅助警务人员。年关将至,大家注意出行安全,小波在高速路口为你们保驾护航。大家都说我是'神眼'小波,其实我根本没有神眼,只是习惯观察来往车辆。谢谢大家对我的鼓励,这些都是我应该做的,大家无须过多赞美我。如果真的要赞美,有太多警务人员守在基层,守在一线,他们更值得我们尊敬。"

现场记者激动地总结道:"民警是警,辅警也是警,身上的使命与担当都是一样的。随着网络时代的传播速度的加快,现如今越来越多的优秀辅警走进了我们的视野,让我们认识到,辅警与民警都是人民的好公安。希望社会广大群众,尤其是在道路交通安全中,积极配合辅警同志的工作,尊重他们的职业,做到不逆向行驶、不闯红灯……"

张小波听完后欣慰地笑了,不禁感叹这真是最好的时代!"网红"曾经是一个褒贬不一的名词,如今这个名词越来越被大家接受,并且给予它新的定义。曾经他对于"网红辅警"这个称呼并不是很喜欢,现在却觉得如果这个身份能让广大市民认可并且理解、尊重辅警的工作,那么这个称呼就是正向、积极的。

临近年关,来往出行车辆较多,检查站的工作量倍增。表彰大会结束后,张小波立刻赶往检查站与师父卢远明一起投身工作中。等忙完这阵子,他打算休年假,办一件大事情。一想到那件大事,他的嘴角就浮上了笑意。

几个交接班的同事见到他,纷纷簇拥而上:"小波,我们刚才都看了表彰大会的直播,你简直说出了我们的心声,替咱们辅警争光了!"

"还是互联网时代好,以前干得再多,也没人知道,现在群众通过网络就能知道咱们这一行,大家以后继续好好干。"

"我进局里这么多年,小波是头一个拿了三等功的辅警,晚上必须请客!"

张小波笑着答应道:"等咱们忙完春节高峰期,我一定请大家吃大餐。"

交警李伟说道:"那咱们就年后聚!最近车辆比往常多了好几倍,昨天我看到一辆改装车,被我当场给拦住了。你们知道东风汽车吧?"

张小波问道:"是不是车标像两只大雁互相盘着,远处看车标像一股风?"

"没错!我昨天见到的那辆东风商务车,看着就特别奇怪。车标是东风汽车的标识,车型却不太一样。我将车主拦了下来,仔细对车辆进行了一番盘查。你们猜怎么着?"

"车主改标了?"

"没错,那竟然是一辆奔驰商务车!我让车主把行驶证和驾驶证交出来,结果上面写得清清楚楚,那是一辆奔驰商务车。我当时就纳闷了,奔驰车标为什么要擅自改成东风车标?车主竟然和我说,他不想回家太高调,想要在亲朋好友面前显得低调些。"

张小波哈哈笑道:"想低调为什么买奔驰?直接买东风汽车不就得了?"

"车主说了,一是担心亲朋好友向他借钱,二是他平时做生意需要奔驰车充面子,所以才这么纠结。我告诉他私家车是禁止非法改装的,私自更换车标更是违法的行为,当场扣留了他的行

第 16 章 表彰大会 | 089

驶证……"

晚上，张小波和卢远明留守检查站值夜班，凌晨的时候车辆开始减少，两人打算换着休息，四十五分钟轮流换一趟。

这时，张小波看见远处来了一辆车，靠近时发现是一辆黑色的桑塔纳。车窗贴着膜，从外面往里面看，几乎什么都看不见。半夜进出的车辆，大家都会格外留意，于是张小波上前进行例行检查。他在车四周绕行了一圈，发现这是一辆没有牌照的车。汽车后备厢的位置，有一个一元钱硬币大小的洞，他察觉出来这车一定有问题。

张小波敲开了车窗，看见主驾驶和副驾驶分别坐着一名男子。两张穷凶极恶的脸出现在张小波的眼前，眼神中流露出腾腾杀气。

张小波心里升起了不好的预感，这俩人不像普通的司乘人员，倒像是两个亡命之徒。

"请下车配合检查！"

话音刚落，两名男子的脸色越发暗沉，互相看了看对方。

张小波察觉出这两人有问题，手已经摸向了身上的对讲机，准备呼叫师父卢远明。

这时，只见两名男子各自从座椅下方取出一把明晃晃的匕首，匕首在黑夜中散发出冰冷的光芒。两人迅速下了车，拿着匕首朝着张小波的胸膛刺去。

第 17 章　五名新生儿

张小波动作灵敏，逃过一劫，身体不住地往后倒退的同时按响了对讲机。

正在检查站内休息的卢远明立刻冲了出来，看见两名不法分子已经朝着高速路下面逃跑了，张小波跟在后面不停地追。

天太黑了，两名不法分子消失在黑夜中，张小波最终无功而返。他和卢远明开始检查这辆车，打开后备厢时，两人当场惊呆了——后备厢里竟然躺着五名新生儿，其中有两名又瘦又小的婴儿，看起来十分虚弱。

卢远明一脸震惊，说道："小波，你快把这些孩子送到医院抢救，检查站这边我守着。"

"是！"张小波用力点点头，开车将五名新生儿送到了凤城市妇幼保健医院。医护人员立刻给孩子们做了全面的身体检查。

张小波全程守在检查室外面等待，浑身止不住地发抖。过去虽然听过拐卖儿童的案例，但是直到自己亲身经历了这些，才发现那种震惊比听说的还要强烈百倍。因为愤怒和心疼，他的眼眶一阵酸涩，眼泪不可遏制地飞了出来。

幸运的是，经过医生的诊断，五名婴儿的身体都很健康。刚才送过来的时候，孩子们看起来奄奄一息，因为受了冻，挨了饿，身体显得虚弱。院方立刻给五名婴儿喂食了牛奶，孩子们的小脸蛋逐渐恢复了红润，模样很是可爱。睡梦中，他们时而做鬼脸，时而做哭的表情，时而咧着嘴笑，根本不知道自己还有被拐的经历。

张小波隔着玻璃窗，看着婴儿们熟睡的样子，紧蹙的眉头终于舒展了开来。直到现在，他还在后怕。如果当时没有多个心眼，那辆黑色桑塔纳被放出去，这五名婴儿将会面临怎样的命运？张小波暗暗下定决心，在以后的盘查工作中，要做到一万倍的细心和敏锐，坚决不放过任何一个不法分子。

卢远明的电话打了进来，担心道："小波，孩子们的情况怎么样了？刚才我看有两名婴儿状态好像不太好！"

张小波吸了吸鼻子，说道："师父，谢天谢地，五名婴儿身体健康。护士们刚才给他们喂了牛奶，现在已经在保温箱里睡觉了。"

听张小波这么一说，卢远明这才长长地松了一口气。

当时在妇幼保健医院围观了全程的一位病人家属，在微博上发了一篇谴责人贩子的推文，没想到一夜之间竟然火了。

很快五名婴儿被拐的消息传遍了网络，引起了网友们的热议，有网友甚至对法律不规定人贩子一律执行死刑提出了强烈的质疑。

与此同时，张小波又火了！"神眼"小波的美名传遍了整个网络，传遍了凤城的大街小巷。

病人家属在微博里，除了批判人贩子，言语之中对张小波这个帅气而正义的党员辅警大加赞赏。这瞬间引起了广大女性微博粉丝的关注，她们都想见一见这位"神眼"小波，一睹他的俊美芳华。

一时间，在网络与现实中，张小波都火了。

分局同事打电话给张小波，说局门口被一群市民围得水泄不通，有热心的市民还拿着锦旗送到了局里。门口有好几个大妈要把自己的宝贝女儿嫁给张小波,现场差一点都要打起来了。

检查站的同事也打电话告诉张小波,说有市民拿着锦旗去了高速公路检查站,一直苦等张小波出现。现场还有许多慕名而来的市民,纷纷拿出手机在检查站打卡拍照。

张小波看了看时间,马上就到下班和放学的高峰期。老百姓堵在分局门口,势必会造成交通堵塞。

他一路开车前往分局,没等车子停稳,市民们已经蜂拥而上,将他的车子围得严严实实。

现场有人拿着锦旗,有人举着KT板,有年轻小姑娘拿着礼物、鲜花……这阵势俨然就是狂热粉丝追捧明星的大型现场,张小波感觉头都大了。

这时,一位大妈敲开了他的车窗:"小波,我女儿双硕士学位,中国政法大学毕业的,现在是大学副教授职称。小波,你赶紧加一下大妈的微信。"

一旁的另一位大妈见状,顿时一脸不乐意:"双硕士学位怎么了?副教授职称怎么了?我女儿在世界五百强上班,年薪百万。小波,你加阿姨的微信!"

一个大爷连忙跳了出来:"教授、海归怎么了?年薪百万怎么了?她们都要上班,哪有时间照顾家庭照顾孩子啊?我们家三年拆迁了四次,我就一个女儿,她不用出去上班,在家收租金就可以了。小波平时工作忙,就需要一个贤内助的帮衬。"

分局几个年轻的警员隔着玻璃门笑得前仰后合:"这不就是个大型征婚现场嘛,大爷大妈们为了女儿可真是拼了。"

"唉,咱们被一个辅警把风头给抢去了。"

"辅警怎么了?辅警也是警,为人民保驾护航的都是英雄……"

张小波好不容易摆脱了热心市民，终于走进了分局，来到了局长办公室。

潘局长一见到张小波，眼神里就藏不住欢喜："小波，外头挺热闹啊！我刚才听说了，大爷大妈们对你的终身大事非常感兴趣。"

张小波低着头，脸颊一阵滚烫："局长，市民们太热情了，我都吓蒙了！我刚才说已经有女朋友了，他们这才把我给放了。"

潘局长拍了拍小波的肩膀："不错，有情有义，专一钟情！小波，早点和女朋友把婚事定下来，男人先成家后立业嘛！"

两人聊了一会儿，这时从门口走进来一位气度不凡的男人，看着年龄应该刚退休不久。

潘局长连忙介绍道："小波，这位是上海著名的公安局刑事技术高级工程师，公安部首批的八大特邀刑侦专家之一张新，他从事模拟画像三十多年了，在刑侦界有'神笔马良'之称。十多年前，月亮城轰动的'连环杀人案'三张嫌疑人画像就是出自他的手。小波，待会儿好好表现，全力配合张警官进行画像。"

张小波用力点了点头，主动和张专家打了招呼。

潘局长继续介绍道："老张，这位就是我经常向你提起的辅警张小波，分局最出色的党员辅警。"

张新点了点头："小伙子很帅，一身正气。我们都姓张，算是本家了。"

张新这么一说，初次见面的两人，气氛瞬间破冰了。

两人握手时，张小波感受到了对方的坚毅和力量，信任感在这一刻就建立起来了。

张小波一脸激动道："张专家，我记得当年月亮城'连环杀人案'中有一篇报道，关于目击证人在高度紧张时，他们是否会说真话，您有一篇独到的讲解。"

张新笑了笑："我推测当年你还是一名高中生！那个时候你就对刑侦感兴趣了？"

张小波点点头："当年您采访的目击证人中有一位女士被凶手行凶未遂，她在描述罪犯特征时，坚持说那个罪犯长相很凶，眼睛瞪得圆圆的，特别恐怖。

"后来，不管您怎么进行罪犯画像，她都觉得罪犯的眼睛画得不够圆。最后您拿出了一枚一元钱硬币，问她，是不是硬币这么圆？那位女士竟然说比一元钱硬币还要圆！因此您断定目击证人作为受害者情绪高度紧张，导致措辞夸张。

"这些不确定因素都会对您的画像产生很强的误导作用，最后经过一系列的心理疏导，您交出了最符合描述者叙说的画像，最终和被捕的罪犯竟然达到了相似度百分之九十多……"

张新对面前这个大男孩好感度倍增："小伙子，现在用到模拟画像的地方不多了。科技进步，现在全城布满了'天眼'，只要监控不被故意破坏，凶手很难逃脱，现在我们都是根据视频来画。高科技时代，破案率高了。除非特殊情景之下，才会让我们画像师手绘作画。小波，我听说拐卖婴儿一案中，你看清楚了两名犯罪嫌疑人的脸，咱们现在开始吧！"

张新几乎是一瞬间恢复了严肃的神色，这让张小波心中更是一阵敬畏。

张小波对两名犯罪嫌疑人的五官印象深刻，没费多大工夫，张新就已经画出了二人的画像。

张小波走近一看，顿时惊呼道："张专家，您画得也太像了！"

技术科根据张新的画像，很快将两名犯罪嫌疑人的高清画像公之于众，警方开始进行全面搜捕。

潘局长满意地看着张小波，像是看着自家的孩子一路成长进步。

"这段日子辛苦了，你和远明说一声，给你们休假一周时间。"

张小波一脸惊喜："谢谢潘局！"

潘局长笑着说道："休息不是给你睡懒觉的，好好陪一陪女朋友，你们的事情我也听说了一些，她的父亲和我同学是一个单位的。人家不是不明事理的人，好好对待人家女儿，这事情我看能成。"

第 18 章　高速卫士

人生无常，世事难料。

张小波和师父卢远明休假期间，谁都没想到卢远明的妻子李婷在上班过程中，因为颈椎压迫导致脑供血不足猝死了。这个消息如同晴天霹雳，让卢远明和他上高三的儿子卢墨彻底蒙住了。

卢远明的妻子在银行上班，已经升到了副行长的位置。为人性格要强，用现在流行的词语形容，她可以算是银行里面的"卷王"。

最近银行存款指标压力大，李婷经常在行里加班到半夜，严重透支让她的身体像一台主机崩溃了。

卢远明原本打算利用一周休假时间，在家里好好陪一陪正在冲刺高考的儿子。

没想到妻子突然在行里猝死，休假变成了办理妻子的丧事。

张小波带着马小利出席嫂子的葬礼时，看见师父一夜之间头上冒出了许多白头发。干儿子卢墨哭得崩溃，所有人都担心李婷突然离世的事情会影响到这孩子参加高考。然而此时一切的安慰对于这对父子而言，都无法改变他们一个失去了妻子，一个失去了母亲的事实。

回去的路上，张小波紧紧握住了马小利的手。明天和意外，永远不会知道哪个先来，唯一可以做的就是珍惜眼前人。这一刻，张小波暗暗下定了决心，等忙完春运潮，立刻向马小利求婚。不管马小利的父母同不同意，至少他要为心爱的人努力争取一次。

进入腊月，高速路上的来往车辆越来越多，检查站的工作一天比一天繁忙。让老百姓平平安安回家过年，是所有高速卫士共同的心愿。

这天上午，张小波遇见一辆车，车头和车尾都贴了符纸，遮挡住了车牌号。

"您好，请出示您的行驶证和驾驶证。"

车主从车内拿出了相关证件，积极配合警务人员检查工作。

张小波确认该车辆没有问题，又让车主不要贴封建迷信的符纸遮挡车牌。

车主笑着连忙点头答应，声称是自己的母亲强烈要求这才贴上去的。

张小波的眼睛看向了车主身旁的副驾驶，副驾驶上坐了一位女性，怀里抱着一个小婴儿，显然是一家三口回家过年。

"先生，回头给孩子买个安全座椅，这样抱着不安全。"

车主连忙解释道："没事的，我老婆把孩子抱得很紧的，我们之前也经常这样。"

张小波脸色顿沉，严肃道："如果遇到紧急情况，刹车的时候你们把孩子抱得再紧也没用。如果安全气囊再弹出来，还会造成二次伤害，千万不能有侥幸心理。正确的做法是您的夫人和孩子都应该坐在汽车后座，并且将孩子安顿在儿童安全座椅上。"

车主连连点头答应了，带着满满的感激之情离开了检查站。

下午一辆汽车在高速路上轮胎爆了，司机先是降挡，再利用发动机的牵引力降低了车速，用脚点刹的方式进行了减速。

驶离主车道后，车主将车辆停靠在应急车道，打开了双闪，第一时间拨打了高速公路紧急救援电话。

张小波接到电话，第一时间找到该车，车主已经取出了备用轮胎。

"看我是怎么换轮胎的。"小波对车主说。

车主看着张小波娴熟的手法，顿时心生敬意，在一旁配合打下手。

张小波麻利地拆除了报废的旧轮胎，一边安装新轮胎，一边向车主耐心讲解如何安装轮胎："更换轮胎很简单，用一个千斤顶把车顶起来，把爆胎卸下来，再装上备胎就行了。你看，这不就好了吗？平时多学一些汽修技能，碰上紧急情况就不会慌了。今天你距离我们检查站比较近，不然就耽误你回家了。"

张小波骑着警用摩托离开后，车主愣在原地，突然想起这位就是网红辅警"神眼"小波！

当天晚上，张小波又遇见了一辆因水箱缺水发生故障的车辆。车主急得下车求助："同志，我这车水箱缺水了，能不能帮个忙？我还得跑三个小时路程呢！"

张小波立刻打开车主的汽车空调冷凝器，后面就是水箱。

仔细一番检查，他根据标尺将车主的水箱注入了水，很快就帮助车主消除了安全隐患问题。

车主激动地连声感谢："多亏您了，不然出了问题，这年就没法过了。"

张小波笑道："平时一定要定时检查水箱，长时间缺水会导致水箱的水温变高，会使活塞、活塞环、连杆等部件的强度降低，甚至变形，导致各零件产生缝隙，最后酿成事故的可能性会增加。冬天还要记得换上防冻液……"

警务人员看似啰唆的背后，却让严肃的执法过程变得温情了许多。

在高速公路检查站这段日子，张小波收获了许多宝贵的经验，不仅得到了来往乘客的认可，也更加深了自己作为一名党员的使命感。他深知，一句问候，一句关怀，一句提醒，一个帮助，可能会改变无数家庭的命运。

卢远明的老婆刚离世不久，家里的高考生情绪十分低落。检查站的工作却一天比一天忙，卢远明决定回到工作岗位。上班的时候，卢远明一直闷闷不乐，担心儿子的情绪会影响高考。

张小波和马小利提起了师父的艰难处境时，马小利正在办公室加班，很快钱倩就知道了这件事。

"小利，卢远明也太可怜了！一边是工作，一边是家庭，又当爹又当妈。"

看着钱倩一脸心疼的样子，马小利问道："难道你要去给他当田螺姑娘吗？"

她没想到钱倩用力地点了点头，一副吃了秤砣铁了心的架势："以前他有老婆，我应当避而远之。虽然我对他一见钟情，但是我一直在克制自己。现在他老婆不在了，我想帮助他们渡过这个难关。"

马小利撇了撇嘴，一脸不敢苟同："那你是以什么身份去帮助他们父子俩呢？人家卢远明可没答应你，即便卢远明答应你，他儿子卢墨也未必会接受你。钱倩，这年头的后妈可不好当，你可要想清楚了！"

钱倩眼神坚定道："现在卢远明丧偶，我单身，我觉得一切皆有可能！小利，我第一次喜欢上一个男人，我想努力争取一次。"

马小利眉头蹙起："你们之间年龄差距太大了，你爸妈未必会同意！钱倩，建议你三思而后行！"

钱倩突然站起身，手里拿着车钥匙："姐妹，我已经想好了，我一定要得到卢远明！为了他，我愿意当后妈。"

马小利气得故意说了句反话："这样一步到位，老公和孩子都有了。"

钱倩眼睛顿时一亮，笑道："姐妹，机智啊！买一送一，简直太划算了！"

说完，钱倩跑出了办公室，留下马小利一个人愣在了原地。

卢远明下班后，去菜场买了菜，刚出了电梯就看见钱倩蹲坐在他家门口，惊道："钱老师，你怎么来了？"

钱倩举着手里的菜，笑得一脸灿烂："我来给你们父子做点好吃的！"

卢远明满脸不可置信地问道："你会做饭？"

"当然！淮扬菜、广式粤菜、西餐，我都会！"

两人说话时，卢墨放学回来了，看见爸爸和另外一个女人在一起，顿时愣住了几秒："爸，她谁啊？"

卢远明不知为何，当着儿子的面竟然有些心虚："钱倩阿姨是爸爸的好朋友，和你干爹认识，今晚来咱们家做客。"

三个人进屋后，钱倩麻利地跑进了厨房，看着一点不认生，像是在自家一样。

卢墨原本回到房间开始写作业，出来倒水喝的时候，看见钱倩系着妈妈的围裙。他的脸色顿时沉了下来："喂，你别穿我妈的围裙！"

第 18 章 高速卫士 | 101

第 19 章　高速连环车祸

钱倩愣了一下,连忙取下了围裙:"卢墨,你可以叫我钱倩阿姨。你爸工作忙,阿姨学校已经放寒假了,最近就由阿姨来给你做好吃的。"

卢墨冷哼一声:"我不需要你照顾,你以后别来了!"

卢远明刚想要批评儿子几句,手机铃声突然响了,是小波打来的电话。

挂断电话,卢远明一脸沉重:"墨墨,高速路上发生了连环车祸,爸爸要赶紧过去一趟!钱倩,今天就辛苦你了,替我做顿饭吧!"

钱倩点点头:"没事儿,快去吧!"

卢远明赶到检查站时,现场已经全面封锁了起来,消防队、医护人员已经陆续抵达现场。

据现场统计,目前有八人当场死亡,二十三人在车祸中受伤。

看着高速上惨烈的车祸现场,张小波第一次感受到了生命的无常,沿路停满了被撞坏的车辆。

一辆长途货柜车的车头严重变形,主驾驶和副驾驶两人当场死亡。车祸面前车辆变成了一堆废铜烂铁,高速公路中间的隔离护栏扭成了麻花。

"爸爸——"

张小波听见一声叫声,猛地回头看见一个四五岁模样的小男孩。

小男孩身旁的女人头部受伤了,整个人鲜血淋漓,看起来奄奄一息的样子。

"妈妈,爸爸是不是死了?"小男孩不停摇晃着母亲,女人半天没有回应。

看着眼前的这一幕,张小波大声吼道:"快来人,这里有人受了重伤!"

第一次目睹这般惨烈的车祸现场,他感到一阵耳鸣目眩。耳边是消防车、警车、120救护车的声音,还有受伤人员的哭喊声、孩子的啼哭声。

"队长,前方三公里处有一辆运了七吨鞭炮的货车,车头歪倒在护栏上,随时都有爆炸的可能。"一名消防战士满脸惊慌地说道。

"几吨?"

"货车司机已经被救下来了,他说整整七吨!"

队长面色凝重,沉默了几秒,立即开始布置工作。七吨的鞭炮如果爆炸,后果不堪设想。

堵在高速路上的司乘人员,没有受伤或者受了轻伤的,纷纷加入了救人的队伍。

这时,张小波看见一名女人满身是血,从压扁的车内爬了出来。她拉住小波的手说:"警察同志,快救救我的家人,车里还有三个人。主驾驶是我先生,副驾驶是我妈抱着我女儿。我女儿才六个月大,求你们救救他们。"

白色私家车是被一辆红色的货车追尾,两车相撞,白色轿车一部分卷入了大货车的底部。

消防员费了九牛二虎之力,才将一部分货车的车身搬动开。这时,他们听见了孩子嘹亮的哭声。

女人兴奋地抱出了孩子:"太好了,我女儿还活着!"

张小波看了一眼副驾驶的女人:"阿姨……好像……您节哀。"

女人抱着孩子崩溃哭道:"求你们救救我妈……"

这时,车主从晕厥中醒来,张小波惊喜道:"别哭了,你先生醒了!"

张小波试图打开主驾驶的车门,车主却连连惨叫,他的腿被卡住了。

张小波看向抱着孩子的女人,问道:"车上有工具箱吗?"

"有!我去拿!"

张小波用最快的速度卸下了车门,这时救护人员赶到现场,将车主和家属抬上了救护车。

卢远明步行了三公里才找到了身心俱疲的张小波:"小波——"

"师父,我已经看见死了八个人了!"张小波见到师父,瞬间泪崩。

卢远明拖着小波一路往回走:"小波,你冷静点,这里有消防战士和医护人员,我们的职责是回到检查站守好卡口,快跟我回去!"

其间,他们看见一辆蓝色轿车撞上了道路中间的防护栏,防护栏直接插进了汽车,整个车身都被刺穿了。轿车的引擎盖全部被掀翻,司机被困在严重变形的驾驶室,身边散落了一地的汽车零配件和玻璃碎渣。

车主陷入昏迷,抢救过程中意识渐渐清醒,声音虚弱道:"先救我老婆,我老婆在副驾驶,先救她,不要管我……"

"你放心,你老婆没事,她已经被我们救出来了!"一名医护人员不住地安慰道。

得知老婆没事之后,车主情绪明显平稳了许多:"让我老婆过来,我要交代后事……"

女人从救护车上下来,她万万没想到丈夫受伤这么严重,崩溃地哭道:"老公,我没事,你千万别睡啊!"

很快,消防战士将车主驾驶座椅全部拆除,车主这才得以解脱,被迅速送往医院进行抢救。

生离死别在张小波的眼前上演,站在惨烈的车祸现场,他浑身都在颤抖。

返回检查站的途中,他和卢远明碰到需要搭把手的时候,会第一时间冲上前帮忙。

途中,他们看见一辆白色本田轿车,破烂不堪地歪在路边。车里是一家四口,车主的妻子当场死亡,车主与两个孩子受了不同程度的伤,三个人号啕大哭。张小波一直认为自己很坚强,这一刻他才更深刻地知道,没有什么比失去亲人更令人感到绝望。

一直忙碌到天亮,封闭了一整夜的高速公路,现在又可以正常通行了。环卫工人清理了车祸现场所有的痕迹,这里像是什么也没有发生过。

回到家,打开门看到妈妈的一瞬间,张小波抱住妈妈痛哭了起来:"妈,我今天看见死了好多人,他们原本都不会死的!事故最前面那辆大型货车司机在高速上接听电话,撞到了沿路的护栏,车身一瞬间就翻了。后面正在急速行驶的车辆来不及反应,一辆接着一辆严重追尾……"

李芬芳不住地安慰儿子:"儿子,妈知道你已经尽力了,你不

第 19 章 高速连环车祸 | 105

要太自责了，这不是你的责任。"

张卫国从书房出来，在一旁听见母子二人的对话，几度哽咽。

半晌之后，张卫国说道："儿子，别哭！警务人员都崩溃了，老百姓还能依靠谁呢？站好每一班岗，将风险降到最低，就是对他们最大的帮助……"

张小波抬起头，看向了自己的父亲。他第一次感受到"家"对人的意义，家是避风港，是人在最无助时的保护伞，是信念崩塌时的防护墙。

李芬芳给儿子煮了一碗面，张小波实在没有胃口，回到卧室拉上了窗帘。一夜未睡，他闭上眼睛却毫无困意，满脑子都是车祸现场的画面。

马小利上网看见了新闻，得知高速路上发生了严重车祸，立刻打来了电话。

"小波，你还好吗？"

听见马小利的声音，张小波的眼泪不可遏制地涌了出来："小利，今天我看到了太多死亡，才发现自己没有想象中那么坚强，无法面对突如其来的生与死……"

马小利静静地听着、安慰着，她知道小波比任何时候都更需要她。

这起重大交通事故引起了省、市领导的高度重视，参与抢救的工作人员都得到了专业的心理疏导。卢远明松了一口气，小波消沉了几天，最终走出了阴影。

小年当天，潘局前来慰问一线的工作人员，对检查站的高速卫士们进行了鼓励："春节将至，最近的数据显示，来往车辆已经达到了往常的数十倍。希望大家打起十二万分的精神，努力为广大市民保驾护航。大家有没有信心打好春运这一仗?"

"有!"众人齐声道。

潘局很是欣慰,离开之际特意看了看张小波,眼睛里藏不住关心地问:"小波,这两天心情好些了吗?"

他的手轻轻地落在张小波的肩上,眼神像父亲一般慈爱。他曾经也有过事故之后的心理创伤综合征,自然明白小波心里的滋味。

小波一双漆黑深邃的眼睛,恢复了往日的神采:"潘局,我没事了,一定会和兄弟们守好高速卡口。"

……

监控室的90后新人杨晓杰突然扯着嗓门大声喊道:"小波哥,不好了,路上有个孩子。"

张小波正在检查一辆七人座的面包车,远远地就看见杨晓杰朝他狂奔而来。

正在这时,一辆私家车停在了张小波的面前,车主急道:"同志,高速路上有个孩子,就在前面不远处……"

杨晓杰气喘吁吁道:"小波哥,孩子距离检查站只有两公里,你快去把孩子带回来吧!"

张小波立刻骑上摩托车,一路行驶在高速公路应急车道上。

很快,他看见一个穿着粉红色羽绒服的小女孩,坐在高速公路应急车道上哇哇大哭。

他打开了摩托车警示灯,将车停靠在应急车道,赶紧下车抱起那个孩子。

在寒风中,小女孩的脸蛋已经被吹得皴裂。

"孩子,别怕,叔叔这就带你回去。"

一路上,小女孩紧紧地靠在他的怀里,不停哭道:"爸爸妈妈不要我了……"

张小波又心疼，又窝火，竟然有人把孩子遗弃在高速公路上。

收费站的女同志给小女孩喝了些热水，小女孩的身体才渐渐暖和起来，小脸蛋也变得红润了。圆溜溜的眼睛像洋娃娃一样，看人的时候总是忽闪忽闪的。

这时，杨晓杰一脸激动道："小波哥，找到了，就是这辆车！"

张小波看了几遍视频，心中怒火熊熊升起。

视频中，小女孩的父母当时好像在争吵。两人将女儿扔在高速路应急车道上，然后开车离开了。

张小波平复心情后，问道："小朋友，你几岁啦？"

小女孩奶声奶气地回道："我今年五岁了。"

小女孩思维清晰、口齿伶俐，很快将爸爸妈妈的电话号码都报了出来。

张小波立刻拨打了小女孩妈妈的电话："请问你是吴雨桐的妈妈吗？"

对方竟然只冷冷地回了一个字："是！"

张小波气得冷哼一声："弃童是犯法的，你们要负刑事责任！请你们赶紧过来把孩子带回去，不然我们将依法处理！"

电话那头的女人漫不经心地回道："我们已经下高速了，这孩子我们不要了，你们把她送到孤儿院吧！"

张小波愣住了，身旁的小女孩正眼巴巴地看着他，张小波再也抑制不住心底的愤怒。

"不来是吧？那就按照法律程序，你们犯了遗弃儿童罪，等着坐牢吧！"

话音刚落，电话那头的男人接过了电话："警察同志，我们已经下高速了,得从另一个路口上高速,你们得等我们一个小时……"

一个小时后,小女孩的父母终于来到检查站。这对夫妻好像还在闹情绪,互不搭理。

"吴雨桐,告诉叔叔,这是你的爸爸妈妈吗?"

小女孩默默地看着眼前的这对男女,一言不发。

小女孩不说话,自称是孩子爸爸的男人急了:"实在不好意思,桐桐可能是吓到了。我们当时吵架吵急了,都失去了理智,才把孩子丢在了路上。"

张小波一脸愤怒道:"触犯遗弃儿童罪,处五年以下有期徒刑、拘役或者管制。你们的行为已经可以坐牢了……"

这话一出口,小女孩就哭道:"叔叔,你不要抓我的爸爸妈妈,他们都是好人。"

张小波满眼心疼地看着小女孩,心里越发愤怒,竟然有这么不负责任的父母。

女人上前要抱回孩子,没想到小女孩紧紧搂着张小波的脖子。看着女儿一脸排斥,女人唱了一首歌:"跟着我左手右手一个慢动作,右手左手慢动作重播,这首歌给你快乐,你有没有爱上我……"

这时,小女孩脸上的表情才慢慢平和了下来!这是她最喜欢的一首歌,每天晚上睡觉之前,妈妈都会唱给她听。一瞬间小女孩泪崩了,张嘴就开始哇哇大哭,嘴里直喊道:"妈妈,妈妈——"

女孩的父亲也流下了眼泪,张小波心里既无语又心痛。

小女孩离开时,搂住了张小波的脖子,在他的耳边奶声奶气地说道:"叔叔,我刚刚是装的……"

张小波愣了一下,随后两人相视笑了。

第 19 章　高速连环车祸

第 20 章　警民一家亲

最近钱倩每天都往卢远明家里跑,买菜做饭干活,变成了真人版的田螺姑娘。卢远明心里过意不去,几次让钱倩不要来干活了并把最近买菜的钱塞给她。谁知钱倩不仅不要钱,还乐呵呵地继续每天来做饭给卢墨吃。不仅如此,她每天还给卢远明准备爱心便当,让他带到检查站吃。

周围邻居看在眼里,都觉得不可思议。女人们在背后嚼舌根,说卢远明的老婆刚走,他就勾搭上一个小妖精了。男人们也在背后嚼舌根,说卢远明有本事,第一个老婆长得就漂亮,没想到小女朋友长得比死去的李婷还要漂亮十倍。

卢远明最近工作忙,这些话几乎没有传进他的耳朵里,却全部传进了刚失去妈妈的卢墨耳朵里。

邻居越是在背后嚼舌根,卢墨对钱倩就越深恶痛绝,他替自己刚过世的妈妈鸣不平。

几次钱倩在干活的时候,卢墨故意对着妈妈的遗像,嘴里念念有词:"妈,这个家变天了,鸠占鹊巢了!"

钱倩也不生气,她相信自己这么好的人,迟早有一天会打动这个少年的心。

午饭时,张小波看见师父提着一个粉红色的便当包,顿时脸上狡黠一笑："师父,粉色便当包,是不是最近有情况了?"

卢远明的脸瞬间红透了："这是钱倩买的,她最近替我照顾墨墨,我才能安心在这边加班。不过这姑娘天天往我家跑,周围邻居已经开始背后嚼舌根了。我让她不要来了,我会找个钟点工回家烧饭。她说钟点工信不过,非要帮助我们父子,怎么撵都撵不走,像一块膏药似的……"

张小波嘿嘿笑道："师父,我怎么听出了满满的幸福呢?你在口是心非哦!"

卢远明顿时脸红了："钱倩这姑娘是不错,长得漂亮,性格又好。可是我们年龄差距太大,我比她爸就小一轮。你以后别瞎说了,我们根本不可能。"

"师父,我觉得你俩可以试试,钱倩是真心喜欢你,傻子也能看出来。有句话说,爱情是不分年龄、性别、阶级的。嫂子已经走了,您才四十岁出头,可以考虑组建一个新的家庭。"

这话一出口,卢远明朝他翻了个白眼："你这是站着说话不腰疼,如果你比马小利大个十几岁,人家父母早就把你俩拆散了。别说这些了,赶紧吃饭吧!现在是一年中最忙碌的时候,路上车子越来越多了。"

话音刚落,一辆私家车朝着检查站的方向驶近。车里欢声笑语,洋溢着回乡的喜悦。

卢远明定睛一看,两个孩子和老人坐在汽车后座,身上都没有系上安全带,就连副驾驶的女人也没有系安全带。

卢远明挥手示意车主靠边停车,一脸严肃道："怎么除了你,他们都不系安全带?这安全意识也太差了,先把驾驶证和行驶证拿出来!"

车主连忙拿出了证件，卢远明看了看，道："证件都没有问题，但是家属怎么能不系上安全带？安全带是保证生命安全的纽带，你们也太马虎了！"

　　车主连忙让一家人将安全带系上了："谢谢警察同志提醒，我们下次不会了！快快快，都把安全带系上。"

　　卢远明这才将车子放行，再三提醒他们行车过程中，一定要全程系着安全带。

　　小年这一天，路况几近崩溃，高速路口各种堵！

　　杨晓杰在监控室视频中发现两辆私家车在行车道发生了追尾，两名车主第一时间下车理论，车上的家属也纷纷下了车，双方开始有了肢体接触。

　　杨晓杰第一时间通知检查站："小波哥，距离检查站三公里不到，有两辆车在行车道上发生了追尾，两家人在行车道上吵起架来。他们没有放警示牌提醒后方来车，如果来一辆车反应不过来撞上去，岂不是一股脑儿都没命了？"

　　张小波点点头，高速公路上不能随意停车，即便是车辆遇到了故障也要做好相应的措施才能停车。正确的做法应该是将车子停在应急车道，打开车辆警示灯，在车后方一百五十米处放上警示牌提醒后方来车注意，车上人员撤到安全区域内。

　　张小波骑着摩托车，立刻赶往事故发生现场。

　　快要抵达事故现场时，突然一辆轿车躲避不及冲入事故现场，造成了二次事故！

　　五名家属被撞重伤，一名车主被挤压在两车中间当场死亡。

　　张小波将车停在紧急车道，赶紧拨通了卢远明的电话："师父，发生了二次事故，五名人员身受重伤，一名车主被两辆车辆挤压当场死亡。请求前来紧急救援！"

原本只是一个简单的追尾，受损的只有车。因为车主的错误操作和家属对安全隐患的无知态度，最终酿成了五伤一死的惨剧。

卢远明一阵惋惜，立刻拨通了救援电话。

张小波回到检查站时，看见监控室的杨晓杰正蹲在路边哭泣，安慰道："晓杰，你已经做得很棒了，咱们就只差一点点。"

杨晓杰哭着说道："小波哥，如果我早点发现他们，早点让你过去劝说他们，根本不会有人死亡。"

张小波摇了摇头："晓杰，这不能全怪你，他们负大部分的责任。而且我们不一定每一次都能从死神手里成功将他们救回来，上午那个小女孩就是你救下来的呀！要不是你，那个小女孩说不定已经离开人世了。现在，她和她的家人都会感激你一辈子！咱们警务人员千万不能有玻璃心，等忙完这阵子，哥带你去痛快地喝一场。到时候把辅警小李也喊上，你俩年纪差不多大……"

在张小波这个过来人的耐心劝导下，杨晓杰终于平复了心情。

"小波哥，听说你一个月的出勤时间高达280小时，咱们有机会出去喝酒吗？"

"等春运高峰期过后，咱们都能调休，到时候不就有时间了？快点把眼泪鼻涕擦干净，别被人看见一个大老爷们躲在这里哭，丢不丢人啊？"

腊月二十五，这一天高速路上依旧车潮汹涌，检查站的警务人员忙碌个不停。值得庆幸的是，一上午高速公路上没有发生一起交通事故。

杨晓杰这两天和张小波很是亲近，张小波见过他"滴麻油"，

第 20 章 警民一家亲

就相当于见过他最隐私的一面。杨晓杰觉得和小波哥很投缘，两人中午吃饭都要一块儿吃，搞得卢远明都有点儿吃醋了。

"小波哥，我给你讲个学车的笑话吧！"

张小波点了点头。

"教练问：'马路上有一只狗和一个人，你撞谁？'学员答：'撞狗。'教练说：'错，应该踩刹车。'哈哈哈……"杨晓杰笑得前仰后合。

张小波似乎没有抓住笑点，怔怔地说道："教练也不完全对！在高速公路行驶途中，如果遇到小动物，车在高速运转的情况下，司机一定不可以踩刹车。这样会造成翻车，后果不堪设想。如果车速不那么快，可以采取点刹的模式，不停地点刹，再将车辆往应急车道变道也是可以的。"

杨晓杰听得格外认真，他突然想起一起著名的交通事件："小波哥，我知道了，车速慢的时候可以点刹避让小动物。车速快的时候必须得撞上去，而且最好是正撞。"

张小波拍了拍杨晓杰的肩膀，笑道："嗯，不同的车况下，车主必须要有自我判断的能力。车多了，我先去忙了！"

看着张小波的背影，杨晓杰肃然起敬。在他心里，不管有没有转正，张小波就是一名优秀的警察。

上级规定过往的七人座车凡进必查，因为这种车辆最易"藏污纳垢"。

这时，一辆七人座商务车朝着高速路卡口驶来，车窗玻璃上有一摊血迹，一些碎肉粘在玻璃上，显得十分刺目，张小波立刻打手势示意车主靠边停车。

"这是什么情况？"张小波指着车玻璃上一摊血迹和肉泥。

车主回想起刚才的情形，仍然一副心有余悸的模样："辅警同志，我刚才真是吓死了，一只鸟迎面撞上了我的车玻璃。车速太快了，那只鸟瞬间撞得稀碎。"

张小波点点头，绕着车子检查了一圈，看见汽车后座一个小男孩正在吃冰糖葫芦。

"先生，孩子坐车不能吃带竹签的零食，万一遇到紧急刹车，或者地面坑洼，竹签容易伤着孩子的喉咙。"

车主看向后座的儿子："琦琦，爸爸刚才就和你说了，车上不能吃冰糖葫芦。叔叔的话听见了吗？冰糖葫芦赶紧让奶奶包起来。"

小男孩偷瞄了一眼张小波，见这位叔叔一脸严肃，这才不舍地放下了手中的冰糖葫芦。

整个盘查过程中，高速卫士们严肃的语气中，始终透露着浓浓的温暖，诠释了警民一家亲。

第 21 章　开始做副业

学校放寒假了，马小利几次约钱倩看电影、逛街都被她婉拒了。

最近钱倩一头扎进了卢远明的家里，替他照顾读高三的儿子卢墨。每天买菜洗衣做饭，任劳任怨地当起了真人版田螺姑娘。

一时间没人陪着马小利打发时间，她突然想着给自己找点事情做一做。大学同学当中，有人是做直播带货的，建议马小利可以拍一些仿妆视频，以后可以替美妆护肤品厂家带货。

马小利抱着试一试的心态，没想到首个视频作品播放量就破万了，这让她感到无比兴奋。近几年系里面开设了化妆课程，主讲老师就是她，仿妆对她而言十分简单。

第一个作品，马小利仿妆了《倚天屠龙记》里面周芷若的妆容，扮演者是清纯玉女高圆圆。马小利凭着不凡的化妆技术，仿妆效果相似度高达百分之九十，第一次出手就在网络上收获了大批粉丝的点赞和关注。

美妆博主的收入来源一大半是美妆产品商的宣传费，一半是各大视频网站的点击量收入。

第一次上传的视频点击量达到了十几万，马小利对着镜子开始了第二次仿妆。

这一次她仿妆了迪丽热巴，相似度依然超高。视频上传之后，账号一小时内就爆了，粉丝数量噌噌噌地往上涨。

随之而来，各大商家电话、私信向她招手，商家声称愿意赞助产品，希望她可以帮品牌带货。很快，她的电话就被快递公司小哥打爆了，各大商家寄来的彩妆护肤品堆积如山。

马小利不禁感叹，这真是一个好时代。随着互联网的繁荣发展，诞生了许多新兴职业，让平凡的人也有机会发光发热。

马小利在网络中无意间走红了，从此开启了她的仿妆之路，一下子感觉找到了人生的方向。她从教五年时间里，一直没有办法去喜欢这份职业。美妆博主这个职业，让她找到了奋斗的乐趣。

父母在她小的时候，就期望她长大以后当一名有寒暑假的老师。在父母那一辈人的眼里，觉得女孩子当老师，工作稳定、收入稳定、受人尊敬，还很体面。老师也是全国百分之八十的男性眼中最佳的配偶职业。

可是马小利并不喜欢这份工作，虽然她并不知道自己真正喜欢什么。她经常羡慕张小波，羡慕他从小到大就有当警察的梦想。他知道自己喜欢什么，不像她一直被迫听从家里人的安排。

万万没想到第一次当美妆博主，就获得了空前成功，这让马小利感到非常兴奋。寒假期间，马小利每一天都充满了干劲儿。每一次仿妆视频获得粉丝成千上万个点赞和留言时，她感到自己正朝着光的方向努力奔跑。

这一刻，她终于读懂了张小波，人生必须要有为之奋斗的梦想。

借用星爷在电影里的一句台词：“做人如果没有梦想，那和咸鱼有什么区别。”

这段日子里，卢墨一边享受着钱倩的照顾，一边没少给她使绊子。

这天一大早,钱倩买好了早餐来到卢远明家中,叫卢墨起床陪她一起去买菜。

卢墨没睡成懒觉,气得一边刷牙一边思考如何让这个女人知难而退。他打算去菜场挑最贵的菜,澳龙、青龙、北极虾、帝王蟹之类的海鲜"贵族"。他要让这个女人不仅当保姆,而且钱包越来越"瘦",他不信这样她还不知难而退。

两人来到菜场,钱倩已经和商贩们混熟了,不少人都在和她打招呼。

卢墨很少来这种地方,只觉得周围脏兮兮的。他紧张脚上的一双联名款 AJ 鞋,那是妈妈在他去年生日送给他的礼物,他一路踮着脚走在钱倩身后。路过家禽区,鸡鸭鹅的屎臭味扑鼻而来,卢墨捏紧了鼻子,暗暗腹诽:"死女人,你是故意搞我的吧?"

买鱼的时候,摊主上下打量着卢墨,笑道:"钱老师,这是你弟弟吗?和你长得好像呀!"

钱倩开玩笑地笑道:"这是我儿子!"

见摊主一脸质疑,卢墨面红耳赤地站在一旁,心里已经将钱倩骂了一万遍。

钱倩接过商贩手中洗好的鱼,拽着卢墨往家禽区走。

隔着老远,卢墨就闻见了一股家禽身上的腥臭味,心中暗骂道:"你是专门恶心我的吧!"

钱倩笑道:"老板娘,帮我挑一只老母鸡!鸡汤要是炖出来没有黄油,我下次可不来了。"

老板娘乐呵呵地笑道:"您放心,保证出黄油,不然我赔您十只老母鸡。"

半晌之后，钱倩将杀好的鸡递给了卢墨："拿着！我已经腾不开手了！"

卢墨吓得一阵哆嗦，他从小就不敢碰这些鸡鸭鱼肉的，他只敢吃。

钱倩哈哈笑道："怎么，你竟然害怕这个？"

话音刚落，家禽区的商贩们捂着嘴巴偷笑，这么大一个男孩竟然还怕一只鸡。

卢墨感到很丢脸，颤巍巍地接过那只老母鸡。这时，装鱼的塑料袋突然动了一下，吓得卢墨扔掉了手里的鸡，逗得周围的人都哈哈大笑。

钱倩不厚道地笑出了声："墨墨，没想到你胆子这么小啊！"

卢墨隔着一米远，气得差点忘记自己来的目的，越发觉得这个女人简直就是他的克星。

半晌之后，他压着心底的火气，和言细语道："钱倩阿姨，我可以点菜吗？"

钱倩愣了一下，这小子怎么突然换了一副面孔："要吃什么，阿姨带你去买！"

卢墨感动地点了点头："阿姨，我想吃帝王蟹，以前妈妈在的时候经常给我买。"

"经常？"钱倩一下子愣住了，这小子狮子大开口，一只帝王蟹都能买一瓶贵妇面霜了。

卢墨见她一脸犹豫，失望道："我妈在的时候，我想吃什么她都给我买。"

钱倩嘟哝道："你妈也太不会过日子了！"

卢墨眼圈一红："我妈生前是银行的副行长，收入比我爸高出

第 21 章 开始做副业 | 119

好几倍呢！可惜我妈走得早，我的好日子到头了。"

钱倩心口一软，咬牙说道："行吧！阿姨为你豁出去了！"

卢墨心中一阵狂喜："你终于上当了，以后我每天都这么吃，一定把你吃穷了！"

两人来到海鲜区，老板热情地招呼道："想吃点什么？"

钱倩还没来得及开口，卢墨已经抢着替她回答了。

"老板，帮我挑一只最大的帝王蟹，然后再来一只澳龙！"

"小伙子有品位！"老板笑呵呵地开始打捞海鲜。

卢墨心中暗笑，一只帝王蟹加一只澳龙，可不得花费她一个月的工资！

钱倩缓过神来，赶忙说道："老板，我们就要一只澳龙。小孩子乱说话，你别听他的，把那只帝王蟹放回去吧！"

老板咂了一下嘴，说道："美女，这小子识货啊！这可是阿拉斯加帝王蟹，生活在寒冷的深海水域，肉质肥美，绿色无污染，富含丰富的蛋白质、微量元素，是'蟹中之王'。澳龙一斤才260元，跟这个根本没法比。"

钱倩整个人瞬间就僵掉了："才260元一斤？老板，这只阿拉斯加帝王蟹多少钱一只啊？"

"不贵，一只才3000块钱！前段时间卖得贵，像这么大的阿拉斯加帝王蟹最起码要卖到5000块呢！你们运气好，今天进口海产品的价格才降下来，足足便宜了2000块啊！"

说完，老板又在水里捞出几只新鲜鲍鱼，笑呵呵地说道："美女，我再送你几只新鲜鲍鱼，这可是海珍之冠。肉质细腻，营养丰富，都是蛋白质。"

钱倩付完钱，拽着卢墨就往菜场外面走："墨墨，你爸这么辛苦赚的钱，你以后可得省着点花，知道不？"

卢墨顿时一头雾水，问道："买帝王蟹和澳龙的钱，难道不是你的吗？"

钱倩回道："你爸前几天给了我一张工资卡，我才知道公务员的工资也不高，你以后别这么花钱了。"

这话一出，卢墨愣在了原地，没想到她竟然已经开始花他爸的钱了，而且还手握着他爸的工资卡。他鼻尖一酸，心想爸爸的工资卡都给她了，以后这个家还不都是她的？以后他俩如果再生一个弟弟或者妹妹，那这个家还有他的一席之地吗？此时，卢墨心里在滴血，不禁又想起了死去的妈妈："妈，儿子就快要寄人篱下了！"

一路上，钱倩一边开车一边给卢墨讲勤俭节约的道理："墨墨，你爸赚的都是辛苦钱，以后千万别这么浪费了。咱们凤城市的人均工资不过才3000出头，你一顿饭就吃了人家一个月的工资。你要是以后再敢不和我商量就随便瞎买昂贵的东西，我可要替你爸收拾你了哦！"

卢墨眼眶红了，不禁冷哼一声，"你又不是我妈，你凭什么管我？"

"凭我以后是你妈！"钱倩勾起嘴角，笑得一脸势在必得。

卢墨顿时怒不可遏道："你花的是我爸的钱，你没有资格教育我。"

钱倩被卢墨这么一激，说道："以后我和你爸结婚，他的钱就是我的钱！"

卢墨气得一时语塞，跟着钱倩回到了原本属于他的家。看着钱倩一副女主人的气势，他终于知道鸠占鹊巢的悲哀了。他越发觉得爸爸如果娶了这个女人，自己在家中的地位将会排在最后，暗暗发

第 21 章 开始做副业 | 121

誓一定不让他俩凑成一对。回到家，钱倩看着面前两只昂贵的海鲜，打算将它们烹饪到最佳的口感，才对得起这份奢靡。

她系上围裙，颇有一种家长的气势，说道："墨墨，赶紧进屋做一份全国高考数学模拟试卷，别总是挑选自己最拿手的语文和英语写。你擅长的事情一直做下去有意思吗？你都已经高三了，针对薄弱的科目不断进行刷题才是明智之举。"

卢墨冷哼一声："你有什么资格对我的学业指指点点？据我了解，你貌似是教艺术的吧！"

"呵呵，凭我上的是211大学，你行吗？当年我的数学差一点就满分了！数学不能死记硬背，每一道题目都讲究解题的方法和逻辑思维的运算。赶紧回屋写数学试卷吧，饭菜做好了叫你出来吃饭。"

说完，钱倩哼着小曲儿，系上了一条新买的围裙，回到厨房开始烹饪。

卢墨立在原地，双手握拳，暗暗发誓道："迟早有一天我要让你滚出我的家！"

他的心里不由得感到一阵悲凉，妈妈离世不久，尸骨未寒，这个女人就跑上门来抢她的男人。想到这里，卢墨就气不打一处来，狠狠地摔上了房门，纵身一跃扑向了柔软的床，蒙着被子哭了起来。

很快，他竟然睡着了，梦见妈妈眼泪汪汪地看着他："儿子，妈妈不在了，让你受委屈了！以后你要乖乖听爸爸的话，听那个女人的话，才能少吃一点苦头。"

他还梦见了爸爸穿着一身精致的西服，对面站着身穿洁白婚纱的死女人，他们步入了婚姻的殿堂。梦里他们二人夫妻甜蜜，三年抱两，而他苦哈哈地照顾着同父异母的弟弟妹妹。

突然，他从梦中惊醒了，四周是熟悉的环境。他看向床单时，发现上面哭湿了一大片。

擦干眼泪,他偷偷打开了房门,看见那个女人正在一边做饭,一边哼着小曲儿,仿佛自己已经变成了这个家里的女主人。

他气得眼眉立起,在心里暗暗发誓:"妈,她别想霸占你的位置,我一定会让她滚出去。"

"你别想嫁给我爸,更别想当我的后妈!"

第 22 章　小波的表哥

下班回到家,张小波看见大表哥秦志伟来家里做客了。

大表哥从前瘦得像一根牙签,这几年人逢喜事精神爽,身子也跟着圆润了起来。大表哥前几年做工程生意,听说发了一笔大财。今年又攀上了一个地产界的大佬,如今大表哥跟在大佬后面做房地产生意。早年间他在外头也吃了不少的苦,突然三十年河东三十年河西,一下子升级成了家族里面最有钱的晚辈。

秦志伟一见到张小波,立马站起身来,上前一把抱住这个久未谋面的小表弟。

随着小波在凤城市公安系统一下子火了,先后有了"网红辅警小波""神眼"小波的美名。大表哥对这个表弟更是充满了好奇心,心想着说不定有一天这个表弟能够派上大用场!

"小波,你现在都成了凤城市的大名人了,快和大表哥聊聊最近工作得怎么样。"

"大表哥,真没有外面说得那么夸张!对了,我妈说你现在做房地产生意,都成大老板了。"

秦志伟笑道:"一开始大表哥在社会上也吃尽了苦头,后来跟对人了,一下子就时来运转了。"

说着,他掏出两条烟塞给了小波:"这是大表哥的一点心意,抽完了再找我拿。咱俩先把微信加起来，以后大表哥的东西就是你的！"

张小波看了一眼门口的柜子，上面还放着两瓶酒，大表哥现在果然财大气粗了。

大表哥笑得很豪爽，身上十分具有江湖气息，不足90平方米的小房顿时充满了欢声笑语。

片刻之后，大表哥点燃一支烟，眼睛看向了张卫国："姨父，这房子太小了，目测只有90平方米左右吧！"

张卫国笑了笑："房子是不大，但是一家三口住绰绰有余。房子小有小的好处，比较温馨，方便打扫。附近交通便利，出行五分钟就是菜场、公园、超市，生活十分舒服。"

秦志伟连连摇头道："这屋子住着太挤了！姨父，我送套房子给小波吧！你们明天跟我去趟金水湾，咱们一起挑一套四开间朝南的好房型。就算我这个当表哥的送给小波的新年礼物，以后娶老婆也可以当婚房。"

这话一出口，张小波一家愣住了，即便是发了财，也没见过哪个亲戚主动送房产的。

张卫国道："志伟，姨父谢谢你了，但是无功不受禄，这房子我们不能要。"

秦志伟心里咯噔一下，这要是换了其他几个亲戚，早就高兴地收下了，这一家人脑子倒是挺直的，于是他又笑着说道："姨父姨妈，你们不用担心，这房子是我们公司开发的，我可以低价购买过来，花不了几个钱的。金水湾的房子十分保值，未来前景非常好，政府计划在附近打造一个市里面最大的商业圈，以后房价翻三倍不成问题。"

"对了,教育局也有风声,以后在金水湾打造十二年一站式教育,出门就是小学、初中、高中,小区里面就有私立幼儿园。"

秦志伟说了一堆,张小波一家连连拒绝。无功不受禄,平白无故送他们家一套房子,他们受不起这份大礼。

张母一脸和气地看着这位出息的大外甥:"小伟啊,小波已经在桂语听澜轩买了新房了。你这礼物也太大了,我们不能收。我知道你是个大气的好孩子,但是钱可不能这么乱糟蹋……"

张卫国在一旁连连点头附和:"谢谢你啊,小伟。小波有你这样的大表哥是他的福气,但是年轻人嘛,还是要靠自己,家里人的便宜也不能随便占!"

秦志伟心想,这要是换了其他七大姑八大姨,早就恨不得"领旨谢恩"了:"既然小波已经有了新房,那就给姨父姨妈住。春节走亲访友,这里太挤了!你们看我的块头最大,我一个人就占用了这么大的面积。哈哈哈!"秦志伟又发出了标志性的爽朗的笑声,看起来是个性情豪爽之人。

张卫国顿时有点不高兴了,心想自己虽然没钱没势,但是只要钱够花、房子里能放下一张床就可以了。一家人已经婉言谢绝了他的好意,非上赶着要送房,这不是逼着自己欠一个天大的人情吗?

张卫国知道秦志伟在外面混得好,可听说结交的都是一些三教九流的人物。他最近跟着一个房地产大亨,具体真假不得而知,还不凭着他一张嘴。要是以后他有个什么违法的事情需要小波帮衬着,收了人家的房子,那就真的不好意思再拒绝了。毕竟吃人的短嘴,拿人的手软。因此,张卫国更不愿意占这个天大的便宜。

"小伟,姨父姨妈在这个小区已经住习惯了。收了你的房子,心里也不会踏实!"

秦志伟心想这一家人真是油盐不进，其实他此次前来确实有事相求。这件事别人都帮不了忙，只有自己的小表弟张小波可以帮忙。

秦志伟的大哥表面上做房地产开发，实际上是一个幌子，主要做走私生意。最近有一批私货需要运输到T市，必经之路就是高速公路检查站的卡口。得知表弟就在检查站卡口工作时，秦志伟为了立功表现，主动和大哥接下了这趟活儿。大哥也承诺他，交易成功之后与他三七分账。现在表弟一家不愿意收下金水湾的房子，这让秦志伟一下子心慌了。他可是亲口答应了大哥，一定会漂漂亮亮地办完这件事情。

秦志伟的大脸盘子上又恢复了笑意，想着故意支开张小波父母，他不相信这个世界上有人不被金钱美色诱惑："小波，刚下班累了吧，表哥带你出去放松一下。"

张小波不是傻子，一眼就读懂了大表哥的言外之意。这是想故意支开父母，单独和他谈事情。

"大表哥，过段时间吧！现在是春运出行高峰期，警务人员需要24小时备岗、执勤。"

秦志伟眼神一紧，原本他打算这几天就行动，这下他要向大哥汇报一下检查站已经全员进入警备状态的消息。那批私货很重要，千万不能因为一时心急，被警方给一锅端了。

秦志伟得到了这个天大的消息，决定先不继续纠缠着张小波："小波，工作重要！春节是阖家团圆的大日子，你们肩负着高速公路交通安全的重担，大表哥以你为荣。今天我就不勉强你了，那我就先回去了！"

说完，张父张母起身要送他，将烟和酒还给了秦志伟："志伟啊，姨父不抽烟不喝酒，这些你拿回去。"

第22章 小波的表哥 | 127

秦志伟故作一脸不悦："姨父，这点东西您不收，那就太不给我面子了。"

他这么一说，张卫国只好不再拒绝。

秦志伟这才笑着说道："别送了，外头太冷了！"

出于礼貌，张小波还是把大表哥送到了楼下："大表哥，你路上慢点儿！"

秦志伟突然狡黠一笑："小波，真不跟大表哥出去玩玩？"

"不了，最近连轴转加班，赶紧回家补个觉。"

秦志伟点点头，开着路虎嗖地一下离开了这座老旧小区，心里暗暗嘲讽道："活该你们一辈子住在这种破烂地方，给你们发财的机会都不要。愚蠢！"

张小波回到家，父亲面色不悦地坐在客厅："小波，爸爸不是挑拨你们之间的感情。小伟是你妈姐姐家的孩子，我自然也是当自己的孩子看待的。但是我听说小伟这些年在外面，黑的白的灰的，他统统都干。咱们今天不收他的房子是对的，万一他的钱来历不明，咱们惹得一身骚。小波，你可千万别鬼迷心窍，背着爸妈收了你大表哥的房子。到时候人家真求你办事，你说你到底是帮还是不帮呢？"

李芬芳在一旁点了点头，虽说秦志伟是她的外甥，但是这位外甥在外面究竟具体做了什么，她也不能确定："你爸说的对，他如果再找你，你还得像刚才那样拒绝他的好意。咱们家虽然小，但是这是咱们自己花的真金白银买的房子，爸妈住着心里都踏实。老张，还有这两条黄金叶和两瓶茅台你都放着别动，万一来路不明咱们要退回去。"

张卫国哈哈笑道："放心吧，我本身也不喜欢抽烟喝酒，我就喜欢喝茶，偏偏他没送茶叶给我。"

张小波看着父母，一脸欣慰地说道："爸，妈，你俩三观简直太正了。刚刚大表哥要送房子的时候，我还担心你们会接受呢！"

听儿子这么一说，夫妻俩总算是放心了，张卫国兴奋道："老婆，快去给孩子盛碗鸡汤！"

"好嘞！"李芬芳高兴地跑进了厨房。

张小波笑了笑："爸，什么事情这么高兴啊？是不是妈今天炖的老母鸡汤特别好喝？"

张卫国掏出手机，得意道："这是爸这个月收到的网站的稿费，五位数！"

张小波看了好一会儿，数了又数，的确是五位数的进账，顿时一脸不可置信地问道："爸，您写小说终于开始创收啦？"

第 23 章　采访高速卫士

张卫国激动道:"儿子,爸爸今年行大运了,拿到稿费就给你妈到菜场办了一张'老母鸡卡'!平时一只老母鸡都要百八十块钱,你妈经常舍不得买了吃,这下子让她吃个够。"

张小波兴奋地问道:"爸,您这次写的什么题材小说啊?怎么突然一下子火了?"

"今年网上有个征文比赛,爸爸抱着试一试的心态,没想到竟然被编辑慧眼识英雄。爸爸这部小说的原型就是你,故事讲述了男主在平凡的辅警岗位中,一心为人民服务,一路成长的故事。爸爸这次对作品非常有信心,因为我写的就是我儿子的真实经历!"

张小波两眼顿时发亮:"爸,您先写,等书养'肥'了我就去追您的小说。"

父子二人聊得其乐融融,李芬芳将两碗鸡汤放在父子俩的面前,笑得一脸乐呵:"你俩赶紧趁热喝,香喷喷的鸡汤,还漂着油呢!儿子,咱们家现在的日子越过越好了,妈没想到这辈子还能花到你爸的钱。你爸这些年一直没挣到钱,一下子月入过万,把我都整蒙了。"

说着,李芬芳竟然感动到哭了。

张卫国这人本身就情感细腻、多愁善感,一下子眼眶跟着红了:

"老婆，我答应你，一定好好写，用稿费让你们母子俩过上好日子。"

李芬芳看着丈夫写得头发花白，一脸心疼道："老张，你年纪也大了，咱就抱着平常心写。能不能拿奖都无所谓，重在参与就行了。以前家里最需要花钱的时候，咱们都熬过来了，现在家里日子越过越好，小波也买了新房。这个世界上的钱是赚不完的，身体健康才是最为重要的。"

张卫国点点头："以前让你们母子吃苦了，害得你的腿还留下了后遗症。小波大学四年在外面勤工俭学，想想我这个当父亲的就对不起孩子。现在机会降临了，我一定要努力抓住这次机会。再说了，写我儿子的故事，我一定不会卡文。你们放心，我一定会劳逸结合，好好保重身体，努力写一辈子。小波，你妈一直想去海南旅游，爸争取让你妈早点穿上比基尼！"

最后这话一出，李芬芳一脸娇羞道："这么大年纪了，谁还穿比基尼？人家要说我是个老妖精呢！"

张小波开心地笑着，父母真是年纪越大越恩爱。

距离除夕夜还有三天，高速公路上车流汹涌，警务人员没日没夜坚守在高速公路检查站。

这天，电视台著名记者王叶风尘仆仆地赶往检查站第一现场，上级要求她出一篇关于高速卫士的新闻报道，让奋战在一线的党员故事深入人心。宗旨是让群众知道，高速卫士们一定会打赢春运出行这一仗，保证老百姓踏踏实实、平平安安地过大年。

很快，记者王叶字正腔圆的声音，出现在高速路卡口。第一个接受采访的是交警林海，一名优秀的党员交警。

第 23 章 采访高速卫士

"林警官，您好！今年大年三十，您还会坚守在一线为来往司乘人员保驾护航吗？晚上能抽出时间陪家人吃顿年夜饭吗？"

林海扶正了警帽，道："警队有三分之二的人在春节期间坚守在一线岗位。我职业生涯十几年来，大年三十在家过年的次数一个巴掌数得过来。"

记者王叶继续问道："林警官，您常年与家人聚少离多，尤其是在大年三十夜，家家户户团圆的好日子，心里对家人会不会感到愧疚？"

记者提到"愧疚"二字，林海不禁摸了摸鼻尖，看得出来王叶说到了他心里最柔软的地方。

林海长长地舒了一口气："愧疚是肯定有的，对父母、老婆、孩子肯定是有亏欠的。不过我们家就住在附近的镇上，两个孩子要是想我了，我老婆会带着他们过来给我送顿饭什么的。"

话音刚落，王叶便看见两个小孩在一个女人的陪同下，来到了检查站。

林海原本有些拘谨的眼神，突然放出了光芒。他嘴上埋怨，脸上笑着："老婆，你怎么又带孩子来了？"

林海的妻子忙解释道："孩子们想爸爸了，非闹着要一起过来看你，说保证不影响爸爸工作。"

见状，王叶赶紧将话筒转向了小女孩："小姑娘，爸爸工作忙，你会不会经常想爸爸呀？"

小女孩对着话筒，大大方方地回道："我希望爸爸经常陪我和弟弟玩，可以参加我们的家长会。每一次都是妈妈参加，班上有同学说我是单亲家庭的孩子。"

这话一出口，林海和妻子别着头，眼眶一阵湿润。

王叶吸了吸鼻子，心里面挺不是滋味的："如果下次再有人这么说，你就告诉他们，你的爸爸是为人民服务、保驾护航的好警察。"

小女孩用力点了点头："谢谢阿姨，我知道了！"

小女孩刚说完，林海可爱的小儿子表现欲爆棚，闹着要对着话筒讲话。

王叶笑着蹲下身子，柔声道："小朋友，对着镜头把心里想和爸爸说的话告诉大家。"

小男孩眨了眨漂亮的大眼睛，奶声奶气地说道："我希望爸爸可以多陪陪我和姐姐，多陪陪妈妈。我也希望爸爸像迪迦奥特曼一样，打败怪兽，保护人类……"

王叶被眼前这个可爱的小男孩萌化了："谢谢你，小朋友，你的爸爸比奥特曼还要厉害哦！"

第二个接受采访的是辅警单明。

"单明，你好！请问你有什么话想要通过凤城新闻频道对家里人说吗？"

"王记者，您好！这一年我陪在父母、老婆、孩子身边的时间很少，家里大小事务都是我老婆在照料，一直感觉很亏欠她。过完年，我打算犒劳一下老婆，带她和孩子出去旅游。希望新的一年，父母身体健康，老婆越来越年轻，孩子健康快乐地成长就可以了。在这里我想对家人说一声抱歉，爸妈，等年后儿子一定多陪陪你们；老婆，答应给你买的金手镯年后一定兑现；儿子，等爸爸回家陪你下跳棋，带你去游乐园玩……

"另外，提醒广大市民注意出行安全。春运期间车流量大、交通事故频发。对警务人员来说，最大的愿望就是出行车辆、司乘人

第23章　采访高速卫士　　133

员能够平安回家过年。"

单明朴实、真情的一番话，让记者王叶一阵感动："感谢辅警单明，感谢所有坚守在一线的警务人员，是他们舍小家顾大家，才成就了我们和谐安定的生活……"

摄像师小丁看了看刚刚拍摄视频的时长，觉得这些素材还是不够后期剪辑使用。

"王姐，视频时长还差五分钟，还得再找两位警务人员采访一下，您再辛苦一下！"

外头零下三四摄氏度的天气，王叶为了上镜，只穿了一件轻薄的双面呢绒大衣。

摄像师说时长不够，她只好继续寻找警务人员接受采访。

这会儿轮到张小波和卢远明换岗休息，王叶看见张小波，一眼就认了出来，兴奋地喊道："'神眼'小波，您好，我是电视台的记者王叶，很高兴在这里又见到了您！"

张小波愣了一下，问道："您是……？"

王叶笑道："上回在东城河桥上，有一位女士要跳河，是您把她给救了下来。当时我采访了您，您不记得了吗？"

张小波想了想，这才想了起来。

王叶继续说道："'神眼'小波，请问可以抽出五分钟的宝贵时间，让我对您进行采访吗？"

张小波点点头，露出了标志性的笑容："您就叫我小波吧，'神眼'小波太夸张了。"

王叶的眼睛精准地看向镜头："为了保证春运的畅通，每年春节都有很多警务人员牺牲了自己的休息时间，坚守在一线工作岗位上，为的就是能够保证广大市民平平安安过个好年。下面我们采访一位坚守在高速公路检查站的党员辅警，张小波同志。"

"小波，凤城市的老百姓们都很喜欢您，我听说检查站经常有人慕名而来与您合影。您可以在镜头面前对大家讲几句话吗？"

张小波面对着镜头，微笑道："广大市民朋友，小波在此提前给大家拜个年。祝大家新春快乐，家庭幸福，身体健康。春运期间，高速路上车流量每日十万以上。为了保证道路通畅、出行安全，我们警务人员会一直坚守在岗位上，为大家整治秩序、消除隐患、应对各种突发情况，确保大家能够平平安安过个好年……"

半响之后，摄像师朝着王叶做了个 OK 的手势，王叶结束今日的采访工作。

第 24 章　无事献殷勤

此时，一间富丽堂皇的办公室，男人背对着老板桌坐在椅子上，秦志伟恭敬地站在一旁。

"大哥，我表弟说了，最近检查站增加了警务人员，咱们那批货要不还是等等再出吧！"

男人冷哼一声："我们可以等，买家不能等！咱们已经答应发货了，做生意必须讲究诚信。"

说着，他转过身看向秦志伟，脸色逐渐柔和了下来："志伟啊，你有一个党员辅警小表弟，要懂得物有所用。我不相信这个世界上有傻帽儿不喜欢钱，只要你努努力，他一定可以成为我们的人。那批货买家催得紧，明晚必须出货。志伟，好好和你的小表弟说说。"

秦志伟心里自然明白大哥的意思，这是暗示他要好好地利用张小波在检查站工作的机会，以后为他们所用。

"大哥，我昨天去见了小表弟一家，他们一家人和其他亲戚真不一样，一个个都是硬骨头。我好酒好烟送给他们，他们勉强收下了。我说要给小表弟一套金水湾的房子，吓得他们一直拒绝，生怕和我扯上关系。大哥，您不了解我小表弟的为人，这小子好像不看重钱。当辅警好几年了，也没见到他要换一份收入高的工作。"

大哥轻笑了两声："志伟，这个世界上没有不会背叛的人，只有你的筹码够不够吸引他。好了，这些你自己想办法，明晚必须出货。"

秦志伟听出了大哥语气间的不悦，只好点头答应了。

晚上，大哥邀请他一起参加家宴，秦志伟一脸受宠若惊地坐在桌位上。来参加大哥家宴的人，看着都是来头不小的人。

大哥介绍道："志伟啊，这些都是咱们集团内部股东。等你把这批货成功送出去，以后大家就都是自己人了。"

这话一出口，其余人纷纷点头附和，竟然主动加了他的微信。

秦志伟全程一脸受宠若惊，感觉已经打入了集团内部，距离暴富指日可待了。

吃饭的时候，客厅里的电视开着，正好是凤城电视台新闻，张小波出现在电视上接受记者采访。

这可把秦志伟给乐坏了，当场虚荣心泛滥成灾："大哥，他就是我的小表弟，网红辅警张小波！老百姓们最近又给他起了个外号，叫'神眼'小波，他还是一名党员呢！哦，对了，现在他升官儿了，当上了辅警支队的副队长！"

大哥是每天坚持看新闻的人，一眼就认出了张小波："我认识，他就是'神眼'小波！拐卖少女一案就是他在盘查车辆时发现的。还有前段日子，他救下了五名新生婴儿，听说那两个人贩子最近被警方抓住了。"

秦志伟更加得意了，拍着胸脯打包票："大哥，您放心，今晚我再去找这小子，我不信房子他不要，人民币也不要！"

大哥一脸欣慰，举起酒杯爽朗地笑道："为我们美好的前景干杯！"

"干杯！"众人齐声道。

第 24 章　无事献殷勤

最近张小波的二手汽车坏了，马小利每天晚上亲自接男友下班。

一路上两人说说话，拉拉小手，连日来的相思之苦得到了缓解，马小利也将自己当美妆博主的事情告诉了他。

"小波，我最近粉丝又涨了不少，平台已经和我签约了。如今我感觉自己找到了为之奋斗的动力，说不定以后我会把大学老师的工作辞了不干了，专门在家当美妆博主。"

听着马小利滔滔不绝，张小波担心地问道："大学老师可是铁饭碗，而且还有寒暑假。你如果当了美妆博主，每天都要更新作品，你确定能够适应这样的节奏吗？"

马小利用力点了点头："小波，当警察是你的梦想，这些年我一直在思考我的梦想是什么。我的梦想一直都不是当老师，这是我爸妈的梦想，他们认为女孩子当老师非常体面，其实我真不喜欢这份工作。如果有一天我辞去了这份体面的工作，一门心思当起美妆博主，你会不会怪我？"

自从马小利从海南回来，两人之间的关系越发和谐。过去隔阂没有捅破，很少会像现在这么开诚布公袒露心声。

"小利，每个人都有追求梦想的权利！不管你做出怎样的选择，我都会义无反顾地支持你。以前所有人都觉得我很笨，外面有许多比辅警工资高的工作，偏偏我就选择了当辅警。其实金钱固然重要，但是理想和信念也是一种追求，我相信总有一天我能够成为一名正式警察，我也相信你的选择是正确的！"

马小利眼眶一热："小波，原来被人理解的感觉这么好。"

两人在小区楼下温存了一番之后，才依依不舍地分别。

张小波准备上楼时，突然听见身后有人喊住了他，声音像是他的大表哥秦志伟。

"小波，是大表哥！"秦志伟笑着从车上走下来，手臂里夹着一个公文包，看着就财大气粗。

张小波心一提，昨天大表哥才提着烟酒来看望他们一家，怎么今天又来了？

秦志伟拍了拍张小波的肩膀，意味深长地笑道："小波，刚才那辆红色宝马是你女朋友的车吧？可以啊，小富婆一个嘛！宝马呀！"

张小波笑了笑，问道："大表哥，这么晚了你怎么过来了？是不是来找我爸妈？"

"小波，吃晚饭的时候，我看见你上电视了。你在电视里可神气了，大表哥以你为荣。我告诉我们领导，这是我的表弟，一名优秀的党员辅警，他们一个个都羡慕我。"

张小波有点尴尬，道："大表哥，这有什么好羡慕的？"

"小波，亲戚当中就出了你这么一个人物，大表哥脸上也有光彩啊！不过你这些年一直是个辅警，什么时候才能成为正式警察啊？"

张小波回道："今年上半年会有公务员考试，我已经报名参加了！"

秦志伟点了点头："小波，笔试靠你自己，面试如果有需要的话，我替你和领导打个招呼。"

张小波一愣，大表哥最近怎么黏糊上自己了？他究竟图个啥啊？他连忙拒绝："大表哥，不用了，我更喜欢靠自己努力。"

秦志伟哈哈笑道："傻弟弟，有时候选择大于努力。你选择让大表哥帮你，一定可以让你少走弯路。小波，上车，咱们出去说！"

张小波眉头蹙了蹙，问道："这么晚了，咱们去哪儿啊？"

第 24 章　无事献殷勤　｜　139

秦志伟突然笑得一脸邪魅："大表哥参股了一家会所，就在汽车站对面。你放心，里面绝对没有那些乱七八糟的服务，就是喝喝茶、唱唱歌、喝点小酒的地方。"

张小波心里一阵轻笑，那家会所叫"宝马会"，去年他经常去那边巡逻，里面什么乌七八糟的项目都有，根本就不干净。

"大表哥，明天一大早我还要去上班。春运期间工作繁忙，我要回去睡觉了，咱们还是年后再聚吧！"说完，张小波就准备上楼。

秦志伟一把拉住小波，满脸堆笑着说道："等着，哥给你拿点好东西！"

秦志伟从后备厢拿出一个黑色的旅行包，看起来就沉甸甸的："小波，接着！"

张小波接过了黑包，一脸蒙圈地问道："大表哥，这里面是什么啊？"

"你打开看看不就知道了嘛！"秦志伟笑笑。

打开之后，张小波看见里面装着满满的人民币，吓得赶紧还给了大表哥："大表哥，这些钱我不能要！"

秦志伟的脸瞬间黑了："小波，你这是瞧不起大表哥，还是嫌里面钱少啊？"

张小波面露难色，他不是那种喜欢随便拿人钱财的人。而且大表哥如此主动，他不禁怀疑大表哥在打什么算盘，说不定就没安什么好心。虽说他们是亲戚，但是从未听说有亲戚又是送房子又是送票子的。他隐隐觉得，大表哥一定是有事情找他帮忙，说不定不是什么好事。

"大表哥，这里面最起码有 50 万吧？你好端端地给我这些钱干吗？"

秦志伟脸色柔和了下来："当然是给你花，哥哥给弟弟钱，这有啥稀奇的！你要是不收下这笔钱，你就是打心眼里瞧不起大表哥，我可要生气了啊！"

"大表哥，这些钱我真的用不着，你拿回去吧！"张小波继续拒绝道。

"你小子娶媳妇不要花钱啊？以后孩子的奶粉、尿不湿不要花钱啊？刚才那个开红色宝马车的女人，即使她现在是真的爱你，以后你什么都没有，两人新鲜劲儿又没了，你看她还会不会跟着你继续吃苦。大表哥这些年阅女无数，只有钱才能拴住女人的心。你当辅警一个月收入多少，表哥又不是不知道。"

秦志伟将黑色的旅行袋重新塞进了张小波的怀里："你要是觉得收下大表哥的钱，心里过意不去，那我就请你帮个忙吧！"

话音刚落，张小波心里明白了，大表哥果然找他有事，现在才进入了主题。

秦志伟道："小波，大表哥最近有一批货要运送到T市，体量已经超重了。我知道你在高速路口检查站专门负责盘查来往车辆，到时候我们车子经过的时候，你什么都不要做，只要放行就行了，那批货对大表哥真的很重要。"

张小波眉头蹙起，问道："大表哥，你得先告诉我，车里面到底是什么货？如果是违法违规的物品，那一定不行！我的工作就是例行盘查，发现可疑车辆一定要将其扣下，这是我的工作职责！"

秦志伟的脸瞬间黑了："你小子当辅警一年能挣多少钱，一辈子能挣多少钱？你帮大表哥这一次，事成之后，我再给你50万！"

张小波心口一紧，事成之后再给50万的报酬，这车里究竟运输的是什么"贵重"物品，居然有这么大的利润差？莫非是……张小波不敢往那方面想,他不愿意相信大表哥是那样的亡命之徒。

"大表哥,你不是在做房地产项目吗?怎么现在要走货了?你该不会是贩……"

秦志伟愣了一下,缓过神来,拍了拍张小波的脑袋:"贩你个头啊!你把大表哥想成什么人了?小波,你到底帮不帮大表哥这个忙?就一次!"

"对不起,大表哥,我帮不了你这个忙!"说完,张小波放下装满钱的黑包,头也不回地走了。

上楼前,他突然转身目光坚定地看着秦志伟,道:"大表哥,如果你触犯了法律,我一定会一视同仁,绝不包庇!"

这话一出口,秦志伟瞬间怒炸,没想到小表弟简直油盐不进,软硬不吃。

望着小波的背影,秦志伟扯着嗓门喊了一句:"张小波,你不要后悔,你累死累活当个辅警,一年到头赚不到几个钱。我是抬举你,看在咱俩是亲戚的分儿上,你可别不识好歹!"

"大表哥,弟弟也奉劝你一句,千万别干出格的事情。我不知道就算了,如果你在我眼皮子底下干出违法违纪的事情,我一定会大义灭亲,义不容辞。"

"张小波,你以为自己是大英雄吗?你这是假清高,到头来什么都没有!"

张小波冷哼一声,头也不回地上了楼。

秦志伟愣在原地,双手握拳,一个人在黑暗中站了许久,最终只好愤愤离去。

回去的路上,秦志伟一边开车,一边犯愁,他已经在大哥面前夸下了海口,这下子可怎么办?

张小波这个蠢货,竟然一点情面不讲,简直就是现代版包公,他难道只能硬闯高速卡口了?

第 25 章　小女孩爬上高速

腊月二十八这一天，高速公路车流汹涌。

老百姓们归乡心切，堵车堵得不像高速，更像是堵在了繁华的闹市区。高速道路上频频发生的交通事故，无疑增加了警务人员的工作量。

张小波和卢远明顶着凛冽的寒风，坚守在一线岗位上。

这时，一辆红色私家车突然停在了等候车道，后面的车辆不停地按喇叭催促，车主们纷纷探出头，一片怨声载道。

"前面的车子到底走不走啊？有没有素质啊？"

"大家都赶着回家过年呢！堵在前面干啥呢？"

"喂，你们警察到底管不管啊？"……

红车车主情绪十分激动："同志，我在路上捡到一个孩子，就在我汽车后座呢！"

张小波愣住了几秒，车主已经下车打开了后座车门，里面果然有一个小女孩。

张小波让车主靠边停车，问道："这到底是怎么回事？这孩子不是你的吗？"

车主整理了情绪，将车上一个四五岁大的小女孩抱了出来："这孩子是我在前面不远处捡到的，当时我看见她从高速路下面爬了上来。原本不打算多管闲事,想着赶紧回家过年。没想到从后视镜看见小姑娘跑到了路中央,吓得我赶紧将车停在应急车道。我猜她应该就是附近村庄里的孩子,可能是贪玩爬上了高速公路。我已经够仁至义尽了,你们千万别误会,我可不是那种拐卖孩子的人。不相信的话,你们可以调取高速公路的监控,这是我的身份证。"

事情的来龙去脉理清楚后,张小波让监控室的杨晓杰查出了路段监控,确定小女孩是车主从半路带回来的。张小波抱过小女孩,让车主留了个电话号码,将他放走了。

小女孩见到救命恩人走了,立刻哇哇大哭起来。

卢远明说道:"小波,你赶紧去找孩子的父母,孩子的家人多半就在附近的乡镇上。"

张小波立刻骑着摩托车在附近的乡村开始寻找小女孩的家人。

两人一进寺巷镇,小女孩就兴奋得不行,举着小手欢呼道:"到家喽,到家喽!"

张小波心中大喜,说不定小女孩就住在寺巷镇。可是寺巷镇太大了,面积31.48平方公里,人口3.85万。下设十五个行政社区、三个安置区,是凤城市经济大镇、工业重镇、招商引资的先行镇,每年能够实现财政收入几十亿。这么大的寺巷镇,怎么才能尽快找到孩子的父母呢?

张小波沿路询问了半个小时,没有一个人认识这个小女孩。

半响之后,两人坐在路边,张小波开始循循善诱地问了小女孩一些基本问题。

"你叫什么名字呀?"

"叔叔,我叫贝贝。"

"几岁了呀?"

"我今年四岁啦!"

"有没有背上小书包上学呀?"

"嗯,我最喜欢上幼儿园了,我们幼儿园的王老师最漂亮,我很喜欢她。"

张小波大喜,没想到问出了小女孩这么多信息。

寺巷镇一共有三所幼儿园,他决定逐一进行走访和排查。

三所幼儿园已经放寒假了,只有门口的保安大爷还留守在门卫处,张小波只好使用最笨的方法。

他向保安要到了园长的电话,很快就统计出了姓王的老师。

三所幼儿园的王姓老师陆续集合到寺巷镇派出所,挨个儿地看了一遍小女孩,最后总算从十二位王老师当中,贝贝一下子认出了她最喜欢的王老师。

贝贝的家长很快就赶到了寺巷派出所与女孩相认。贝贝的妈妈一边哭着一边感谢张小波,她说贝贝和几个邻居家的小孩一起出去玩,没想到最后那几个小孩回来了,贝贝却一直没回家。

确定女人是贝贝的母亲之后,张小波准备返回检查站。

小女孩见张小波要离开,挣脱开妈妈的手,一路跌跌撞撞奔向了他的怀里:"叔叔,我们以后还会见面吗?要不你加我微信吧!"

张小波吃惊地笑道:"贝贝,你才四岁就有微信了?"

贝贝的妈妈一脸哭笑不得:"她爸平时在外面打工,经常和她视频通话。前段时间她爸给我换了一部新手机,我的旧手机就给她玩了。小孩子聪明,一学就会了。"

贝贝拿出手机,点开扫一扫:"叔叔,我扫你!"

张小波被逗笑了,贝贝应该是他通讯录里面最小的微友:"好的,你扫我!"

回到检查站，张小波看见潘局长来了，正在对一线人员表示慰问，送来了不少"暖宝宝"和方便速食。

潘局长见张小波骑着警用摩托车回来了，问道："小波，你刚才去哪儿了？"

卢远明站在一旁笑着说道："潘局，最近咱们这里发生了许多暖心的故事，今天有位车主在高速路上捡到了一个四五岁大的小女孩交给了咱们。我们一致认为那个小女孩应该是附近乡镇的居民，我就让小波带着孩子到附近寻找她的家人。"

潘局长点点头，问道："小波，孩子的家人现在找到了吧？"

张小波点了点头，笑道："找到了，临走时，那小女孩还加了我的微信呢！现在的孩子真不简单，四岁就有微信了，而且还是她主动扫了我的二维码。厉不厉害？"

潘局长一听，顿时乐了："这些故事可以当作经典事例写进材料里面，高速公路上暖心的故事，体现了咱们高速卫士为人民服务的宗旨！"

晚上，马小利来检查站接小波下班。张小波坐在副驾驶上，肚子突然咕咕乱叫了起来。

马小利哧哧笑道："小波，江州路上开了一家特别好吃的羊蝎子馆，网上都是五分好评。这个点正是夜宵时间，咱们去干饭吧！"

张小波笑着点了点头，两人一路驱车赶往江州路上的"老李羊蝎子馆"。

店里生意火爆，两人等了十分钟，终于等到了一个座位。

等上菜的时候，两人闻着隔壁桌上美酒佳肴的香气，不住地咽口水。

第 25 章 小女孩爬上高速

饭菜上齐后，马小利一边吃，一边道："今晚这顿我请客！"

张小波笑着说道："富婆，是不是发财了？以后打算让我在家吃软饭了？"

马小利将脑袋故意凑近张小波，小声说道："小波，你猜我这个月当美妆主播挣了多少钱？"

张小波笑笑："多少钱？说出来吓我一下！"

"5万！"

张小波吓得放下了筷子："我的天，你一个月收入快顶上我一年的工资啦？没想到互联网行业这么赚钱！小利，你简直太厉害了！"

马小利一双杏眼笑出了月牙："感谢咱们生在了一个好时代，祖国日益强盛，互联网繁荣发展，让普通人也能借助互联网的风向标，只要努力就能打开财富的盒子。"

张小波不禁感叹道："小利，看见你现在过得这么充实，我替你感到高兴。我爸最近也开始创收了，总算是苦尽甘来了。"

马小利惊呼道："哇哦，叔叔是写出一部爆款网文了吗？"

张小波笑道："我爸以我为原型，写了一名党员辅警一路成长的故事，没想到一下子在网上走红了。这个月我爸月入破万，你月入5万！啊，压力山大，我要努力！"

马小利兴奋道："互联网新兴职业兴起，普通人也有机会发家致富了。小波，心动了吗？"

第 26 章　少女跳楼

张小波沉默了片刻，神情言归正传："小利，互联网时代，流量就是金钱。但是互联网也离不开国家的支持，正是因为有人在负重前行，各行各业才能平稳持续性地发展下去。如果人人都搞直播、拍视频赚钱去了，人们的信仰都变成了物欲，这个时代迟早要坏掉。就拿春运出行来说吧，正是因为有警务人员牺牲小我，成全大家，才能保证交通出行的通畅，保证老百姓们过个平平安安的年。有时候人的追求不仅仅是金钱，就像男孩子们小时候的梦想都是想要拯救这个世界……"

马小利的心里生出了敬佩之情，眼前的男人仿佛镀了一层金光。她不禁感叹，自己果然没有看错人："小波，以后赚钱的任务交给我了！我喜欢这样的你！"

张小波哈哈一笑："亲爱的，那我是不是在吃软饭啊？"

两人说笑着，突然听见外面传来一片嘈杂声，好像出什么事了。

饭店营业员从外面跑了进来："我的天，对面那幢楼上有个小姑娘要跳楼。这眼瞅着就要过年了，小姑娘也不知道遇到啥事了。"

马小利放下筷子，眉头蹙起："小波，咱们出去看看吧！"

两人挤进人群的过程中，已经听明白了整件事情的来龙去脉。

跳楼的少女今年读初三，这次的期末考试成绩不理想，今天被妈妈骂了几句，一言不合就跑到了楼顶上准备跳楼。

"这可是26楼啊，掉下来还不得用铁锹铲肉泥啊？"

"这女孩我认识，她妈妈一个人带她可辛苦了，又要上班又要照顾她。这孩子真是个白眼狼，养了这么一个孩子，当初还不如不养呢！"

"现在的孩子都是这样，抗挫折能力差，但凡考差了一点，被家长或者老师说了一两句，心理就承受不住了……"

此刻，济川华庭小区楼下已经挤满了人。接到报警电话，民警老徐带着三名辅警迅速赶到顶楼。消防大队已经带着安全气垫赶到事发现场，迅速将安全气垫充满了。

四名警务人员抵达26层楼顶时，凛冽的寒风拂面而来，腊月里的寒风如同尖刀一般划着每个人的面庞。

一个女人哭着求女儿不要干傻事："妈妈错了，妈妈以后再也不批评你。你下来吧，妈妈求你了！妈妈就只有你了，你如果跳下去，妈妈活着也没有意义了。"

少女回头看了母亲两眼，苦笑道："妈，我知道你为我付出了很多，我死了你就可以解脱了，以后再也没有人让你生气难过了。"

女人摇头道："不是这样的，妈妈当时只是说的气话，妈妈怎么舍得让你死？你快下来，妈妈以后不要求你考高分了，咱们开开心心最重要，好不好？"

说完，女人步步逼近她的女儿。

见状，少女一阵踉跄，吼道："你别过来，你每次都这么说，过几天你就会忘记了你的话。你每次都要求我考高分，我的名次只要往后掉几名，你就会对我冷嘲热讽。妈，我已经受够了，你再往前一步，我现在就跳下去。"

女人不停地哀求女儿别干傻事，整个人已经接近崩溃的状态。

这时，几名警务人员出现了，女人如同看见了救命稻草："警察同志，求你们快救救我的女儿！今天要不是我骂孩子，她根本不会跳楼。孩子是我一个人拉扯大的，她是我全部的希望，求你们救救她，她才十六岁……"

民警老徐使了个眼色，三名辅警立刻将女人扶到一旁。她这么哭下去只会影响女孩的情绪，对救援工作毫无帮助。

空旷的26楼顶楼，女孩被冻得身体瑟瑟发抖，看见警察来了，身体处于戒备状态："你们别过来，你们再过来一步，我就立刻跳下去！"

民警老徐停下了脚步："听叔叔一句劝，你妈已经知道错了，待会儿叔叔让她写一封保证书。好孩子，快下来，叔叔过来接你！"

女孩情绪变得更加激动，身体一阵摇晃，吓得所有人倒吸了一口凉气。

民警老徐感到头皮一紧："叔叔不动，你坐稳了！"

女孩哭道："你们都不要过来，再过来一步我立刻跳下去死给你们看。"

女孩的身体仿佛摇摇欲坠，楼下的围观群众发出了惊呼声。

女孩朝着楼下看了一眼，不禁苦笑道："没想到我以这样的方式火了一把！叔叔，下面有人在拍照，说不定有人正在开直播呢！"

民警老徐急得一身汗，直到听见消防车辆的声音，心里才松了一口气。

身旁的辅警小声提醒道："徐哥，消防队的安全气垫已经准备好了。"

老徐点了点头，楼层太高安全气垫并不能保证安然无恙，但是

第26章 少女跳楼 | 151

有生还的概率!

"小姑娘,你的妈妈也是第一次当妈妈,你也是第一次当人的女儿。大家都是第一次,要懂得互相理解、互相宽容。你舍得让妈妈孤苦伶仃地过下半辈子吗?"

民警老徐开始打亲情牌,女孩纹丝不动,显然这些大道理她都已经想过了,才决定一心求死。

一阵寒风呼啸而来,顶楼的灰尘掀起一片,女孩单薄的身体像下一刻就要飘落在空中一般。

民警老徐往前挪动了一小步,女孩十分警觉,做出了准备跳楼的动作,楼下围观群众发出了惊呼声。

张小波站在人群中,观察着楼顶的动静。警务人员一直没能将女孩劝下来,极有可能是在和她打亲情牌。这一招根本不管用,一个人求死的心都有了,说明她已经下定了决心,不再顾及亲情人伦。

马小利看出他的心思:"小波,这方面你比较有经验!上回在东城河,你救过一个要跳河的女人。要不你上去试试?"

张小波用力点了点头:"小利,你在这里等着我,我上去救人!"

张小波出现在顶楼时,四名警务人员心里都松了一口气。大家都是一个公安系统的,虽然没有过多交集,但是在业内张小波的名气大家都是知道的。

女孩见又来了一个陌生男人,情绪激动道:"你不要过来,你过来我现在就死给你们看。楼下这么多人等我跳下去,我不死也得死了,不然多丢脸啊!"

张小波快速观察,试图找到这个花季少女的心理突破口:"小姑娘,听说你这次期末考试成绩考得很差,说出来让我笑笑呗!"

这话一出口，四名警务人员和女孩的母亲都愣住了。民警老徐轻咳了一声，提醒张小波注意话术，不要刺激到当事人的情绪。

女孩愣住了几秒，随后有些难为情地说道："语文和英语一直是我的强项，数学考得不行，才考了五十八分！马上就要过年了，走亲访友见面第一句话就是问成绩，到时候我妈一定特别难堪。不如我死了算了，这样耳根子就能清净了。

"我是妈妈的拖累，她为了我一直没有嫁人。我最大的心愿就是希望妈妈能够做她自己，不要只扮演我的妈妈这一个角色。我妈那么漂亮，找不到老公天理不容，都是因为我这个拖油瓶才耽误了自己。

"这次数学考了五十八分，即使我妈不怪我，我也不能原谅我自己。我还是死吧，你们都别劝我了。"

话音刚落，张小波笑出了声，所有人都愣住了。

"数学考了五十八分算什么？你猜我数学最差一次考了多少分？"

张小波夸张的表情，顿时激发了女孩的猎奇心理："二十分？"

张小波摇了摇头："继续猜！"

女孩惊呼道："你该不会考了十分吧？"

张小波哈哈笑道："我数学曾经考了一个鸭蛋回去送给我妈，当时我妈气得脸都绿了！我爸妈男女混合双打，我也没有想过自杀。小姑娘，不就是一次考试嘛，它又不能决定你的人生，这么死了太不值得了。"

女孩愣了一会儿，突然笑了起来："你竟然考了一个鸭蛋？A、B、C、D随便蒙一道题，也能得五分啊！你这考运是不是太差了？"

张小波笑了笑："所以你考了五十八，根本不算什么失败。你

第26章 少女跳楼 | 153

还有机会的，我相信你可以。马上就要过年了，咱们别闹了。这么死了太不值得，谁都不会记住你。我知道，你一定也有自己的梦想还未实现，对吗？"

女孩脸上的表情逐渐柔和了下来："我的梦想是当一个小说家，我喜欢语文，热爱写作，但是妈妈不允许我看课外书，我经常都是偷着看。"

张小波突然想起了父亲书房里头的几本侦探小说："你喜欢英国侦探小说家阿加莎·克里斯蒂吗？"

听见这个名字，女孩的眼睛瞬间亮了："我读过阿加莎的代表作品《东方快车谋杀案》和《尼罗河上的惨案》，你也喜欢她吗？"

张小波绞尽脑汁想起了父亲曾经和自己聊过这位女侦探小说家："阿加莎一生创作了八十部推理小说，我家里就收藏了一整套。如果你答应我下来，哥哥可以将阿加莎的一套推理小说都送给你。"

这话一出口，女孩眼睛闪闪发亮："真的吗？"

张小波笑道："当然，一言为定，不然我们可以拉钩啊！"

"好！拉钩！"

张小波步步靠近女孩时，接触到了她的手，两人相视一笑，拉钩为定。

消防队员松了一口气，将救生气垫收回撤离现场。

人群中一阵拍手叫好的声音，他们为楼上那名不知名的英雄鼓掌。

女孩的母亲连连道谢，拉着女儿不住地感谢张小波。

张小波笑了笑："阿姨，姗姗已经进入了青春期，平时您一定要注意心平气和地与她沟通。一次考试成绩决定不了什么，她的人生还长着呢！"

这时，姗姗低着头不好意思地问道："大哥哥，你刚才答应我的阿加莎全套推理小说，真的可以送给我吗？"

张小波爽朗地笑道："当然！咱俩已经拉过钩，盖过章，一百年不许变。"

民警老徐和三名辅警崇拜地看着张小波，纷纷感叹凤城公安系统里面出了一个了不起的人物。

张小波走出小区时，马小利正满眼欣赏地看着他走向自己。那一刻，张小波仿佛变成了一个闪闪发亮的发光体。两人在周围群众的喝彩声中，手拉着手离开了。

两人回到家时，已经是晚上 10 点。张小波刚准备睡觉，手机突然响个不停。

分局同事群里面已经聊爆了，大家都在@他上网看自己的视频，说有群众拍下了他救人的一幕发到了小视频 App 上。半个小时不到，点赞数量就已经突破一百万。

马小利刚卸完妆，钱倩的夺命连环 call 就打来了："小利，你们家小波又火啦！英雄的女朋友，什么时候请客啊？我敢肯定你们家小波加官晋爵指日可待了！"

马小利听蒙了，打开视频 App 发现小波真上热门视频了。视频中，小波在楼顶上面成功劝说花季少女放弃了轻生的念头。

此时，张小波躺在床上，不住地叹着气。

少女跳楼的视频被传得沸沸扬扬，他不禁开始担心那对母女。他宁愿不要当这个英雄，也不想让这对母女被人指指点点、议论是非。

于他而言，当大英雄一直都不是他的目的。每一次面对需要帮助和解救的人民群众，他只是单纯地希望能够帮助到他们。

第 26 章 少女跳楼 | 155

第 27 章　高速春运潮

农历腊月二十九，张小波像往常一样，早早来到高速公路检查站。

一大清早，路上就开始车流涌动。明天就是大年三十了，游子归乡心切。

与往常不同的是，今天来往的车辆不仅配合检查，许多司乘人员都向张小波投来了敬佩的目光。互联网上的内容传播太快了，许多人都下车求合影，张小波有一种赶鸭子上架的感觉。

后来要求合影的司乘人员越来越多，眼看着车辆开始拥堵，张小波脸色沉了下来，一律拒绝与来往乘客合影，要求他们尽快驶离高速卡口，不能影响后方来车出行。

车流恢复顺畅时，卢远明笑着拍了拍他的肩膀："小波，你又火了，听说这次可能会记二等功呢！潘局昨晚就知道这件事情了，你小子一年之后转正是板上钉钉的事情了，一定要好好干！"

张小波点了点头，脸上却没有一点高兴的意思，反倒是沉着脸，说道："师父，我当时就是一心想把人救下来，那个女孩才念初三，为了一次期末考试就寻死觅活太不值得了。没想到被人给拍下了视频，竟然还上传到了网上。这事情做得太不妥了，让人家母女以后怎么抬头做人啊！"

"师父,我宁愿不要这次记功,希望相关网站把视频删了!救人于水火,本来就是咱们警务人员该做的事情,没必要这样歌颂咱们。"

卢远明听完,觉得小波说得有道理,越发欣赏小波的思想觉悟和境界。

小波成功将要轻生的女孩从楼顶劝说下来,这原本是一件好人好事,但是对于跳楼的当事人无疑是一种压力。卢远明决定,待会儿空下来和潘局长汇报一下这件事情。

这时,迎面来了两辆车牌磨损没有及时更换的七人座面包车。两人上前一番盘查,确定没有问题后,提醒车主及时更换新的车牌照。

从上午到中午,高速公路上几次堵得崩溃,车辆只能在路上低速缓行。

检查站的电话铃声突然响起,张小波接通电话,里面传来了一名男人急促的声音:"您好,我是一名客运司机,车上有一名老人因为心脏病突发已经晕厥。这会儿路上堵车堵得厉害,家属恳求你们派人赶紧来一趟,老人就快不行了!"

客运司机说明了具体位置后挂了电话,张小波第一时间向卢远明汇报了情况。

卢远明道:"小波,现在路上这么拥堵,救护车很难上高速。你赶紧通知执法车抵达现场,将老人送到了距离现场最近的寺巷镇人民医院抢救。"

"是!"

张小波刚离开了一会儿,检查站的电话再次响起,卢远明接通了电话。

车主声称车辆水温过高,水箱开锅了,需要加水,正停在路边应急车道等待救援。

卢远明和备岗警务人员进行轮岗,骑着摩托车逆向行驶在应急车道上。抵达事故现场后,卢远明打开自备的加满水的机油瓶,将水倒进了车主的水箱里。

这一天高速公路上车辆交通故障频发,例如车主的轮胎爆胎了需要更换轮胎、水箱缺水、发动机故障等。热情的高速卫士们用自己的专业化解了司乘人员的忧患,上演了一个个高速公路上暖心的故事。

一直忙到下午5点左右,警务人员已经累到了极限。潘局长送来了大包小包的下午茶,前来慰问一线警务人员。

"大家都辛苦了,再坚持几天,我给大家批假,好不好?"

"好!"众人齐声道。

一群警务人员笑呵呵地吃着潘局长送来的下午茶,倍感组织带来的温暖。然而高速路上的车辆没有因为夜幕即将降临而减少半分,大家胡乱吃了两口,继续投身工作中去了。

潘局长将张小波拉到一旁,眉宇之间满是欣赏。省公安厅领导都听说张小波了,这让潘局长脸上很有面子:"小波,你昨天又立功了,组织都给你记着呢!好好干,前途无量!"

张小波支支吾吾想说些什么时,潘局长拍了拍他的肩膀,离开了检查站。其实他想让潘局长和相关网络部门联系,将昨天少女跳楼的视频删了,他不希望视频影响到那对母女的生活。

晚上换班后,马小利准时出现在高速公路检查站接男朋友下班。

张小波坐在副驾驶,轻叹了一口气。

马小利问道:"怎么了?出什么事了吗?"

"昨天跳楼的视频被大量网友转发，不知道那对母女现在过得怎么样！要不咱们今天接着去吃昨天那家土菜馆，我也想去店里打听一下那对母女的情况，希望她们没有因为这次互联网的传播造成二次伤害。"

马小利点点头，开玩笑地说道："你让我买的阿加莎全套推理小说我已经下单了，过两天就到货了。这笔巨款你们单位报销吗？"

张小波给了马小利一个温柔的摸头杀："小利，我给你报销！"

马小利哈哈笑道："不用啦，我跟你开玩笑的！这套推理小说，能够潜移默化地培养出一个未来的小说家，我觉得特别值得。"

张小波眼神坚定地注视着前方："感谢阿加莎·克里斯蒂，是她的优秀作品成功救下了一个花季女孩。"

两人抵达那家土菜馆，收银员一下子认出了他："哇，您不就是昨天晚上那个大英雄！您可帮了她们母女大忙了，今天好多人去她们家送温暖，有人送衣服、送吃的，还有人送钱呢！那个女孩数学成绩不是不好嘛，几个培训班的老师争着抢着要给女孩提供免费辅导。您真是她们家的大贵人……"

张小波心里压抑了一整天的大石头终于落下了。

马小利已经点好了一桌子的好菜，还专门要了一瓶酒。

店主激动地说道："今天这顿饭菜和酒，算我请'神眼'小波的。我啥都不要，我就要一张和'神眼'小波的合影，我要高高地挂在我的店里，这简直太有面子了！"

回家的路上，两人的手紧紧握在一起，能够帮助别人的感觉真好。

第 28 章　大年三十

年三十这天下午，高速公路依旧是车潮汹涌，最后一班归乡的游子拥挤在高速路上。

原本就拥堵不堪的路段，因一对情侣吵架竟然在高速公路上违停，造成了严重堵塞。

检查站接到了群众的报警电话，卢远明和张小波迅速赶往现场。

现场车流量巨大，为了不造成交通进一步堵塞，卢远明掏出执法证件命令车主迅速转移车辆下高速。这对情侣到了检查站还在互相埋怨。

女人抱怨道："我一早就告诉你春运期间容易堵车，让你早点和领导请假回家，你就是不听我的。现在距离你们家还有一百多公里，你自己回去吧！"

女友当着公安人员的面不给男人面子，男人彻底怒了："我和爸妈说了带你回家见他们，你如果不回去我们现在就结束吧！"

这话一出口，女人瞬间泪崩："这句话你早就想说了吧？好啊，分手就分手。当初是你求我留下来的，不然我早就去北上广发展了。"

男子冷笑一声："我没想到你会变成一个爱慕虚荣的泼妇！别以为我不知道，你和我吵架不是因为堵车，你是因为我不给你买那个 LV 包，没法让你过年和姐妹们打肿脸充胖子。你要真想买 LV，你就自己出去上班赚钱，别总是惦记着我的年终奖！"

女人愣了一下，痛哭道："我一个985高校毕业的，我会找不到工作吗？当初是你口口声声说不需要我出去工作，你说你负责赚钱养家，我负责貌美如花！我要是当初不离开北京那家公司，我现在挣的钱可比你多。别说买LV了，爱马仕我都买得起！"

男人无奈地摇了摇头，冷声道："你之前工作的那家公司早就倒闭了，我是顾及你的面子才没有告诉你，在你走后半年不到资金链就断了。"

"你俩吵完了吗？"站在一旁的卢远明忍不住呵斥了一声。

男人冷静了下来："警察同志，我们知道错了，父母等着我们回家吃年夜饭呢！"

话音刚落，女人赌气似的说道："我不会跟你回去的！"

男人的态度逐渐软和了下来："小暖，对不起，我刚才不该那么说你！公司一直拖到今天大年三十才放假，大家都没请假，我不好搞特殊啊！我俩在杭州还没有买房，我的压力真的好大。我一直想赶紧凑齐了首付，买一套属于我们的房子。我都已经想好了，房产证上面就写你的名字，给你足够的安全感。小暖，我真不想让你和我一直住在出租屋了……"

两人开诚布公袒露心扉之后，终于和好了。

卢远明开了一张罚单，这是他俩在高速路上违停必须付出的代价。

这对情侣准备上车离开时，卢远明将男子拉到一旁："女孩子很好哄的，生气的时候让着她点。家不是讲道理的地方，而是讲感情的地方。"

自从张卫国靠着写小说赚到了钱，整个人变得精致了许多，对老婆儿子都舍得花钱。

年三十这天，张卫国准备了一桌子好酒好菜，准备和老婆两个人在家吃年夜饭。他还买了鲜花、红酒，点上了蜡烛，将家里气氛烘托得十分浪漫。儿子在检查站加班回不来，他担心老婆伤感，早早就计划好了这一切。

李芬芳见两手不沾阳春水的丈夫，一整天忙忙碌碌准备这顿晚饭，她一直在强颜欢笑。可是随着夜幕降临，窗外的节日气氛越发浓厚，李芬芳心里抓心挠肺地难受。

这时，对门邻居家的儿子从外地回来过年了，这一次还带了一个漂亮的儿媳妇。邻居带着准儿媳上门炫耀，告诉李芬芳准儿媳妇已经怀孕了，年后就奉子成婚。

李芬芳喊她们进屋坐会儿，故意让她们看见张卫国准备的烛光晚餐。两家女主人互相较劲了多年，这两年李芬芳终于赢了。儿子是公安系统的大红人，老公也开始能赚钱了，一个月收入过万。她和几个姐妹开了家政公司，现在生意做得越来越火爆。

邻居见到一桌子的好酒好菜，菜肴中间竟然有一只帝王蟹，脸色复杂地回去了。

关上门，李芬芳脸上的笑容顿时沉了下去，看着面前一桌子菜肴美酒，心里特别不是滋味。

张卫国安慰道："老婆，她就是嫉妒你过得比她好！现在咱们家三个人有收入，他们家就靠她老头子一个人的退休金。"

李芬芳一脸委屈道："但是今天她还是赢了，一家人齐齐整整的，准儿媳妇肚子里面都怀上了。咱们儿子不仅不能回来吃年夜饭，和小利什么时候结婚还不知道。老张，我的要求不高，就想一家人在重要的节日里坐在一起热热闹闹地吃饭。"

张卫国一边做菜,一边安慰道:"老婆,这最后一道菜叫芋头糖水。这道菜,不仅开胃生津、补气益肾,关键它的寓意十分好。芋头代表遇见一个好人,白头偕老,一生相亲相爱。红枣代表着甜甜蜜蜜,生活得有滋有味。儿子不在家,正好咱俩一起吃顿烛光晚餐。这些年我也没有对你浪漫过一回,今晚好好补偿老婆。"

张卫国安慰人的本事很强,用邻居的话来说,老张这张嘴特别会哄老婆。过去家里一贫如洗的时候,张卫国也是用甜言蜜语,哄得李芬芳一路咬牙把儿子供上了大学。李芬芳其实就稀罕他这张嘴,即便他什么都不做,她也心甘情愿为这个家操劳。

张卫国做完最后一道芋头糖水,将李芬芳拉到了餐桌前,一脸神秘道:"老婆,开饭之前我还有一个小小的仪式。"

李芬芳羞得脸颊通红:"快别卖关子了,赶紧趁热吃饭吧!"

"别急!"张卫国笑着拿出了一个手机支架,将手机固定后开启了录视频模式,"老婆,快看这边,记录下咱们美好的爱情。"

这时,张卫国从书房里捧出准备好的一束玫瑰花,单膝下跪在李芬芳的面前:"老婆,第一次买花给你,以后年年都有。"

这是李芬芳第一次收到男人的鲜花,她顿时激动得语无伦次了:"你干吗花这个冤枉钱啊?这贵不贵啊?"

张卫国一阵动容:"过去赚不到钱,都要你养着我。现在我开始拿稿费了,以后带你吃香喝辣。老婆,我爱你!"

李芬芳感动到落泪,然而兴奋不到三秒,她的心里产生了怀疑,老张该不会在外面干坏事了吧!俗话说,无事献殷勤,非奸即盗!她擦擦眼睛说:"老张,你老实说,我不怪你!都说男人做了亏心事,就会对家里老婆特别好,你是不是在外头有人了?"

第 28 章 大年三十 | 163

张卫国一脸委屈道:"老婆,天地良心啊,一个码字为生的男人,哪有时间出去干坏事啊?我每天脑子里面都是小说剧情,根本没有心思想那些。再说了,我都一把年纪了,谁看得上我啊!"

李芬芳点了点头,觉得老张说得有几分道理。

这时,张卫国又从口袋里掏出了一个粉红色的正方形盒子,上面系着漂亮的蝴蝶结:"老婆,快打开它,这是我送给你的新年礼物。你跟了我几十年了,我都没送过像样的礼物给你。"

李芬芳平时喜欢追剧,这样老套的剧情她再熟悉不过,每次都跟着电视里面的女主角感动到落泪。只是她没想到,这一幕竟然会发生在自己的身上!

打开盒子,里面是一条闪闪发光的钻石项链,李芬芳激动得眼泪飞了出来。

"老张,稿费都是你一个字一个字地敲出来的,咱们不能这么乱花钱!明天赶紧把这个退回去,别学年轻人那一套!"话虽这么说,李芬芳的手和眼睛却很诚实,拿着钻石项链看了又看。

见她一副小心翼翼的样子,张卫国鼻尖一酸,这些年老婆跟着自己受委屈了。如今他的写作道路终于开始走上正轨,他暗暗发誓一定要尽自己最大的努力去补偿她。

"老婆,咱们不退,老公现在就给你戴上。"说完,张卫国替李芬芳戴上了项链。

李芬芳站在镜子前,发现自己和往常不一样了,整个人都散发出了光彩。她不禁感叹,人靠衣装马靠鞍,有钱真是好啊!

随后,张卫国开了一瓶红酒,学着电视里面轻轻摇晃了几下:"老婆,干杯!"

李芬芳举起酒杯,动作十分不自然,像是拿错了杯子。张卫国一边教她如何拿酒杯,一边教她如何品酒。

喝了两杯红酒之后,两人脸色渐渐微醺。张卫国拉着李芬芳的手,不停地抚摸着上面的纹路和茧子:"老婆,告诉你一个好消息,网站说要给我出版了,还有几个有声读物平台要购买我的版权。"

李芬芳欣喜道:"老张,网站给你出版要自己掏钱吗?"

"不需要咱们出一分钱。老婆,咱们的好日子还在后面呢!以后我不允许你再这么辛苦了,家政公司虽然赚钱,但是还是给人打扫做粗活,我要你以后跟着我享福。"

"那我不成了好吃懒做享清闲的懒婆娘了?"

"我就要你做懒婆娘,你跟着我苦了半辈子,以后的日子都必须是好日子。"

张卫国拉着妻子的手,眼神温柔得让李芬芳满脸绯红。

半响之后,看着一桌子的好酒好菜,李芬芳又开始难过了:"儿子单位真是不讲人情,也不能让小波回来吃顿年夜饭吗?我这心里憋屈得慌!"

张卫国知道老婆心里铁定绕不过这个坎儿,举起酒杯,说道:"老婆,今天我陪你一醉方休!"

饭后,两人靠在沙发上看春晚。中央电视台熟悉的主持人,熟悉的开场白,熟悉的年味。

李芬芳难得偎依在张卫国的怀里,老两口你一言我一语,等着12点的钟声响起,迎接新的一年。

"过年啦!"随着主持人倒计时,新的一年到来了。

窗外礼花绽放,把张卫国和李芬芳的瞌睡虫赶跑了,两人立刻打电话给儿子。

虽然已经是凌晨,高速上依然车流如潮,不少人从外地往家赶。

12点一到，附近乡镇的上空放起了烟火，新的一年到了。

张小波接到了家里的电话，给父母拜了年："祝爸妈新年快乐，身体健康，心想事成。"

电话开着免提，李芬芳激动道："小波，新的一年早点结婚，给爸爸妈妈生个大胖孙子。"

张卫国说道："儿子，新的一年到来，爸爸祝你早日实现理想，当上一名为人民服务的好警察。"

张小波抬头看向夜空，绚丽的烟火将黑夜照亮了："爸，妈，谢谢你们！"

挂断电话，他给马小利打了个电话："小利，新年快乐！替我问候叔叔阿姨，祝他们身体健康，万事如意。"

马小利笑道："你对我的祝福，我已经收到啦！我把电话给我爸妈，你给他们拜年哈！"

"别……"张小波心里对马小利的父母还是有点儿犯怵，尤其是上次她不告而辞去海南，马父狠狠训斥了他一番。

这时，电话里头传出了马父的声音："张小波，新年好！"

马父主动问候，张小波愣了几秒，语气不自然地说道："叔叔，阿姨，新年快乐！"

"张小波，祝愿你在新的一年里能够取得更大的成绩。"

挂断电话后，张小波一脸兴奋。看样子马小利的父亲对他放下成见了，他的努力终于得到了他们的认可。

看着眼前络绎不绝的车辆，他的心底感受到前所未有的充实和喜悦。

做着自己热爱的事业，得到家人、人民群众、组织的认可，没有什么比这更快乐的事情了。

第 29 章　食物中毒

　　除夕此起彼伏的烟花与爆竹声传递年味正浓的信号，窗外万家灯火，大家都在吃团圆饭，卢墨能够听见隔壁邻居家觥筹交错的声音。

　　今年是他第一次一个人在家过年三十，疼爱他的妈妈死了，爸爸在高速公路当"守岁人"。就连他讨厌的死女人也因为年三十要和家人一起吃年夜饭，不能来给他做饭了。他感受到了前所未有的孤独。

　　卢墨躺在客厅的沙发上看春晚，饿得前胸贴后背，越发觉得自己十分凄凉。往年都有妈妈陪伴着他，他倒没觉得爸爸加班有什么不妥，妈妈总会给他做一桌子好菜，还会给他准备精美的礼物。想到这里，卢墨不禁流下了两行热泪。

　　半晌之后，他听见肚子在抗议，咕噜咕噜乱叫，打开了外卖软件这才发现商家都歇业了。他气得扔下手机，趴在沙发上号啕大哭，今晚有钱也点不到外卖。

　　哭累了之后，他在厨房翻箱倒柜，找到了一包康师傅红烧牛肉面和一包螺蛳粉。又从冰箱里面拿了两个鸡蛋，还有一些死女人之前买的虾滑、小青菜，他很期待泡面和螺蛳粉会擦出怎样的火花。

　　当螺蛳粉放入锅里时，他感觉家里简直难闻极了。不过对于此刻饥肠辘辘的他来说，没有什么不能容忍的。他捏着鼻子开始享用臭气熏天的螺蛳粉，惊喜地发现没有他想象中的那么难吃。

半晌之后，他心满意足地打了个饱嗝，从胃里翻涌出一股酸笋味，差一点全部吐了出来，还好忍住了没浪费。大年三十，自己也算是吃了一顿饱饭。

卢墨的眼睛看向了妈妈的遗像，照片里她还是那般温柔、慈爱地注视着他。

"妈，今天是大年三十，家里就咱们娘俩。自从你走后，我就成了半个孤儿。

"爸爸今晚在高速检查站通宵值班，不能回来陪咱们过年三十了。妈，爸现在有人惦记了，就是成天往咱们家跑的那个女人。她喜欢我爸，对我也不错，每天来给我烧饭吃，还变着花样！

"今天大年三十，她在家陪家人过春节。突然不往咱们家跑了，我居然还有点不习惯了。呵呵，可能是我的肚子不习惯了吧！妈，我好想你……"

卢墨在妈妈遗像前的香炉中点上了三根香："妈，新年快乐！如果你想我了，就托梦给我。"

卢墨看着妈妈的遗像，哭得泣不成声。

过了一会儿，他浑身开始出汗，胃里一阵难受，渐渐感觉头晕目眩，眼前一抹黑……

钱倩和家人吃完了年夜饭，担心卢墨饿着肚子，打包了一些食物准备给他送过去。

母亲见了问道："大过年的，你这是上哪儿呀？谁家过年缺吃少喝的？"

钱倩编了个理由将父母糊弄了过去，一路开车去了卢远明家。

敲了半天的门，卢墨迟迟没开门，她只好放下手中的大包小包食物，掏出卢远明给她的一把备用钥匙打开了门。

刚一打开门，她就闻见了扑鼻而来的臭味："墨墨，你怎么不开门啊？家里刚才煮了什么？"

话音刚落，她被眼前的一幕惊住了。卢墨晕倒在地上不省人事，身旁一摊呕吐物。

钱倩快速恢复了冷静，先是拨打了120急救电话，等待的时间里将现场观察了一遍。

在厨房的垃圾桶里，她发现了螺蛳粉和泡面的包装袋，并且发现那包泡面已经过期很久了。

120救护车赶到时，钱倩护送墨墨去了医院，医护人员立刻对墨墨进行了诊治。

卢墨醒来时，发现自己在医院病房输着液，钱倩趴在床边睡着了。第一次近距离地看着她，闻见她的头发上香香的味道，像妈妈身上的味道。

钱倩听见动静，醒了过来："墨墨，你醒啦，感觉好些了没？"

卢墨点了点头，眼泪不争气地掉了下来："我好像吃坏肚子了！"

钱倩故作生气道："不是好像，是你吃了一包过期的方便面，医生说你是食物中毒。"

卢墨不好意思地问道："你怎么知道我晕倒了？你来给我送吃的了？"

"不然呢？我担心你一个人在家饿肚子，吃了晚饭就给你打包了一些吃的送过去。敲了半天的门，见你一直不开门，我就拿你爸给我的备用钥匙开了门，结果发现你昏迷了。你都不知道你吐得多

第29章 食物中毒 | 169

惨烈，人就躺在一摊呕吐物旁边，家里面臭气熏天……"

卢墨赶紧让她打住，脸色虚弱道："别说了，我都闻到那味道了，现在胃里面还有点难受。"

"你可把我吓坏了，以后吃东西一定要注意看食物的保质期，傻不傻啊？"

卢墨虚弱地笑了笑，这次他没有再和她顶嘴。他是傻，傻到分不清别人的好坏。

看着钱倩阿姨替他着急，他暗暗下定决心，以后再也不和她作对了。虽然她句句说的都是埋怨的话，卢墨不但不反感，反倒是心里感觉到了温暖。多亏了她来给自己送饭，不然后果不堪设想。两人之间的隔阂烟消云散，感情在那一刻得到了升温。

半晌之后，卢墨的肚子咕噜咕噜作响，低着头脸红道："阿姨，我肚子饿了！"

"阿姨？"钱倩愣了一下，这些日子这小子都是喊她"喂——"，钱倩不禁心头一软，这小子果然没白疼，终于知道她的好了。

"大年三十，外面的商家都关门了，阿姨回去给你做。医生说你只能吃一些清淡的粥或者烂面条，最近需要好好养养胃。"

等钱倩离开后，卢墨躺在床上看着窗外，眼神已经不像之前那般充满戾气，此刻散发出柔柔的光芒。他考上大学以后，家里就老爸一人了。如今有一个真心喜欢爸爸的女人出现了，他有什么理由拦着他们相爱呢？妈妈如果知道钱倩阿姨对爸爸这么好，一定也会支持他们在一起吧！

之前在卢墨的心里，觉得接受钱倩阿姨就是背叛了自己的妈妈。经过一些日子的相处，他发现钱倩是一个非常好的阿姨。今天发生的事情，更是拉近了两人之间的距离。

这么一想，他决定以后不再阻拦她和爸爸在一起。如果爸爸以后注定要给自己找个后妈，那么钱情在他这里已经通过审查了。

钱情回去之后，下厨给卢墨煮粥。父母问道："都这么晚了，你煮粥给谁吃啊？"

钱情没敢告诉父母，自己喜欢上了一个大自己十几岁的男人，这会儿要煮粥送给他的儿子吃。

她打算慢慢告诉父母这件事，大年三十如果告诉他们，她担心他们会立刻炸了，这个年大家都别想好过了。

钱情故意轻叹了一声："妈，我刚才去看望一个姐妹，她突然生病了，一个人无依无靠躺在医院病房里。刚才她说想喝粥，我出去找了一圈，外面店都关门了。妈，她一个外地人大过年生病真挺可怜的，我哪忍心拒绝她啊！"

钱母听得连连点头："这孩子是怪可怜的，那她怎么春节也不回家过年啊？"

刚才路上钱情心里就已经编好了一个凄惨的故事，这会儿只要声情并茂地发挥即可："妈，我姐妹好惨啊！她出生在农村一个重男轻女的家庭，从小她爸妈对她和她弟弟就一碗水端不平。毕业以后她上班的工资都给了她妈，结果她妈拿着她的工资给弟弟上学用。

"这个春节竟然还让她拿10万块钱回去盖房子，说是她弟弟娶媳妇要翻新家里的房子。我这姐妹一听就不乐意了，谁愿意一直当'扶弟魔'，当场就决定不回去过年了。"

钱母听得一脸心疼："这孩子真是怪可怜的，你赶紧煮好粥给人家送过去。如果她想让你在医院陪她，你今晚就别回来住了。大过年的，一个人在医院心里一定不是滋味，万一做了什么极端的事情就不好了。"

第29章 食物中毒

说完，钱母又拿了一些水果和一箱牛奶："你把这水果和牛奶也带过去给她，就说是爸妈的一点心意。等她病好了，欢迎她到咱们家里做客，妈给她做好吃的。"

　　钱倩感动得眼眶起了雾气，紧紧搂住了母亲："老妈，您简直太善良了，我姐妹一定感动死了。"

第 30 章 惊现亡命之徒

除夕夜过了 12 点以后,高速公路上的车辆才渐渐少了,一线高速卫士们终于喘了口气。

卢远明拍了拍张小波的肩膀,一脸疲倦地笑道:"怎么样?第一次参与春运值勤,这么大的工作量,是不是觉得还是在市里面工作轻松一些?"

张小波摇了摇头,眼神里面流露出了满满的成就感:"师父,在这里工作我才知道检查站的同事有多辛苦,但是看着老百姓们安全回家,这份成就感是用金钱难买到的。"

卢远明竖起了大拇指:"师父先给你点个赞,不过你别以为这就结束了,春运潮才刚刚开始。年初一至年初八都有咱们忙的!老百姓们走亲访友,节后返程上班,一直要忙到正月十五元宵节,高速公路上的车流才能稍微减少一些。"

张小波笑道:"师父,大家能行,我也能行!对了,墨墨年三十怎么过的?"

"刚才钱倩打电话给我,说是从家里带了好吃好喝的给墨墨送过去了。这姑娘真是热心,要不是最近她替我照顾墨墨,我都不知道该怎么办了。"

张小波笑道:"师父,钱倩是真喜欢你,你见过哪个漂亮姑娘大过年的不陪着家人,给别人家的儿子送吃送喝的?"

卢远明轻叹了一口气:"我和她不合适,年龄相差太大了,人家父母也不会同意的。我要是娶了她,周围街坊邻居怎么看我?他们一定都会说我老牛吃嫩草!"

张小波撇了撇嘴:"老牛吃嫩草怎么了?他们想吃还吃不到呢!师父,年龄不是问题,更不是阻碍。我认识钱倩也几年了,她一直单身,人家可挑剔了,唯独被你迷住了。如果墨墨能够接受她,我觉得你俩可以处处看,实在不行,你俩也好早死心。"

卢远明脸色沉了下来:"我俩铁定不成,你以后别说了,我看得出来墨墨心里还惦记着李婷!等忙好了这阵子,我会好好感谢一下钱倩。"

张小波无奈地摇了摇头:"钱倩是喜欢你,所以才爱屋及乌,心甘情愿照顾墨墨的。师父,有些人一旦错过就不在,你确定不试试吗?"

"别扯这些了,现在路上车子虽然少了,但是保不齐有藏污纳垢的现象,说不定有人利用这个节点走私犯罪。"

这时,辅警小李突然出现了:"卢警官,小波哥,你俩进去歇会儿吧,我来替你们一会儿。"

张小波一阵惊讶道:"小李,大过年的你不在家里过年,这是从哪里冒出来的啊?"

小李一脸兴奋地笑道:"小波哥,其实我下午就来了,大家一直在忙,所以才没注意到我。我从下午就一直在备岗,他们见我是个新兵蛋子,一直不让我上岗。现在车子少了,终于可以轮到我上岗了,你们赶紧进去休息一会儿吧!"

"小李,你在市区执勤,怎么来这里备岗了?难道咱们分局里人手不够了?"

"小波哥,我主动向组织申请,希望加入检查站一线工作岗位中。一开始潘局长不答应,我缠了他老半天,他才答应让我过来。"

张小波摇了摇头:"除夕夜应该在家里团圆,你这孩子太不懂事了。"

小李呵呵笑道:"小波哥,你们不也都没和家人吃团圆饭嘛,我就是想跟在您后面多学习。潘局长都已经答应了,您就让我留下来帮忙吧!"

张小波道:"行吧,你小子一心想吃苦,那就在这里陪我待一夜吧!"

深夜2点左右,张小波的手机突然响起,大表哥的来电。他不禁眉头蹙了两下,犹豫了一会儿,大表哥半夜找他干什么。

尽管心中十分疑惑,他还是主动问候道:"大表哥,新年好!"

秦志伟笑了笑:"小波,大表哥祝你新年步步高升,一年更比一年强,和小利妹子早日修成正果!"

两人寒暄一番,秦志伟故作关心道:"小波,现在高速路上情况怎么样?来往的车还多不多?这会儿我还没睡,去给你送点好烟提提神吧!"

张小波连连拒绝道:"大表哥,我已经戒烟了,女朋友不让抽。现在高速上的车辆已经不多了,该返乡的已经返乡了。"

"看来你小子以后是个妻管严,行吧,那咱们哥俩就节后再聚吧!"

挂断电话,秦志伟在电话那头得意地笑了。

高速路上没什么车,想必警务人员累了一天,也不会那么严防死守,那批货终于可以出洞了。

秦志伟立刻动身，带着小弟们一路驱车赶往一个废弃的厂房，那批私货就藏在里面。一番检查确定无误，他让小弟们抬着箱子放进了一辆七人座的面包车后备厢。

一路上，秦志伟心脏在怦怦狂跳，这一次他真的是冒着吃枪子的风险去求财了！如果事情能成，后半辈子就可以衣食无忧。如果事情败露，那后半辈子就得接受牢狱之灾。那批货的量很大，估计死之前是出不去监狱的。他能混到如今这个地步，全是凭着富贵险中求，这一次他决定再冒一次险。

"快点开，马上3点了，再磨磨叽叽天都要亮了！"秦志伟心里怪不踏实的，不断催促着小弟加快速度。

在距离高速公路卡口处还有不到两百米的地方，小弟突然放慢了车速，战战兢兢地说道："大哥，没想到这么晚了前面还有警察在值岗！咱们会不会出事啊？要不还是掉头回去吧？"小弟透过后视镜与秦志伟一番对视，眼神里充满了慌张和不安。

秦志伟心口一提，忍不住骂道："瞧你这出息，咱们已经靠近检查站了，这要是原路返回一定会吸引他们的注意，你现在赶紧提速冲过去。"

小弟一脸害怕道："大哥，如果撞死了警察，那可是死罪啊！大哥，我……我不敢！"

秦志伟狠狠拍了拍他的脑袋："我就不信警察不要命，敢用身体拦住车辆。这车上安装了ETC可以直接过去，赶紧给我提速冲过去。今天成功了，大家都发财。今天要是失败了，大家就监狱里头再相会吧！富贵险中求，兄弟们，一切看天命了！"

小弟弱弱地点了点头，一咬牙加大了油门，车子竟然发出了轰鸣声，瞬间引起了检查站同志的注意。

秦志伟眼睛死死盯着检查站,他现在已经没有后路可退。他信誓旦旦地答应了大哥,亲自运输这批货,要是现在原路折返,传出去整个道上的人都会笑话他就是个废包!

从小他就是班级里的差等生,在老师的白眼、同学们的厌恶、父母的打骂中长大。在社会上摸爬滚打这些年,他最渴望的就是赢!他看遍了人间冷暖,清楚知道有钱就是"王道"。

如果没有警务人员拦截,车上装了ETC自动扣费,直接冲出检查站卡口也就3秒钟的事情。此时,秦志伟的手心已经出了汗,高速卡口近在咫尺……

第 31 章　小李牺牲了

辅警小李看见前方一辆面包车朝着高速卡口急速驶来，怀疑司机酒后驾驶，于是呼叫卢远明和张小波。两人听见小李的声音，站起身跑了出去。

"小李，什么情况？"

"卢警官，小波哥，前面那辆车应该是酒后驾驶了。"

两人看向前方，一辆七人座的面包车朝着高速卡口冲了过来。

卢远明道："小波，这车已经超速了，可能真是酒后驾驶，咱们赶紧把它拦下来。"

"是！"

秦志伟看见卡口处多了两名警察，眼睛死死注视着他，这才发现其中一人是他的表弟张小波。这一秒，秦志伟的心脏在狂跳，紧张得血液涌向了他的大脑。

小弟颤巍巍地说道："大哥，又来了两名警察，这可怎么办啊？他们该不会把咱们拦下来吧？这要是发现后备厢藏了私货，咱们就都完蛋了，这次货的重量这辈子也别想出来了。"

这时，警察做手势示意前方车辆减速靠边停车！

"大哥，他们让咱们停车！"开车的小弟吓得脑门迸出了大颗大颗的汗珠。

秦志伟的眼睛已经猩红一片："现在原路返回，他们一定会追上来，咱们这叫不打自招了。所以只能冲过去，赶紧踩油门提速！"

小弟红了眼睛，猛地深踩了油门，车子发出了发动机的轰鸣声。

这下子张小波他们更加警觉，交警林海吼了一声："远明，小波，他们打算硬闯！"

四名高速卫士筑起了人墙，笃定那辆面包车不敢从他们的身上轧过去。

小李没想到第一次来检查站就遇到了这种情况，惊得脸色煞白，但是依然坚守在卡口处。

张小波看了他一眼，急忙喊道："小李，你是临时过来备岗的，赶紧回检查站里面待着。"

小李摇头拒绝道："小波哥，我是正儿八经参加考试选拔上的辅警。你别担心我了，我一定可以的！"

张小波见小李坚定的样子，知道说服不了他，眼下也没有时间了。

"小李，注意安全！"

"小波哥，放心吧！"

面包车距离高速卡口越来越近，却丝毫没有减速的意思。

左边的车道站着交警卢远明和林海，右边的车道站着辅警张小波和小李。眼看着车子就要冲过来，没有半分要减速的趋势，四个人都紧张得出了一身冷汗。

"老大，咱们要不要减速？"开车的小弟带着哭腔问道。

秦志伟决定硬闯高速卡口："别停，给我冲！"

眼看着面包车就要冲过来了，小李紧张到浑身冒汗，心脏几乎要跳出了他年轻的身体。那一刻，他快速看了一眼小波哥，小波哥

第 31 章 小李牺牲了 | 179

已经紧张到青筋凸起。

砰的一声巨响,张小波感到自己被一股强大的力量推了出去。

等他从地上爬起来时,听见师父大声喊了一声:"小李——"

伴随着一阵阵耳鸣,他还听见了林海的声音:"小李,你醒醒!再坚持一会儿,救护车马上就来了!"

张小波朝着小李冲了过去,见师父和林海抱着小李使劲摇晃,小李满身鲜血地倒在血泊中。他不敢相信自己的眼睛,刚才小李还一脸崇拜地看着自己,现在却倒在了血泊中。看着自己完好无损的身体,他才意识到刚才那股强大的力量,是小李用生命推开了他,小李却被面包车撞飞了出去。

张小波跟跄地爬向小李,看见小李的身体正往外流着鲜血,瞬间泪崩道:"小李,你不是说我是你的偶像吗?你还说以后要跟着我学习如何当一名好的辅警。小李,你别睡了,快醒醒啊!"

这时,奄奄一息的小李虚弱地睁开了双眼,嘴巴在缓慢开合,像是在说些什么。

凛冽的寒风将他一丝微弱的声音彻底淹没,张小波紧握住小李的手,将耳朵贴近了小李的唇边:"小李,你说,哥听着呢!"

小李的气息越发不平稳,胸膛上下剧烈地起伏着。他死死抓住小波的手,担心下一秒他就没有力气去抓住小波的手:"小波哥,我……不后悔!你是我的……偶……像。替我和爸妈……说……对不……起!"说完,小李的手失去了力气,从小波的手中滑落,脑袋失去了力量歪在了一旁。

救护车的鸣笛声响彻了整个检查站,医护人员迅速抬着担架下了车。张小波死死地抱着小李,卢远明几个好不容易才分开了他们。医护人员将小李抬上了车,张小波发疯般地爬上了那辆救护车。

面包车已经被警方控制起来，一车亡命之徒被警察带走了，警方从车上缴获了一千克毒品。他们走私贩毒，故意伤人致一名年轻辅警当场死亡，铁定逃不过法律的惩罚。

张小波瘫坐在手术室门口，双手合十地祈祷小李能够醒过来。其实刚才在路上，小李已经没了呼吸，但是他依旧不死心。

半晌之后，手术室的门被打开，医生满脸抱歉道："对不起，我们已经尽力了，你们可以进去见死者最后一面。"

张小波木讷地站起身："死者？你们胡说什么？小李才二十一岁，他不会死的！"

主治医师回答道："我们真的已经尽力了，其实他送过来的时候已经希望不大了。"

张小波还是不愿意接受小李已经死的事实，拽着主治医师的衣领死死不愿意松开："求您了，您再救救他吧，他还是个孩子啊！他报名了今年的公务员考试，他的理想也是当一名正式警察。他说我是他的偶像，我还没来得及教他……"

卢远明和林海一人拽住小波一只胳膊，才将他从主治医师的身上拽了下来。

卢远明哽咽道："小波，你冷静点，医生已经尽力了，小李已经牺牲了！"

"不可能！小李不可能死！"张小波像复读机一样重复着这句话，他已经失去了理智。

林海担心地看向卢远明："小波该不会得了创伤后应激障碍了吧？"

卢远明心痛地叹了一口气，道："回头局里会安排带他做心理创伤修复！小李牺牲这件事情发生得太突然了，咱们该怎么和小李

第31章 小李牺牲了 | 181

的家人交代呢？"

林海抹着眼泪："失独之痛换谁也接受不了！小李主动和潘局申请来检查站帮忙，没想到遇到了一群亡命之徒，可能这就是命吧！"

两人进去看了小李，很快他们就绷不住出来了。走廊上突然传来了撕心裂肺的哭号声，小李的家人收到通知从家里赶了过来。张小波瘫软在地上，听见哭声恍惚地站了起来，看见了一对中年夫妻朝着手术室的方向跑了过来。

小李的父母来到手术室门口，卢远明和林海将事情的来龙去脉告知了他们。

"当时那辆车加速冲了过来，我们没想到不法分子竟然真的敢袭警。车子当时朝着小李和小波那边车道冲了过去，小李反应快一些，本能地推开了小波。叔叔阿姨，对不起，我们没能保护好小李，让他英勇牺牲了……"

小李的父母失魂落魄地定在了原地，缓过神来，二人哭着冲进了手术室，里面传出了撕心裂肺的号啕声。

刚才小李的父母已经听明白了，儿子为了保护张小波，付出了自己年轻宝贵的生命。他们平日里经常听见儿子嘴里念叨张小波是他的偶像，没想到为了偶像他竟然连命都不要了。

手术室内，小李的母亲哭得几近崩溃，最后被丈夫搀扶着走出了手术室。

出了手术室，李母眼睛看向了那个被儿子救下来的张小波，眼神里面散发出了浓浓怒意。

第 32 章　失独父母

　　李母不顾众人的阻拦,朝着张小波猛地扑了上去,狠狠捶打着他:"张小波,你不是优秀的党员辅警吗?当时你们几个都在一起,为什么是我儿子推开了你?你是故意等我儿子先救你的吧?张小波,你就是个衣冠禽兽,你利用我儿子对你的崇拜,让我儿子给你顶了命。你把我儿子还给我,你就是一个道貌岸然的伪君子,竟然让一个孩子替你去死……"

　　没有什么比丧子之痛更令人痛心,李母已经崩溃到了发狂的状态。

　　张小波心如死灰一般,任凭小李的母亲在自己的身上毒打,这样起码他心里能够好受一点。

　　半晌之后,李母打得浑身没了力气,瘫软在地上,宛若一个发了疯的女人。

　　张小波扑通一声跪在地上:"阿姨,对不起,是我没有保护好小李!"

　　此刻张小波做再多,在李母眼中只是猫哭耗子假慈悲。李母带着愤恨的眼神看向他:"那你现在去死啊,你让我儿子重新活过来,我就原谅你!张小波,你的母亲比我幸运,她遇到了一个傻子替你背了一条命。老天爷啊,为什么是我失去了儿子……"

小李的父亲还保持着最后一丝理智："老婆，这也不能怪小张，是咱们儿子自己主动去推开人家的。这可能就是咱们儿子的命吧，他如果不要求去检查站帮忙，也不会遇到这件事情。"

李母狠狠捶打丈夫，哭道："儿子都死了，你还向着外人说话，你还是不是一个父亲啊！"

李父一脸自责道："老婆，都怪我，如果我强行让他换一份工作，不让他当辅警，儿子就不会认识张小波，就不会英年早逝了。"

小李的母亲再一次扑向张小波，对着他一顿拍打，卢远明和林海赶紧上前试图拉开他们。

"你们别拉我，让阿姨打吧！"张小波一动不动，任凭李母的拳头砸向自己，"阿姨，这一切都是我的错，如果当时我反应快一点，死的那个人就不是小李了，该死的人应该是我。"

话音刚落，李母的手悬在空中，没有继续砸下去。她知道即便打死他，儿子也回不来了。

"张小波，我儿子是因为你死的，你欠我们家一条人命。"

林海在一旁听不下去了，替张小波说了两句："阿姨，当时的情况如果一个不推另一个，那么现在躺在里面的就是两个年轻的生命。人的反应能力是不一样的，小李比小波年轻，反应快，为了保护小波，他选择了牺牲自己。"

李母失魂落魄地说道："我儿子才二十一岁，实足年龄今年才二十周岁，他至今没有谈过女朋友。我们人到中年，失去了唯一的孩子，白发人送黑发人，以后我们的日子该怎么过？"

说完，李母悲痛欲绝，一下子昏厥了过去。

医护人员将小李的母亲立刻送往抢救室，李父绝望地抱着头痛哭了起来。

谁也没想到喜气洋洋的春节，辅警小李一家遭遇了灭顶之灾，张小波他们失去了一个可爱上进的小兄弟。

夜里，潘建国已经睡下了，手机突然响起，卢远明打来的电话。潘建国心里咯噔一下，人生经验告诉他，深更半夜的电话通常都是坏事。

没有一丝犹豫，他接通了卢远明的电话，问道："远明，高速卡口是不是出事了？"

卢远明沉默了几秒，声音哽咽道："潘局，小李牺牲了！"

潘建国惊道："哪个小李？你把话说清楚了！"

"潘局，是今天来备岗的辅警小李。凌晨出现了一辆七人座面包车，当时车速很快，我们怀疑司机酒后驾驶，决定将车拦下来检查。我们站在卡口处示意车辆减速，但是那辆车不但没有减速，反而继续提速。我们意识到他们是想要硬闯出城，于是筑起了人墙，没想到他们真的敢撞警务人员。面包车最终撞向了小波和小李，小李这孩子反应快，当时一把推开了小波，自己英勇牺牲了。"

听完卢远明的汇报，潘建国沉默了很久："你们在哪家医院？我现在马上就过去！"

"潘局，我们都在市人民医院！"卢远明回道。

挂断电话，潘建国的手不住哆嗦着，妻子在一旁问道："老潘，是不是出什么事了？"

潘建国一边穿衣服，一边说道："刚才高速路上出现了亡命之徒，车上藏有毒品，一名小同志阻拦过程中英勇牺牲了！"

"多大啊？"

"虚岁二十一，实足年龄才二十岁！"

一路上，潘建国感觉到浑身发冷。他没想到高速检查站出了这

第32章 失独父母 | 185

么大的事，更没想到年仅二十一岁的辅警小李英勇牺牲了。

他很快就要退休了，临近退休前发生了这么一件惨痛的事情，无疑给他白璧无瑕的职业生涯烙下了一道深深的伤疤。此刻，潘建国后悔得抓心挠肺。如果白天自己不答应小李的请求，或许他就不会牺牲了。

潘建国来到医院，走在长长的走廊上，四周死灰一般地寂静，远远看见每一个人都哭丧着一张脸。

卢远明和林海见到潘建国迎了上去，潘建国走近卢远明，沉声问道："小李在哪里？"

卢远明指着一间手术室，哽咽道："小波正在里面和小李告别，小李送过来的路上就已经没气了。潘局，您进去看看吧！"

话音刚落，潘建国的身子往后面踉跄了半步。尽管已经知道小李死了，但是卢远明当面告诉他，他的心脏仍然如同被重锤狠狠袭击了一般。

他捂着心口一阵悔恨，真希望时光可以倒流，回到年三十的上午。小李来分局恳求自己让他去检查站值班，说要向他的榜样张小波学习。一开始潘建国没答应，原则上一名交通辅警在没有接受过任何系统培训下是不可以贸然去检查站工作的。每个岗位的工作性质不一样，小李去了也不一定帮得上忙。

小李央求了半天，潘建国耳根子快被磨烂了，最终答应给年轻人一次学习机会。只是他万万没想到，自己这个决定竟然害了小李，让他失去了一条年轻的生命。

此刻，潘建国步伐有些踉跄，缓缓走进了一间手术室，听见里面有人在哭。

"小李，你怎么这么傻？你当时为什么要推开我？你让哥欠了你一条命,你让我怎么还给你啊……"

听见一阵脚步声,张小波猛然抬起头,看见潘局长来了。

他原本含着泪的眼睛,突然散发出了阴冷的光芒,质问道:"小李只是一名市区的交通辅警,他没有受过系统培训,你为什么要派他来检查站值班?如果你不让他过来,他今晚就不会牺牲。"

潘建国沉着脸,努力压抑住自己的情绪,解释道:"小波,发生这样的事情,我们大家都没想到。小李年三十找到我,说要去检查站向你学习。我见他主动要求进步,于是就答应了他,没想到反倒害了他。"

这话一出口,张小波眼泪迸出,握起拳头扑向了潘建国:"你为什么要答应他?是你害死了他!"

卢远明和林海在外面听见动静,赶紧冲进了手术室,两人一起拉开了张小波。

此时的张小波像一头发怒的狮子,睁着一双猩红的眼睛:"都是你害死了小李!"

卢远明劝道:"小波,小李主动要求进步,潘局没理由拦着不让啊!"

"是啊,这不能怪潘局,要怪就怪那几个亡命之徒,他们已经被缉私部门警察带走了。"

张小波默默地走近小李身旁,将白色的布盖过了小李的五官,敬了一个礼,走出了手术室。

刚走出手术室,门口站着两名缉私大队的公安,看着明显是冲着他来的:"张小波,秦志伟是你表哥吧?"

张小波点点头,回道:"没错,他是我表哥,怎么了?难道今天晚上的事情和他有关吗?"

第32章 失独父母

两名公安点了点头,道:"刚才那一车人,上面就有你的表哥秦志伟,你知道他贩毒吗?"

张小波惊得摇了摇头:"我不知道啊,我只知道他是做房地产生意的。"

缉私队一名公安说道:"秦志伟和他的手下计划凌晨出货,车子上面安装了ETC,想赌一把你们不会拦着他们的车。我们在车上搜出了毒品……"

两名公安将秦志伟连夜强闯检查站的事情全部告诉了张小波。

张小波做梦也没想到,那辆面包车上面竟然有他的大表哥秦志伟,而且还是这起袭警案件的主谋!这下子他全明白了,大表哥几番故意接近自己,原来都是早有预谋。这一刻,张小波突然觉得,真正害死小李的人也许是自己。如果自己早一点发现大表哥有问题,小李就不会无辜丧命了。

"张小波,主犯是你的表哥,我们需要你跟我们回去配合调查。"

张小波长舒了一口气,跟着两名缉私公安离开了医院。

讯问室内,缉私大队的刘子明队长问道:"张小波,你和你大表哥秦志伟的关系怎么样?"

张小波如实回道:"小时候我俩一起玩过泥巴,后来我跟着父母进城,他被父母留守在老家。我们在一起玩的机会就少了,只有过年走亲访友的时候会遇见他。"

刘子明继续问道:"后来你们有没有再接触过?"

张小波摇了摇头:"他初中就辍学去北上广打工了,有好几年都没回来过年。前几年从外地回来,人就发达了,听说跟了一个老板做房地产生意,这几年亲戚当中就数他混得风生水起。我毕业以后就当了辅警,很少和亲戚走动。"

刘子明抿了抿嘴,继续问道:"他最近有没有主动找过你?"

张小波点了点头:"他先后一共找过我两次!"

"他都对你说了什么或者做了什么?"刘子明的眼神散发出了犀利的目光。

张小波陷入了片刻沉默中。

半响之后,刘子明用指关节敲了敲桌子:"张小波,我们都是一个公安系统的同事,我希望你能配合我们缉私大队调查此案,不要有任何的隐瞒和保留。"

张小波长舒了一口气,将大表哥秦志伟两次找他的经过详细告诉了刘子明。

"第一次他来家里看望我父母,带了两瓶茅台和两条黄金叶给我爸。又说他们公司开发了金水湾的房子,说要送一套给我当婚房。我和我父母都婉拒了,他也就没说什么。

"第二次他找我,我们在我家楼下聊了一会儿。当晚他突然塞给我一包钱,里面有好几十万现金。他知道我在高速检查站工作,让我帮他一个忙,说有一批货超重了,如果在高速卡口被拦住了,希望我可以放行。他还告诉我,如果事成之后,分我50万。我当时一听就觉得不对劲,车上什么贵重物品,能分给我50万?我一想,八成不是什么好货,当时就联想到他会不会在出货。"

刘子明眉头紧蹙,问道:"那你为什么当时不上报?"

张小波低着头,说道:"我以为他不会做出什么出格的事情!刘队,是我大意了,没想到害死了小李。"

刘子明无奈地摇了摇头,他知道辅警和缉私警察大有区别,缉私警察对人和事物的敏锐性更强。如果张小波是一名缉私警察,也许他早就意识到秦志伟无事献殷勤，非奸即盗了。

讯问结束以后，张小波跟随刘子明去了医院。

秦志伟在面包车翻车时，脑袋受了一些轻伤，医生说是轻微脑震荡。

第 33 章　反目成仇

两人来到了医院，秦志伟已经醒了，两名警察正在给他取笔录。

张小波见到秦志伟的时候，心中的怒火一下子蹿到了顶峰。要不是因为他，小李根本就不会死。

砰的一声，张小波猛地踹开了病房的门，瞪着一双猩红的眼睛死死注视着秦志伟。

秦志伟吓得倒吸了一口凉气，身子连连往后缩："小波，你别冲动！"

此时的张小波如同一头愤怒的野兽："你为什么要干坏事？为了钱你竟然可以去杀人。你知道被你撞死的那名辅警今年才二十一岁吗？"

秦志伟喉结狠狠缩了缩："小波，你别激动，警察已经把我抓了，法律会制裁我的。"

张小波苦笑道："小李虚岁二十一岁，实足年龄才二十岁，他还没有谈过女朋友，还没有娶妻生子。他热爱辅警工作，你毁了他的前途和生命。你让他的父母失去了唯一的孩子，以后只能思念死去的儿子痛苦度日。秦志伟，你死一万次都不足惜！"

说完，张小波扑向了秦志伟。要不是现场几名公安在，秦志伟非死即伤。

"张小波,我们正在给犯人录口供,请你先出去!"

张小波像是没听见,死死抓住秦志伟的衣服,愤怒道:"你为什么要贩毒?为什么要故意杀人?我之前就跟你说了,只要你被我发现,我一定不会包庇你。"

秦志伟苦笑道:"小波,这个世界没有你想象中的美好,只要当你身处在我的环境中,你就会看见许多人性的丑陋。我必须赢,必须拥有更多的财富,才能让这个社会放弃对我的淬炼。

"这些年我总结的经验就是富贵险中求,这次如果不被你们拦住了,我就可以成为公司的股东之一,以后有享受不尽的财富。小波,我两次找你,你跟我装清高。如果你和我合作,我们可以一起发财,那个短命鬼小李也不会死。所以,小李其实是被你害死的,哈哈哈!"

这番话彻底激怒了张小波,他顿时发疯般扑向了秦志伟,缉私队长刘子明都没能拦住他。

刘子明立刻按了铃,医生和护士跑了进来,刘子明急道:"快给他打镇静剂!"

话音刚落,两名公安控制住了正在发狂的张小波。医生让护士拿来了镇静剂,给张小波注射了之后,张小波昏睡了过去。

刘子明叹了一口气,如果不是张小波情绪失控了,他也不会让医生这么做。眼下这个秦志伟还有用处,他们必须利用他,深挖出他背后的黑恶势力。

大年初一凌晨,高速卡口发生恶性袭警事件,导致一名年轻的辅警英勇殉职。

此事迅速引起了全市人民的广泛关注,在网络上也快速扩散开来。

省公安厅的领导得知此事，要求必须对作案人员严惩不贷。市委书记亲自去了一趟公安局，要求缉私大队尽快揪出背后的黑恶势力，还凤城市一个安全健康的社会环境。

张小波醒后，发现自己躺在病床上，房间里有一名警员。

警员见张小波醒了，劝慰道："刚才你情绪太激动了，如果不是大家拉住你，秦志伟就被你掐死了。刚才没办法的情况下，刘队长才让医生给你打了镇定剂。目前秦志伟对警方还有用处，刘队长打算利用他，将他背后的黑恶势力一网打击。

"小波，接下来这起案子你要避嫌。你在局里口碑很好，我们都不希望这件事情影响到你个人的发展和前途。"

警员话音刚落，潘建国便推开了门，眼睛注视着张小波，随后示意那名警员先回避一下。

那名警员离开后，潘建国坐在张小波隔壁一张床铺边上，两人陷入了一阵沉默。

过了一会儿，潘建国开口说道："小波，我知道你恨我，我也后悔答应小李去检查站帮忙。但是事情已经发生了，我们只能尽量将后面的事情做好。我已经和上级领导申请了，小李的丧事全部经费由我们局里出，另外我也向上面申请让小李以烈士因公殉职的身份入土，他的家人以后的生活保障方面，我们都会尽全力去满足……"

潘建国讲了一堆，张小波的眼睛死死盯着他，半晌没有说话。

这个曾经是他心目中最尊敬的领导，间接害死了小李，张小波心里始终无法过了这道坎儿。现在想起来，害死小李的罪魁祸首其实是自己。因为对大表哥秦志伟尚存一丝信任，他无形中害死了小李。

第 33 章 反目成仇

如果非要怪罪潘局长，那自己简直就是罪不可恕了。此时，张小波的心脏揪着疼。

"小波，你想骂就骂吧！"潘建国长长地叹了一口气。

张小波反倒是柔和了下来，吸了吸鼻子："潘局，这也不能全怪你，我才是罪魁祸首。我接触了秦志伟两次，已经察觉出来他不干净，但是我还是选择了相信他。如果我主动报备秦志伟可能有问题，就不会发生高速卡口袭警的事件。"

潘建国摇头道："我已经听说了，这件事情也不能怪你，换谁也想不到自己的亲戚会干违法的勾当。小波，你这两天好好休息，检查站就暂时别去了。"

张小波点了点头，随后潘建国离开了病房，门外那名警员走了进来。

他见张小波的脸色好转，于是多说了几句："刘队长正在亲自审讯秦志伟，相信很快就能揪出他背后的黑恶势力，将他们全部一网打尽，到时候就可以祭慰小李在天之灵了。小波，你师父卢远明已经和上面汇报了，明天给你做创伤后心理修复，你一定要积极配合治疗。"

张小波故作镇定地点了点头："麻烦您帮我把灯关上，再把窗帘拉上，我想休息一会儿！"

警员关上灯，又拉上了窗帘，四周顿时一片黑暗，张小波这才流下了两行热泪。为了不让那名警员发现，他死死咬住了被子一角，努力不让自己哭出声音。

不管秦志伟他们被判死刑还是终身监禁，小李都活不过来了。想起小李那张年轻的脸庞，想起他笑起来两只可爱的大酒窝，屁颠着跟在自己后头，一声一声喊着小波哥……张小波眼泪止不住地往下流。

当时他看见那辆面包车距离他和小李很近，为什么是小李本能地推开他，而他却愣在了那里？如果他反应够快，说不定小李和他都不会死。

他又想起那天小李眼神坚定地看着他，说道："小波哥，你是我的偶像，将来我想成为像你一样的优秀辅警。"

当时他笑着说道："你还年轻，争取考上编制，当一名正式警察。"

小李咧嘴笑道："小波哥，咱俩还挺有缘分的。我听大家说，你的考运一直不行。巧了，我也是，我从小到大最怕考试了。上回选拔辅警，是我唯一一次考试成功。"

张小波故作严肃道："别这么早说丧气话，小波哥相信你一定能行。"

当时小李备受鼓舞，用力地点着头，眼神里面对他的崇拜简直要溢了出来。

原本只是当他是个新兵蛋子，过阵子就不会对辅警工作这么热情了，没想到小李还真是热爱辅警工作。前几天，他还发了一个朋友圈，买了一堆备考公务员的书。

如今他的生命戛然而止在大年初一这样喜庆的日子里，无疑像一个重磅炸弹，炸得每个人的心头都撕裂般地疼……

第 34 章　钱倩表白

卢远明拖着疲倦的身体回到家,发现家里没人,赶紧打了个电话给儿子卢墨。

卢墨正在病房睡觉,电话调成静音状态,卢远明急得只好拨打了钱倩的电话。

"钱老师,你知道墨墨去哪儿了吗?"

钱倩没打算瞒着他:"我和墨墨在医院!"

"出什么事了?"卢远明急道。

"墨墨昨夜食物中毒了,我去给他送晚饭的时候,他晕倒在家里。你别着急,墨墨已经没事了……"

挂断电话,卢远明开车去了医院,路上心情十分复杂。

想起年轻的辅警小李,他觉得人生太无常了。很多时候成年人身不由己,为了工作疏忽了最重要的家人。要不是钱倩及时发现墨墨晕倒在家里,后果不堪设想。

年三十真不应该把墨墨一个人留在家里,就应该提前把他送到自己父母的老家,也就没有食物中毒这件事情了。

来到医院,钱倩坐在病房门口的长椅上等他。看见她顶着两个乌青的黑眼圈,卢远明心里越发愧疚:"钱老师,最近真是太谢谢你了!等墨墨病好了,我请你吃海底捞火锅吧!"

钱倩笑道:"你怎么知道我喜欢吃火锅的?你是不是偷偷关注我的朋友圈了?"

卢远明低着头,脸颊顿时红了。过去他并不喜欢刷朋友圈,自从加上了钱倩的微信,他总是不自觉地喜欢看她发的日常,经常看见她和马小利一起去吃海底捞。

卢远明支支吾吾道:"我是听小波说的,他说马小利和你都喜欢吃火锅。"

钱倩笑道:"如果你实在想感谢我,那你下周陪我一起参加同学聚会,以我男朋友的身份。"

卢远明吓得连连摇头道:"不行,以你叔叔的身份还行,我这岁数冒充你男朋友太老了。"

钱倩一张可爱的娃娃脸,满脸写着不可拒绝:"你才不老呢!我就喜欢成熟、有魅力的男人,最好比我大十几岁的那种。我帮你照顾了墨墨这么久了,你必须答应我这个条件。"

卢远明犹豫了很久,说道:"我要看一下排班表,如果那天有空我就参加吧!"

钱倩继续说道:"你要留两天的时间给我,我们这次同学聚会在厦门举行,一来一回最少也要两天。"

这话一出口,卢远明吓得怔住了,孤男寡女一起去厦门参加同学聚会,别人知道了怎么想?墨墨知道了铁定不会答应!

卢远明赶紧拿儿子当挡箭牌:"钱老师,去外地还是算了吧,墨墨备战高考,我不能把他一个人放在家里。"

钱倩说道:"我已经和马小利说好了,她会帮忙照顾墨墨的。"

卢远明被她逼得实在没辙,终于鼓起勇气说出了自己的心里话:"钱老师,我们真不合适!"

钱倩笑道:"你不试试,怎么知道合不合适呢?"

面对钱倩如此直接的逼问,说卢远明一点不心动那是假话。可是两人年龄差距太大,他没有勇气逾越这个心理防线:"我们相差十几岁,你的父母不会接受一个这么老的女婿,而且还带着一个这么大的儿子。他们更不会答应你当人家后妈!钱老师,你条件很好,不要在我身上浪费时间了。这阵子我很感谢你,以后我们可以当朋友。"

钱倩眼眶一热:"之前我知道你有老婆,没有继续追求你。现在我们都是单身,为什么我们要当朋友?我只能接受当你的女朋友!后妈怎么了?我愿意当墨墨的后妈,他也一定愿意当我儿子。不信等他醒了,你自己问他愿不愿意!"

卢远明一脸为难,这是第一次遇到一个对自己这么执着的女人,而且还是一个年轻漂亮的女人。每次想想都觉得自己像是中了一张不属于自己的彩票。

"墨墨的妈妈刚过世不久,我如果就和你在一起,周围邻居和亲戚都会说闲话。最主要的是咱们真不合适,我从来没想到会有一个小我十几岁的女孩喜欢我。

"钱老师,你只是一时眯了眼睛,我真的没有你想象中的那么好。你一定会遇到一个更好的男人,他一定和你一样年轻、一样优秀。如果被人知道你找了一个鳏夫,人家会笑话你的……"

卢远明吧啦吧啦说了一堆,钱倩性格直爽地说道:"卢远明,你这人就是太在乎别人的看法了,生活是自己过的,又不是过给别人看的,随他们怎么说呗!再说了,我最近经常往你家跑,周围邻居都认识我了。有的每天见我都和我热情地打招呼,大家对我都很友善。这个世界还是好人多,你别把人想坏了。我觉得鳏夫没什么不好的，又不是你想当鳏夫的。我觉得找你挺划算的，有一种买一送一的感觉。"

卢远明愣了一下，问道："什么买一送一？"

钱倩笑道："意思就是找了你，我连儿子都有了，都不需要十月怀胎那么辛苦了。"

这话一出口，卢远明脸颊先是一红，接着无奈地摇了摇头："钱老师，我知道你是一个非常单纯的女孩子，但是有时候眼见不一定为实。就好比周围邻居，他们当你面和你友善，私底下说的那些难听的话有人已经告诉我了。"

钱倩眉头蹙了一下，问道："他们说咱俩什么了？"

"他们说我老牛吃嫩草，还有人竟然怀疑李婷不是意外猝死，说她是被我气死的。还有的人说你是……"

见卢远明支支吾吾的样子，钱倩笑着问道："他们是不是说我是专门勾引你的小三，你在外面养的狐狸精？"

卢远明点点头："钱老师，人言可畏，唾沫星子淹死人。他们说的话可难听了，你别总把街坊邻居想得太好。而且墨墨很快要参加高考了，李婷突然离世影响了孩子学习，我不希望我和你的事情再影响到他的学业。"

钱倩听明白了，卢远明主动把话挑明了，是想让她知难而退。

可是她从他的眼神里面，分明能够感受到他是喜欢她的，喜欢一个人的眼神是藏不住的。

钱倩步步逼近卢远明，吓得卢远明脸颊滚烫，身体连连后退："钱倩，这里是医院。"

钱倩却笑得一脸有恃无恐，两人近在咫尺，她能够听见卢远明的心跳声。

第34章　钱倩表白 | 199

"卢远明，至于别人怎么说，我根本不会在意。他们说老牛吃嫩草，有本事他们也去吃啊！我喜欢的是你的人，所以你的年龄、皱纹以及其他一切我都喜欢！你有本事看着我的眼睛告诉我，你说你不喜欢我，我现在就离开这里。"

钱倩这番表白，让卢远明心里十分激动，说不感动是假的，说不喜欢她更是昧着良心。

但是他知道这只是爱情初期的模样，往后随着时间推移，两人互相见到了最真实的彼此，钱倩未必会一如既往地喜欢一个中年大叔。

半晌之后，卢远明沉声道："人到中年，爱情已经不属于我这个年纪的男人。钱老师，你嫁给我太亏了，你的条件可以嫁得很好。"

钱倩注视着他："我一点都不觉得亏，房子车子我都有，我还有一份喜欢的工作，可以养活自己。我不需要嫁给什么富二代、官二代，我可以选择我自己真正喜欢的男人。

"我刚才说了，找你一点也不亏，而且还赚了呢！我们结婚以后，我不仅有老公，还有一个已经上大学的儿子，我已经跑赢了我身边90%的同龄人。"

面对热情似火的钱倩，卢远明心脏怦怦狂跳，谁能顶得住一个年轻漂亮女人的深情表白？可是一想到两人之间的年龄差距，他终究还是跨不过这道坎。以后他老了，一定需要钱倩费心费力照顾他。如果他先走一步了，钱倩还要承受失去他的痛苦。一想到这些，他的理智就战胜了他内心对她的渴望和爱慕。

两人正在上演"辩论赛"时，卢墨打开了病房门："钱倩阿姨，我肚子饿了，你能不能再给我煮点粥喝？"

钱倩点点头,问道:"墨墨,想喝什么粥告诉阿姨,阿姨回去给你做。"

墨墨眼神柔柔地看着钱倩:"我想喝点小米粥,里面放上两颗红枣,如果有海参就更好了。"

钱倩哈哈笑道:"墨墨,没想到你这么会吃,直接说想要喝小米海参粥不就好了?"

卢远明站在一旁看得目瞪口呆,这小子前几天还在和钱倩较劲,两人现在的关系怎么突然转好了?他不禁感叹,钱倩为了他,竟然连他的儿子都搞定了。这女人,有两把刷子啊!

第 35 章　创伤后应激障碍

高速卡口袭警一案过后第二天，潘局长联系了专业的心理修复师俞斌为张小波做了心理疏导。

全程张小波表现得十分配合，俞斌问什么他都清楚地回答上来，看起来已经快速从小李牺牲的打击中走出来了。

俞斌对他做了一系列的测试，走出病房，潘局长紧跟其后，问道："小波情况怎么样了？他是不是没事了？"

俞斌微微摇头，一脸拿不准的样子："这个还说不准，张小波虽然通过了刚才的几轮测试，但是始终给我一种在故意配合的感觉。通常那些经历过重大事故的人，尤其是看着自己的战友在自己的面前失去生命，很容易出现创伤后应激障碍症状。潘局，张小波的情况，具体还需要多观察留意。"

俞斌离开以后，潘建国走进病房，张小波已经从床上下来了。

看见潘建国走进来，他也没有之前那么排斥和抗拒了，嘴角竟然还流露出了微微笑意："潘局，我现在可以出院了吗？"

潘建国沉默了片刻，点头道："没什么问题就可以出院了，其实你还是可以多住几天，就当让自己的身体好好休养放松一下。

"另外，你表哥的案子已经交由缉私大队负责了，刘队长已经突破了他的心理防线。秦志伟交代了背后的大哥，相信用不了多久就能揪出一窝不法分子。

"小波,刚才俞斌说你情况还行,但是我希望你出院回家多休息两天,工作是做不完的。"

张小波立刻拒绝道:"潘局,我希望可以尽快回到检查站参加工作。春运返城高峰马上就要开始了,这期间高速公路检查站的工作一刻也不能放松。潘局,您放心,我已经没事了!"

潘建国犹豫了片刻:"那行吧,明天去上班,今天咱们去见小李最后一面。"

这话一出口,张小波知道小李已经被送到殡仪馆了,家属正在料理后事。

办理了出院手续后,张小波跟着潘局长离开了医院,司机带着他们去了城郊的殡仪馆。

小李的父母和亲友哭得撕心裂肺,不时有人来送小李最后一程。潘局长到了,分局同事将花圈送进了灵堂,绕着小李的棺木绕行一圈。

张小波看见小李静静地躺在棺木里,人就像是睡着了,气色惊人地好,这都是入殓师的功劳。那一刻,他觉得小李没死,只是和大家玩了一个整蛊的游戏。

这时,小李的母亲见到张小波来了,顿时站了起来,不顾众人阻拦扑了上去。

李母崩溃地哭道:"张小波,你怎么还有脸过来?你滚,别在这里猫哭耗子假慈悲!大家看看啊,我的傻儿子为了这个道貌岸然的家伙,白白牺牲了自己的性命。他就是老百姓说的那个网红辅警张小波,大家都说他是'神眼'小波,他当时怎么没发现车里是一群亡命之徒啊!我可怜的儿子啊,你死得好惨啊……"

第35章 创伤后应激障碍 | 203

张小波的脸被李母抓出了血印子,却一直跪在小李的灵堂上,不住地说对不起。

后来还是分局的同事将小波拉开了,不然他真会被小李的母亲活活打死。

潘局让人又将小波送到了医院处理伤口,等伤口处理完毕之后,张小波走出了医院。他漫无目的地走在路上,看见路上的交通辅警就会想到小李,眼泪止不住地往下流。想起刚才小李安静地躺在棺木里面,他的心犹如被一把锋利的刀子不断地扎着。这会儿小李的遗体应该已经被火化了吧,他将化作一坛骨灰,这个世界上从此再也没有他。

张小波失魂落魄地走在大街上,突然横穿马路,吓得来往车辆不停按喇叭。

"你找死啊?"一车主打开车窗,狠狠骂道。

张小波竟然朝着他笑了笑,车主蒙了,骂了一句:"神经病!"

他的手机突然响了,马小利打来了电话:"小波,你在哪?小李的事情我已经听说了,我现在去找你。"

听见马小利关切的声音,张小波整个人一下子破防了,他哭着告诉了马小利他的位置。

很快,马小利开车接到了他,一看见他的气色和状态就知道他严重缺少睡眠。

马小利急道:"小波,我现在就送你回家睡觉,你需要好好休息!"

张小波身体歪在副驾驶上,整个人犹如被抽取了灵魂:"我不回去,我爸妈见我这样会担心。我已经让师父骗了他们,说我这几天睡在检查站,今天还得继续加班。"

马小利说道:"小波,纸包不住火,他们很快就知道检查站卡口出事了。"

"小利,别说了,我就在你车上睡会儿吧!"说完,张小波靠着椅背闭上了眼睛,眼泪却不可遏制地迸了出来。

马小利看了看四周,右手边有一家酒店,于是将车停在了酒店门口:"小波,车上睡不舒服,我带你进去睡会儿!"

张小波宛若一具行尸走肉,一路任由马小利拉着他的手进了酒店。

一进房间,他就重重地瘫倒在床上,随后眼神空洞地看向天花板,眼泪哗啦啦流了下来。

马小利看得一阵心疼:"小波,别想了,你赶紧睡一会儿吧!"

张小波突然把马小利拉进了怀里,哭着说道:"小李是为了救我才死的,当时我的反应慢了半拍,不然死的那个人就是我。小利,你相不相信,一定是我的潜意识里面贪生怕死,所以才没有第一时间推开小李,反倒是他不顾一切推开了我。小李一直很惜命的,没想到为了我,他这么勇敢,选择了牺牲自己。小李的母亲说得没错,我就是一个贪生怕死、道貌岸然的垃圾。"

马小利哭着拼命地摇头道:"小波,别这么说你自己,这根本就不怪你。真正害死小李的人,是那几个走私贩毒的不法分子。小李因公殉职牺牲了,大家都会记住他的。"

张小波一阵苦笑道:"记住他有什么用?死后的荣誉不过是安慰死者家属的。小李刚买了考公务员的书,他把我的话都听进去了。他当我是偶像,我却利用了他的崇拜心理苟活了下来,我简直不是人……"

张小波哭得万念俱灰,一直数落自己,自责没有救下小李。

马小利察觉出来他一定是患上了创伤后应激障碍："小波，咱们去看心理医生吧！"

"不用了，潘局已经找了专业的心理修复师给我诊治过了。我永远都忘不了小李死在我面前的样子，他是被我害死的。你知道面包车上面的主谋是谁吗？呵呵，他竟然是我的大表哥秦志伟！"

马小利愣住了，问道："就是那个做房地产生意的？"

"没错，就是他害死了小李。他前后找了我几次，我意识到他不对劲，但是没有想到他会犯法。如果我早点上报，小李就不会死了。"

马小利安慰了他好久，才将他哄着睡着了。睡梦中，他梦见了小李。

小李在梦里一直向他讨教各种问题，都把他搞烦了。他没耐心地推开了小李，让他别烦自己，说正在检查车辆。小李却一副不死心的样子，像个跟屁虫跟着他。他心烦意乱地轻推了一下小李，没想到小李的身子腾空飘起来了，怎么追也追不上他。空中的小李笑着和他挥了挥手，眼神里面流露出了恋恋不舍："哥，我走了，别惦记我了！"

"小李，别走！快回来！"张小波从梦中哭着醒了过来，"我梦见小李了，我为什么要醒过来？我死了就能见到他了。"

马小利学过心理学，知道小波已经有了抑郁症倾向，开始钻牛角尖了。他把小李的死全部归结在自己的头上，根本没有办法原谅自己。她现在说再多安慰的话也没用，只能这样默默地陪着他。

两人离开酒店后，马小利带他去吃海底捞。

全程马小利一直在帮他夹菜，努力让自己的热情感染男友，可是张小波满脑子都是小李浑身鲜血淋漓地躺在地上的样子。

此刻，他虽然坐在马小利面前，却觉得自己只是一副空皮囊而已。他的灵魂已经随着小李的离开而离开了，他甚至觉得自己现在拥有快乐都是一种罪过。

他记得上回和小李去浴室洗澡，小李主动上前帮他搓背。面对如此热情的小李，张小波没有拒绝，没想到小李搓背的手法还真不错。

"小李，你这手法在哪里学的？我看比这里的搓背师傅都搓得好！"

这话一出口，小李咧嘴笑道："我爸最大的爱好就是洗澡，我从小到大经常跟他来浴室洗澡。隔半个月他就让搓背师傅给我搓一次背，我就是这么给学会了。

"搓背可有讲究了，第一遍搓大致走一遍全身，第二遍就要仔细搓一遍，第三遍简单走一遍全身。一个好的搓背师傅，能让你走出浴室以后感觉浑身少了两斤重量。

"冬天洗完澡出去买一杯甘蔗汁，那感觉太爽了。小波哥，待会儿咱们出去榨甘蔗汁喝！"

洗完澡，两人来到了一家水果摊，一人榨了一杯甘蔗汁。洗澡洗得身体口干舌燥，一杯甘蔗汁下肚，身体感受到了清凉舒爽。张小波将小李狠狠一顿猛夸，路上两人聊了许多知心话。

张小波勾着他的肩膀，问道："小李，你长得这么帅气逼人，怎么都没谈过恋爱？你们学校的女生是不是眼光太高了？"

小李笑道："从小学就有女生追我，初中、高中追我的女生更多，我妈发现我收到情书就去学校找老师，我根本就不敢谈恋爱。我除了学习就是打游戏，当时也没觉得女生有多好。"

张小波笑笑："小李，那你现在有喜欢的女孩了吗？"

小李抿了抿嘴，低着头害羞道："我最近玩《王者荣耀》认识了一个女孩，她的声音特别好听，我觉得她也喜欢我，我们打算线下约着见一次。"

张小波眼神意味深长地看着小李："嗯，我们小李终于长大了，懂事了！你俩打算什么时候见面啊？"

"我们约好了，元宵节过后就是情人节，到时候我去隔壁海港市和她见面。"

"然后呢？"张小波狡黠一笑。

"然后我俩就找个咖啡厅，一起打游戏啊！"

张小波眼睛顿时瞪得像铜铃，不可思议地拍了拍小李的脑袋："你果真还是个宝宝啊！"

小李离开之后，关于他的回忆变得越发清晰起来，想起来心脏就揪着疼。

"小波，想什么呢？"马小利的手在他面前晃动了几下，才将张小波的魂儿拉回来。

她没想到张小波眼泪夺眶而出，不顾形象地趴在餐桌上哭了起来。

她更加确定小波患上了创伤后应激障碍，这种症状可能会跟随人的一辈子。

"小利，对不起，我没办法不去想小李。你给我一些时间，我需要一个人冷静一阵子！"说完，他留下马小利一人，独自离开了海底捞。

望着他离去的背影，马小利知道追上去也于事无补。

后来一连几日，马小利打电话、发微信，张小波都没有回复，两人之间处于一种断联的状态。

即便过去两人闹矛盾,张小波从未像这次一样不搭理她。她知道小波的创伤后应激障碍很严重了,但是她万万没想到张小波会因为这件事情和她提出了分手。

第36章 我们分手吧

重新回到工作岗位中，张小波用他的演技"骗"过了同事，大家都以为他没事了。但是他的演技根本"骗"不了潘局长和师父卢远明，二人明显感觉小波的精神状态大不如前。

因此，潘建国特意联系国内著名的PTSD（创伤后应激障碍）心理咨询师周儒明，陆续替卢远明、林海、张小波等相关警务人员进行了创伤后应激障碍修复。每个人的创伤程度都不一样，张小波的症状是最严重的。

周儒明在与张小波沟通过程中，发现张小波一直表现乐观，声称小李会永远活在他的心里，他已经走出了阴霾。然而越是这般强调自己没有心理问题，反而越显得十分刻意。

周儒明通过几轮测试，最终诊断张小波患有创伤后应激障碍，同时伴随着中度抑郁症。

潘建国和卢远明表示十分担心，问周儒明有没有什么办法。周儒明说心病无医可治，吃药也只是缓解，张小波的心不对人打开，所以目前没法彻底治疗，需要时间慢慢消化负面情绪。

随着春运结束，高速公路上的车流量逐渐减少，大家都开始进行调休。这些人当中，唯独张小波没有调休，正常休息日他也会到检查站上班。

不清楚的人都以为张小波工作努力表现，是为了以后能够破格转正。只有熟识他的人才知道，他这是在用工作麻痹自己的内心。因为只有在工作岗位上，他的状态才是正常的。一旦无事可做，他就会想起小李，想起他的一颦一笑，以及两人之间说过的那些话。

卢远明发现，这段日子张小波和马小利断联了，几次他都看见张小波挂断了马小利的电话。事实上，从那天两人在海底捞火锅店分开，张小波再没有主动联系过马小利。

卢远明和钱倩之间的关系，最近却发生了微妙的变化。卢远明发现儿子墨墨不仅不再排斥钱倩，反而和她成了一对好朋友。有时候回家，他会看见钱倩在教儿子解数学难题。

每次卢墨听见爸爸让钱倩阿姨以后不用来做饭了，卢墨都会故意埋怨他要饿死亲儿子，搞得卢远明里外不是人，不知道钱倩怎么就驯服了儿子这头小野兽。

钱倩总会在一旁莞尔一笑，得意地看着卢远明，仿佛在说："卢远明，你逃不出我的手掌心。"

事实上，卢远明真的逃不出她的手掌心了。钱倩年轻貌美，腹有诗书气自华，还有一手好厨艺，满足了一个男人对女人所有的想象。关键这个女人除了图他人，其余什么也不图，死心塌地爱着他。这换谁也顶不住啊！

两人之间的关系越走越近，卢远明在不断说服自己忘记年龄，敞开心扉接受钱倩。

马小利最近心情很糟糕，张小波电话不接，微信不回，去找他也避而不见，因此她将自己发展得不错的美妆博主事业都暂停了下来。后台不断有粉丝催更，但是她心情不好，不打算将不好的一面呈现给粉丝，于是宣布自己正在休假，一下子不少粉丝脱了粉。

一个月后，马小利再也不能忍受没有张小波的日子，她打算亲自找他问个清楚。

　　那天，张小波下班回家，看见马小利的车停在楼下，他知道两个人该聊聊了。

　　两人断联了一个月，小利整个人消瘦了一大圈，看起来十分憔悴。张小波看得一阵心疼，然而他根本没有办法从失去小李的痛苦中走出来。除了上班，他的生活已经不能正常进行。

　　两人坐在车里，马小利哭着问道："你到底怎么了？你还要闹情绪闹多久？"

　　张小波一脸痛苦："小利，对不起！我不知道怎样面对你，我现在已经无法正常生活。我害怕天黑，害怕闭上眼睛。我刷牙、洗脸、看手机、吃饭……都会想起小李，根本没有办法集中自己的注意力。"

　　马小利拉着他的手，眼神坚定道："我可以陪你一起度过这段难过的日子，你让我陪着你好不好？我们可以去北京、上海找最好的心理医生治病！"

　　她万万没想到，等了半天，张小波颤抖的嘴唇吐出了三个绝情的字眼："分手吧！"

　　那一刻，她感觉眼前的世界在天旋地转，她的脑袋顷刻之间被炸得分崩离析。她想过很多种结局，唯独没想到张小波会和她说分手。她以为这段日子他不接电话、不回微信，是需要时间去慢慢接受小李的死。万万没想到，等来了他们爱情宣布死刑的时刻。

　　两人从高中开始就互相喜欢，毕业之后再次相遇。如今父母看见小波的努力和成绩，渐渐松了口让他们相处。两人还一起去看了房子，商量着以后房子装修成怎样的风格。他们想过生两个孩子，最好是哥哥和妹妹的组合，凑一个儿女双全的"好"字。

他们最难的时候都一起挺过来了，为什么说放弃就放弃了？

马小利无法接受这个结局，眼泪迸了出来："小波，我知道你状态不好，你刚才说的话我可以忘了。我再给你一段时间疗伤，等你好了之后，我再来找你，可以吗？我保证这段时间，不给你打电话、发微信，不去检查站找你，好吗？"因为爱情，马小利这一刻卑微到了尘埃。

张小波看着骄傲的马小利为自己降低了自尊，心里狠狠抽着自己的耳光。他本意不是看到这一幕，可是他没有办法享受着马小利对自己的关怀。他甚至觉得自己过得好，对于已经离世的小李而言，都是一种亵渎和伤害。

他总是克制不住这么想，如果小李不是因为救他，根本就不会死。小李会考上公务员，成为一名正式警察。小李会在情人节和游戏里面的女孩约会，两人在咖啡厅一起打《王者荣耀》，以后会娶妻生子当丈夫、当父亲。未来他还会有其他身份，然而一切都在那一夜戛然而止。

他觉得自己就应该痛苦，应该孤独终老，只有痛苦才能抵消他心里对小李和小李家人的愧疚。尽管他知道这样对小利非常不公平，但是他没有办法心安理得幸福地生活下去。

经历过小李的死，他发觉自己的工作存在一定的风险性。如果那天不是小李推开他，死的人就是他。以后难保不会再发生诸如此类的事情，他不想马小利年纪轻轻就丧偶。

片刻之后，张小波长长地舒了一口气，眼睛坚定而决绝地看着马小利，狠下心说道："小利，我们分手吧，你一定会找到一个比我更爱你的男人。"

第36章　我们分手吧

马小利犹如五雷轰顶，依然不可置信地抓住他的手："小波，我不同意分手！如果新郎不是你，我宁愿这辈子不嫁！"

张小波故作绝情道："你就当那天夜里死的人是我，不是小李！"说完，他头也不回下了车。

马小利没想到她和张小波竟然是以这种方式分手，她趴在汽车方向盘上痛哭了很久。

张小波一回到家就把自己关进了房间，任凭母亲怎么敲门，他都不愿意开门。

李芬芳看着儿子一天天消沉，整天以泪洗面。原本她的卫民家政已经走上了正轨，最近她也没心思打理，幸亏有几个知心姐妹帮衬着她。

知子莫若母，她知道小波心里放不下牺牲的辅警小李，一直在用工作麻痹自己。

她也万万没想到自己的外甥竟然是个贩毒的亡命之徒，不仅如此，他还当场撞死了一名年轻的辅警。想起那个畜生，李芬芳就气不打一处来。

姐姐还有脸天天上门求情，求她让小波找领导求情，争取给她儿子判个死缓，每次都被李芬芳赶了出去。

被撞死的小李才二十周岁，一想起小李为了救小波牺牲，李芬芳便如万箭穿心，心里五味杂陈。她一面希望自己的儿子可以活，一面心疼这个救了自己儿子的孩子。人心都是肉长的，小李的父母一定痛不欲生，然而这一切都怪她那可恶的外甥秦志伟！

第 37 章　马小利辞职

　　一转眼，日子如同白驹过隙，小李离开了三个月。地球依旧在转动，太阳依旧会升起。只有那些认识和在乎他的至亲至爱，依旧沉浸在失去他的痛苦中。

　　上级已经发布了红头文件，辅警小李英勇殉职，追授为烈士，民政部门给家属颁发了"革命烈士证明书"，小李的父母可以按照国家有关规定享受抚恤待遇。

　　当天，小李的父母依旧沉浸在失去儿子的痛苦中，两人哭得撕心裂肺。小李的爷爷奶奶、外公外婆都健在，白发人送黑发人的场面，不禁令人感到苍凉和悲情。往后余生，他们只能靠着回忆儿子、孙子、外孙度日……

　　此时，马小利和张小波彻底断联了三个月。马小利从一开始难以接受，到现在已经看似云淡风轻，已经放下了执念。

　　这一天，马小利坐在星巴克咖啡店等钱倩，打算在这里和闺密告别。

　　阳光甚好，太阳穿过透明的玻璃窗，洒在她那张娇美的鹅蛋脸上。尽管她现在变得不爱笑了，但是品尝咖啡和甜点时，两旁的梨涡依然会若隐若现。外面不时有人路过玻璃窗，被她身上清冷的气质所吸引，小声议论着什么。然而她已经无暇顾及别人的评价，因为在认识她的人当中,她已经活成了一个笑话。自己从高中就喜欢的男生,毕业之后相遇,交往了三年时间,突然她就被分手了。

她没有解释分手原因,所以周围人更是好奇她和大名鼎鼎的张小波为什么分手,整个系部办公室都在八卦。有人说张小波事业飞黄腾达,不再高攀马小利了。还有人说张小波被热情的女粉丝勾搭走了……对于这些无聊的传闻,她一直抱着不解释的态度。

她和张小波几个月之前共同购买了一套住宅,虽然还没有交房,但张小波已经将当初马小利出资的一笔金额,连同市场房价的涨幅一并清算,打到了马小利的银行账户上。

收到这笔钱时,马小利苦笑了一声,张小波这是在清算他们的爱情账单呢!

那一刻,她知道她和张小波之间最后一丝关联也没有了,两人以后注定形同陌路,不再往来。

钱倩从学校匆匆赶过来,拿起桌上一杯咖啡一饮而尽:"这一周的课程太多了,我看你最近又开始上传仿妆视频了,是不是这学期的教学任务量已经完成了?"

马小利藏起了脸上的黯然神伤,故作轻松地莞尔笑道:"我已经提交了辞职信,打算专职做美妆博主了。最近我的视频流量不错,已经在网上和一家公司网签了。北京总部公司让我过去系统学习,我今天是来和你告别的。"

这话一出口,钱倩惊得眼眉立起,摸了摸马小利的额头:"姐妹,你没发烧吧?你竟然辞职?当美妆博主是有前景,但是毕竟不是长久之计,你为什么要将大学老师这个铁饭碗放弃掉呢?告诉我,是不是因为张小波,你才这么冲动辞职的?"

马小利笑着摇了摇头:"我辞职和他没有关系,是我自己从一开始就不喜欢这份工作。我之前告诉过你，我爸妈一直希望我当老师，过去我一直都是按部就班听从父母的乖乖女形象，现在我想为自己喜欢的事业奋斗一次。"

钱倩急道："小利，你知不知道辞职容易，但以后你再想回学校就难了！咱俩都是最后一届本科生入职，从我们入职的第二年，凡是入职的教师必须是研究生以上学历。你知道每年有多少人挤破头想要进咱们学校吗？你怎么大发慈悲，给人挪位置了呢！

"而且听说学校马上要升本了，以后我们就不是专科院校的教师，而是本科院校的教师，各方面待遇都会提高。你怎么能放着这个大好的机会不要，选择辞职去北京学习当美妆博主？

"小利，咱别死要面子活受罪了，现在赶紧跟我去找校长求求情，说不定这件事情还有回旋的余地！"

马小利淡淡笑道："相信我，我不会拿自己的前途开玩笑的。我之所以敢于辞职，是因为北京那家公司给我开了不错的条件。其实之前那边就喊我过去了，我一直舍不得和小波谈异地恋，所以一直拖着没有辞职。

"如今我和张小波彻底分手了，一点后顾之忧也没有了，以后安心搞事业，当一名大女主。我打算趁着这次学习机会去北京历练一番，说不定姐妹以后就是坐拥百万粉丝的美妆博主呢！"

钱倩逐渐哽咽，眼眶迸出了泪花："小利，我舍不得你走……"

马小利眼眶湿润地笑道："我会告诉你们家卢远明，你喜欢喝星巴克的焦糖玛奇，不加糖；拍照片一定要用美颜相机，并且打开三秒延迟拍摄功能；你最喜欢吃海底捞火锅……"

钱倩哭道："你这是在托孤吗？"

马小利笑道："我又不是永远不回来了，公司需要对我进行系统性的培训，你难道不希望我在网上粉丝量早日突破百万吗？等姐妹发财了，带着你满世界旅游，吃遍所有美食。"

"别给我画大饼了，我胃不好，不吃！"

马小利笑道："姐妹是去追梦的，人如果没有梦想，那和咸鱼有什么区别？这不是你以前的座右铭吗？"

半响之后，钱倩才擦干了眼泪，继续问道："叔叔阿姨同意了吗？他们一直希望你当老师，你突然叛逆要当美妆博主，他们没有要'掐死你'的心吗？"

马小利摇了摇头："我爸妈现在变了，他们看出我不喜欢当老师，同意我去北京追梦了。我爸还和我彻夜畅聊了一番，他说自己在体制内工作了一辈子，也有几次想要辞职做自己喜欢的事业。当时我爷爷奶奶寻死觅活不答应，最后为了家庭和谐稳定，他硬是在体制内工作了一辈子。我爸说，如果不答应我，以后我一定会后悔，他不希望看见我后悔。"

钱倩会心地点了点头："所以这个世界上对自己最好的男人永远是父亲，虽然他们不善表达情感，但是他们永远对我们不离不弃。"

马小利笑道："别酸了，我走了以后，你和卢远明好好相处，不许欺负人家。卢墨马上就要参加高考了，你要多帮帮他。"

说起卢远明，钱倩眼眉之间难掩幸福，最近她和卢远明的关系越来越近了。

"我对远明可好了，比对我爸还好，我和墨墨早就处成了好朋友。我打算过阵子就把远明带回家见父母，我相信我爸妈一定明事理，一定会答应我嫁给他。"

这话一出口，马小利心里就放心了："哟，都喊远明了……"

第 38 章　算什么男人

被马小利安慰了一番，钱倩的心情终于平和了不少："张小波知道你要离开凤城去北京发展吗？"

马小利一脸云淡风轻地说道："没有必要让他知道了，我们缘分已尽！你也别怪他了，我已经彻底放下了！再说了，你以前不是一直觉得我找他很亏嘛！前三十年的人生，我就谈了这么一个男朋友，想想确实有点亏！等姐妹到了北京，我就会拥有一整片的森林。"

钱倩勾了勾嘴角，她怎么会不知道马小利是在逞强呢？她们这些年的闺密兼同事，如果不了解她的性格，两人不可能玩到一块儿去。眼下小利已经心意已决，她也只好看破不说破了。

"小利，几点的飞机？我送你去机场！"

"晚上 7 点半。不用特意送我啦，我怕我看见你会不想走！"

"那就别走了！"说话的时候，钱倩已经悄悄记下了马小利的航班时间，趁着她不注意的时候发送到卢远明的手机上："快告诉张小波那个负心汉，马小利辞职了，晚上 7 点半飞往北京追梦去了。"

卢远明收到微信时，看了看正在远处盘查车辆的张小波，他正对着一辆破旧的七人座面包车说些什么。

最近三个月，张小波总是这般没日没夜地工作，一天也没有休息过。他的性情和过去相比也发生了变化，变得不苟言笑。除了盘查车辆时会对司乘人员说几句话，不忙的时候总是一个人在路边抽闷烟。虽然和他这个师父有时候还是腻歪，但是总感觉他在强颜欢笑，检查站已经很久没有听到他爽朗的笑声了。

不仅如此，卢远明发现张小波对卡口车道也有阴影。

小李被撞时，整个人是从右边的汽车等候车道飞出去的。那块当初躺着小李的空地，已经被冲洗得干干净净，宛若一块崭新的地面，却冲洗不掉张小波心里的阴影。他总是会故意绕行，好像担心自己会踩在"小李的身上"。

这时，后勤管理处刚好来送饭，卢远明替张小波领取了一份盒饭。

"小波，吃饭了！"

卢远明将盒饭递到他的手上时，张小波点了点头，说了声"谢谢师父"。这段日子他总是这样一声不吭，连吃饭都像是敷衍了事，像是只为了维持生命的体征。看着张小波满脸食不知味的样子，卢远明的心一直提着，始终担心他会出什么事情。

潘局长多次找卢远明，让他盯紧了张小波，所以他这几个月眼睛一直落在小波的身上。有几次他想过狠狠骂醒他，可是一看见张小波失魂落魄的样子，就又不忍心开口了。

此刻，卢远明坐在小波旁边，想着如何告诉他马小利今晚要离开凤城的事情。

"小波，吃慢点，没人跟你抢！"

张小波挤出一丝笑容："习惯了，今天车辆挺多的，赶紧吃完了干活儿！"

卢远明白了他一眼："你连续几个月不休息，身体也不是铁打的，现在大家都喊你'拼命三郎'。"

"哈哈！那就让他们喊吧，总比'神眼'小波让我听着舒服。我哪有什么神眼啊？我如果有神眼，一早就看见那车里面藏了毒品，小李就不会牺牲了！"

卢远明叹了一口气，最近和他真是聊不下去，总是会扯到小李头上。

这饭吃得也没什么胃口了，卢远明放下了盒子，看向张小波："马小利辞职了！"

这话一出口，张小波愣了一下，又低着头继续扒饭："哦！"

卢远明眼眉立起："小波，你对马小利太过分了！她现在不仅辞职了，而且今晚就要离开凤城！"

张小波顿了顿，眼神狐疑地看着卢远明："她……为什么要离开？"

这一刻，卢远明看出张小波心里还是有马小利的，于是决定努力助攻一次。

"张小波，你要还是个男人，现在就去把人家给追回来！你已经失去了小李，难道你还想失去马小利吗？"

男儿有泪不轻弹，只是未到伤心处，这一次张小波真的伤心了！他含着眼泪问道："她为什么要走？"

"她为什么要走，你自己不清楚吗？虽然钱倩说了，她是去北京工作，但是我觉得大部分原因一定就是你。马小利今晚7点半飞往北京，你要还是个负责任、有担当的男人，你就去把人家追回来。

"小李走了，我们大家都很难过，但是日子还是要往前走。如果小李在天之灵知道你这样糟践自己，辜负小利，他也不会安心的。

"前几天我替你去看望了小李的父母，他们也已经渐渐走出伤痛,还让我劝你不要过分自责。小波,生活还在继续,你不能再沉浸在心魔里面了。"

张小波抬起头,眼泪潸然而下:"小李的爸爸妈妈真的原谅我了吗?呵呵,即使他们原谅我,我也不能原谅自己。我经常想,如果那一夜是我先推开小李,他们就不会失去儿子。师父,你知道有时候活下来的人比死了的人还要难受吗?"

卢远明吸了吸鼻子,搂着张小波宽实的肩膀,道:"师父当然知道,以前我在市里面当交通警察,当时和我一起的交警也就二十来岁吧!市区行车都是限速的,那天中午有一辆面包车超速了,我发现了,立刻站在路上拦截。没想到那辆车一直不减速,车子快要撞向我的时候,是他推开了我。然后他骑着警用摩托车追着那辆车,没想到车上的歹徒持有枪支,开枪打死了他。

"当时我也和你一样,一直消沉了很久。我知道那种失去战友的感受,所以我能理解你的心情。

"小波,你和小利之间没有问题,你们感情深厚,如果因为小李的牺牲,让你们形同陌路,小李也不会愿意见到你们这样。"

话音刚落,张小波放下了手中的饭盒,眼泪彻底决堤。这是小李死后,他第一次这么痛快地大哭,把心里积压着的全部苦闷都哭诉了出来。

此刻卢远明陪伴在他的身边,听他将心里的自责和痛苦对着自己一吐为快。

心理修复师和他说过,不怕PDST患者发疯,就怕他们将自己的心封锁起来,不对外界敞开心扉。这一刻,张小波打开了自己的内心,卢远明知道他就快要走出来了。

第 39 章　珍惜眼前人

马小利回到家，父母正在客厅包饺子，见到她招呼道："利利，今天吃你最喜欢的白菜猪肉馅的水饺，过来帮爸爸妈妈一起包饺子。"

马小利点点头，放下包之后进卫生间洗了个手，撸起袖子和父母一起包着水饺。

马父看了一眼女儿，语气故作轻松道："利利，刚才出去和谁见面了呀？"

马母推了推丈夫，瞪了一眼："老马，你也管得太宽了！"

马小利笑着回道："我辞职的事情一直没和钱倩说，她最近课程多，还要忙着给卢远明的儿子墨墨辅导功课，所以我临走前和她见了一面。"

马父点点头，问道："小钱真和卢远明交往啦？她父母能同意吗？两人年龄差距太大了！"

"老马，你现在退休了，人倒是越来越八卦了，比楼下拌菜的大妈们嘴都碎！"

这时，马小利一边包着水饺，一边红了眼睛："爸、妈，我没和你们商量辞职，你们是不是很生气？"

母亲柔声道："一开始你爸爸气得不行，后来我安慰了他一阵子,最后我们都决定尊重你的选择。以前我们总认为,给你选择的路都是对的,但是从来没有考虑你自己喜欢什么。

"你接触到了美妆博主的工作,我们发现你更加自信、更加充实了,这是我们之前没有看见过的样子。所以我们也反思了,爸爸妈妈希望你过的生活,未必是你喜欢过的生活,所以我和你爸爸一致决定支持你,永远做我们女儿坚实的后盾。"

话音刚落,马小利眼泪吧嗒吧嗒落了下来:"谢谢爸妈!"

马父赶紧给女儿拿了纸巾,一脸心疼道:"女儿,时间是最好的良药。等你去了北京,忙于工作的同时也会接触到更多的人,一定会出现一个真心对你的男人。实不相瞒,张小波之前的工作表现,我已经对他改观了。真没想到这小子……"

马父克制不住埋怨起张小波,妻子在一旁推了推他,以眼神示意他别说话了。

"利利,这些水饺足够咱们三人吃了,陪妈去厨房煮水饺吧!"

马小利点点头,跟着母亲进了厨房。

马母小声道:"如果实在想见张小波一面,妈妈不会反对的,分手也可以当朋友嘛!"

马小利摇了摇头,笑道:"妈,你也太小瞧我了,我已经放下他了。"

"真的?那你刚才还眼巴巴地掉泪豆子?"

"我是舍不得离开爸爸妈妈!"马小利搂着妈妈不再纤细的腰,贪婪地深吸着妈妈专属的味道,"妈,我到了北京会每天和你们视频的!"

马母会心一笑:"这可是你说的,别到了北京就乐不思蜀,把爸爸妈妈忘记到九霄云外了。"

高速检查站，卢远明和张小波并排坐着。

张小波心情已经好些了，刚才将心里积压已久的苦闷说出来之后，整个人顿时轻松了许多。此刻，他倒是显得有些难为情了，自己在师父面前竟然像个小孩哭鼻子了。

"师父，让你见笑了！"

卢远明拍了拍他的脑袋："我是你师父，我怎么会笑话你！听师父一句劝，珍惜眼前人，不要失去了以后才后悔莫及。马小利是晚上7点半的飞机票，你现在过去见她一面还来得及，师父给你批假，再晚就赶不上了！"

张小波立刻站起身，擦干了脸上的眼泪，终于露出了这些日子第一个笑容："谢谢师父！"

"快去换衣服吧，别骑车了，开我的车去！"卢远明将自己的车钥匙给了张小波，"还有两个小时，应该来得及！"

张小波用力点了点头，换上衣服之后，开车离开了检查站，一路奔向了凤城市飞机场。

飞机场距离市区挺远的，开过去要五十分钟左右，不过应该来得及，他脚下开出了限速范围内最快的速度。

马小利在父母的陪伴下来到了机场，父母恋恋不舍，一直在提醒她一个人在外面要注意的事项。

这是乖乖女马小利第一次离开父母这么远，考大学的时候，父母也没答应让她出省城念大学。

"妈，别哭了，我又不是不回来了！"马小利安慰道。

"老婆，你要是想女儿了，我们可以去北京看女儿啊！"

"你从来没有离开妈妈这么远，'儿行千里母担忧'，你爸不知道这种感觉，所以没有儿行千里父担忧这一说法。"

马小利笑道："妈，不奋斗的青春，不是真正的青春，祝贺你的女儿成为新的北漂青年吧！"

一家三口聊了一会儿，马小利开始办理值机手续，做好登机准备。

马母忍不住又叮嘱了许多："平时尽量自己带饭去公司，不要吃那些没有营养的外卖，吃多了对身体不好；晚上打车前，记得把司机的车牌号先发给妈妈，出门在外三分险，女孩子要知道保护自己；在外面需要花钱的地方，尽管告诉妈妈，妈给你打钱……"

马小利眼眶一热，抱住了母亲："妈，你放心吧，我又不是三岁小孩子了，我会照顾自己的！"

马父故作一脸吃醋的模样，马小利笑着扑进了爸爸的怀里："爸爸，我爱你！"

"利利，爸爸也爱你！刚才你妈妈叮嘱的都是生活方面的，爸爸要提醒你在公司上班，不同于在机关事业单位。说话要带脑子，想清楚了再说。智商很重要，情商更重要。有的时候，高智商不如高情商……"

马小利即便心里万般不舍，还是和父母告别了，拖着行李箱走进了安检区域。

她回头看了一眼机场进出口的方向，尽管她不断说服自己放下张小波，可是她依然在期待他能够出现。

她不禁苦笑一声："马小利，你真是一个口是心非的女人，心里终究还是放不下他。"

她不再回头，大步流星地走进了安检区。

这时，她却突然听见了熟悉的声音，顿时立住了脚步，猛地转头看见那个她日思夜想的男人出现了。

"小利——"张小波正朝着她的方向狂奔,不断呼喊着她的名字。

顷刻之间,马小利莞尔一笑,眼泪潸然落下,整个人透露出一种破碎的美感:"张小波,你终于出现了!"

第 40 章　战胜 PTSD

马小利心中大喜，此刻的张小波虽然有些胡子拉碴，但是他的眼睛重燃了光芒。

只是两人来不及多交流，机场安检员催促马小利赶紧过安检。

两人的再次见面，只相看了一会儿，却没能说上几句话。眼看着马小利走进安检区，张小波懊悔自己还是来晚了。

马小利的父母见到张小波出现在机场，两人的脸色顿时沉了下来。

三个月前，高速卡口发生的那起恶性袭警案件轰动全国。张小波在那起事件中目睹了同事小李被撞身亡，之后就患上了创伤后应激障碍，随后和小利宣布了分手。

张小波转过身，看见马小利的父母面色愠怒地看着自己，不禁低下了头。

马母语气不悦道："张小波，你还来干什么？你不是和我们家利利分手了吗？"

张小波低着头一脸愧疚，支支吾吾了半天，不知道如何解释。

一旁的马父态度软和了下来："张小波，如果你心里爱着我们家利利，现在买一张机票去北京和她把话说清楚。"

张小波愣在了原地，他没想到马小利的父亲竟然会助攻，难道这是对他认可了?

马母轻咳了一声:"傻孩子,其实我们心里早就认可你了!你在工作中的表现我们也听说了,我们相信利利的眼光。所以你现在还愣着干吗,赶紧买一张机票去北京啊!"

张小波顿时喜极而泣:"谢谢叔叔阿姨,我现在就去买票!"

老两口望着张小波离去的背影,脸上露出了笑容。

"老马,你真是刀子嘴豆腐心,其实你还是很认可这小子的!"

"你还说我,我看你是丈母娘看女婿,越看越喜欢!"

张小波买好了飞往北京的机票,心里终于松了一口气。

这时,师父卢远明的电话打了进来:"小波,追上了没?"

张小波无奈地叹了一口气:"就差一点儿,我到的时候她已经开始安检了。"

卢远明也跟着叹了口气:"那你回来吧,晚上师父请你喝一杯。"

张小波扑哧一笑:"师父,晚上陪不了你了,我已经购买了飞往北京的下一班航班机票。"

卢远明一惊,故作生气道:"你小子现在学坏了啊,竟然故弄玄虚。看在你知错能改的份儿上,师父替你去申请调休。小利是个好姑娘,你要是再敢伤害人家,师父可要大义灭亲了。"

张小波笑道:"这话听着不像师父说的话,倒像是钱倩说的话,她给你下了死命令了吧?"

卢远明被戳穿以后,支支吾吾道:"别把话题扯到我身上,到了北京之后告诉我。"

"放心吧,师父!对了,你和钱倩最近怎么样啊?"

"我俩挺好的,墨墨也很喜欢她,最近都是她给墨墨辅导数学。"

她说下周要带我去见她的父母,我这心里还是七上八下的。唉,不知道人家父母会不会揍我!"

张小波笑道:"师父,看你天不怕地不怕,没想到居然也有厌的时候。放心吧,现在人的观念改变了,老夫少妻的组合越来越多了,钱倩父母一定会接受你的。"

卢远明笑道:"那就借你吉言了!"

张小波登上了飞往北京的航班,飞机在地面滑行,片刻之后像离弦的箭,冲上云霄。

想起马小利,他的嘴角勾起一抹甜蜜的笑意,随后沉沉地睡着了。飞机落地时,他一觉醒来,感觉像是睡了一个世纪。太久没有睡得如此酣甜,他长长地伸了个懒腰,这才注意到身旁妇女那双充满鄙夷的眼神。他下意识地摸了摸嘴角,摸到了湿漉漉的液体,脸颊顿时滚烫,他竟然困得流口水了。

没有人知道,他这几个月是怎么过来的,小李离开了多久,他就失眠了多久。这段时间他背着父母偷偷买了安眠药,每晚吞服安眠药后才能勉强昏睡过去。

抵达北京机场,张小波见到了马小利。两人隔着人海,默默地看着对方。

马小利下了飞机收到了张小波的短信,一直在机场等了他两个多小时,就为了这一刻。

张小波想起这几个月因为心理创伤伤害了马小利,眼眶一阵湿热。他张开双臂向她敞开了自己宽阔的怀抱,脸上露出了俊朗的笑容。

那一刻,马小利确切地感知到他依然爱着她,并且他成功冲破了创伤后应激障碍,终于"活"过来了。她穿过机场络绎不绝的人流,拉着行李箱奔向了他。

他触碰到了她的细软发丝,闻见了专属于她身上的味道,两人紧紧相拥在一起。

离开机场,两人坐上了一辆出租车,北京的司机热情似火,充当起免费导游的角色。

司机是个地地道道的北京人,一口纯正的老北京口音,和他们天南地北地聊北京的著名景点。

看着窗外的繁华景象,两人终于明白了,为什么有那么多年轻人前赴后继地北上,宁愿当北漂也要留在这座充满无限希望的首都城市。

司机给他们推荐了特色烤鸭店,没有全聚德、便宜坊那么出名,但是味道极其纯正。

两人一边吃饭,一边互诉衷肠,几个月以来的隔阂很快烟消云散了。

饭后,两人去了后海酒吧一条街,感受驻唱歌手魅力的嗓音,感受北京这座城市的繁华与魅力。

半响之后,张小波终于提起了马小利辞职的事情,一脸愧疚地说道:"你突然辞职,和我有关吗?"

马小利笑道:"你脸真大,当然没有关系啦!我之前就和你说过了,我不喜欢老师这个职业。我打算以后全职当美妆博主,已经和北京一家公司签约了,明天你陪我一起去吧!"

这话一出口,张小波倒是稍显失落。

马小利捂嘴笑道:"不过我能这么洒脱地离开凤城,确实和你有关。之前我考虑和你在一起,担心异地恋会影响我们的感情。你和我分手之后,我才决定离开生活了这些年的城市,到北京接触一

第 40 章 战胜 PTSD | 231

个全新的环境。小波,你会一直支持我的梦想吗?"

　　张小波搂着马小利纤细的腰,眼神坚定地看着她:"当然会!就像你当初从海南回来之后,义无反顾支持我的工作一样。"

第 41 章　两人的爱巢

第二天一早，张小波陪着马小利去了北京那家网络公司。

公司高层亲自接待了马小利，对她的作品表示了极大的肯定，并且公司将会全力培养和推广她，为她打造一个人设。

马小利需要留在北京四个月，系统性学习视频剪辑、营销等方面的专业知识，并且公司提供食宿。张小波在北京陪伴了小利几天后，踏上了回凤城的航班。

在机场，马小利勾着他的脖子，故作恐吓道："张小波，现在我距离你这么远，你可要为了我守身如玉。如果被我发现你有猫腻儿，别怪我把你给咔嚓了。"

张小波故意装出一副害怕的样子，浑身哆嗦道："不敢！不敢！借我一百个胆子我也不敢！"

两人腻歪了一番，张小波登机离开北京的航班，两人即将开启四个月的异地恋。

重新回到高速检查站工作，所有人都发现原来那个乐观积极向上的张小波又回来了。潘局长和卢远明的心里总算是松了一口气，这小子的魂儿终于回来了。

张小波抽了个时间去看望小李，小李的墓碑前摆满了鲜花，据说都是知道他英勇事迹的人送来的。

张小波带着小李最喜欢的可乐，倒入两个一次性塑料杯中，然后坐在墓前和小李聊起了天。

"小李，大家都记着你呢！我带了你最爱喝的可乐，咱们哥俩一边喝一边聊。你走了这么久，我一直没有来看过你，但是哥心里一直惦记着你，哥的命是你给的。你在那边安心地生活，以后你的爸妈就是我们的爸妈，我会替你照顾他们。哥欠你一条命，下辈子一定还你……"

话还没说完，张小波眼泪迸出。他虽然已经摆脱了心魔，但是对于小李的那份愧疚和惋惜，是根本没法磨灭的。

"小波，我儿子不会怪你的，他救你是自愿的。我想如果再给他一次机会，他还是会不顾自己的生命选择救你，因为你一直都是他的偶像，他学习的榜样。"

张小波回过头，看见小李的父母来了，刚才说话的人是小李的父亲。

"叔叔，阿姨……"张小波站起身，低着头像一个犯错的孩子。

这时，小李的母亲走上前，这个曾经恨不得将他碎尸万段的女人，如今看着他，嘴角勾起微微笑意，她说道："小波，你不要太自责了，小李被许多人惦记着，他现在是幸福的，他的灵魂已经安息了……"

小李的父母看起来都已经释怀了，然而每周来看儿子是他们必不可少的事情。

四个月后，盛夏之际，马小利即将从北京归来。

四个月的历练和系统性学习，她在小红书上面已经是坐拥几十万粉丝的知名美妆博主。

当父母得知她如今的收入时,老两口都惊住了,小利现在一个月的收入比过去一年的收入都多。他们不禁感叹随着国家繁荣昌盛,互联网在快速发展,抓住互联网这个风向标,每一个人都可以是一个独立的自媒体,草根人物也能实现自身价值,这是一个最好的时代。

马小利风尘仆仆地抵达机场时,男友和父母已经高高地举起牌子喜迎她归来。她望着生命中最重要的三个人,感觉自己是全世界最幸福的人,前所未有的快乐在心间奔腾汹涌。

马母喜极而泣道:"利利,爸妈可想死你了,这以后不在北京长待了吧?"

马小利笑道:"妈,以后除了去公司开会,基本上就在家里工作。不过我准备开个工作室,这样比较有工作氛围。"

马父一脸骄傲,张开了双臂:"宝贝女儿,爸爸祝贺你迎来了事业的高峰期。"

马小利和父母亲昵了一会儿,看见张小波站在一旁乐呵呵地看着她,于是奔向了他的怀里。

张小波道:"小利,你知道今天是什么日子吗?"

马小利笑着说道:"今天是我回来的日子啊!"

张小波摇了摇头:"今天是咱俩新房交房的日子!小利,我们有自己的小家了!"

马小利一脸兴奋地埋怨道:"你怎么不早点告诉我啊?这么重要的日子,我应该认真打扮一下去收新房。"

站在一旁的马父马母乐得合不拢嘴,小利不在家的这四个月里,张小波经常去看望他们。他们发现人和人之间果然是需要时间来相处的,经过这些日子的紧密接触,他们发现了小波身上有许多难能可贵的美德,现在他们对这个未来的女婿越看越喜欢。今天,女儿和准女婿交房的好日子,老两口特意打扮了一番,跟着一块儿来交房。

马小利见父母现在都向着小波,脸上故作娇嗔道:"小波,我不在家的日子,你都给爸爸妈妈灌了什么迷魂汤了?"

马母开心地笑道:"小波没给我和你爸灌迷魂汤,我们是通过相处才发现咱们女儿的眼光真不错。现在小波一有时间,就来家里陪你爸下棋,而且还敢赢他呢!"

马父连忙说道:"一开始这小子故意让着我,被我发现之后批评了几句,现在他一颗棋子都不让步,爸爸都下不过他了。"

母女二人边走边笑,张小波和未来的准岳父大人走在后面。

很快,他们抵达绿城小区参加了交房仪式,小波和小利终于有了属于自己的一个小家。

看着三开间朝南的房子,马父马母赞不绝口,一直在夸赞小波选的房型好。

马小利偷偷将张小波拉到一旁,小声问道:"你是怎么做到让我爸妈这么喜欢你的?"

张小波得意地笑说"天机不可泄露",气得马小利说回头再收拾他。

张小波已经决定向马小利求婚了,婚礼策划公司已经准备好了一切,就等着张小波一声令下,他们会给马小利一个终生难忘的求婚仪式。

此刻,马小利正带着父母在房子里面四处参观,张小波的脸上露出了甜蜜的笑容。

"小利,一场甜蜜的暴击马上就要向你袭来!准备好了吗?我美丽的新娘!"

第 42 章　张小波求婚

交完房,张小波提议晚上出去吃饭,庆祝交房这个大喜之日。

马母积极响应:"今天是我女儿和准女婿交房的好日子,必须值得庆祝一番。小波,你把未来的亲家公和亲家母也一块儿叫上,以后我们都是一家人了!"

张小波用力点了点头,随后拨打了爸妈的电话。

李芬芳一口答应了:"小波,你爸说要码字,让我过去参加。"

张小波一听急了:"妈,你快把电话给爸!"

张卫国接过电话,连忙解释道:"儿子,爸爸白天没更新,晚上不更新就要断更了!"

"爸,你儿子今天要和你儿媳妇求婚,你当真不来见证吗?"

这话一出口,张卫国瞬间从椅子上面弹了起来:"你怎么不早说?这当然必须见证啊!爸爸每个月有一天可以休假,就将这宝贵的一天休息日给我儿子和未来儿媳妇了。"

挂断电话后,马小利凑上来问道:"小波,你怎么聊了这么久?叔叔阿姨没时间吗?"

"有时间!我爸妈马上打车去海底捞!叔叔阿姨,咱们现在也出发吧!"

一路上,张小波努力按压住内心的激动,今晚他要在至亲至爱的家人面前向马小利求婚。

想起两人高中同桌时期,从互相看不顺眼到彼此暗生情愫。毕业之后相遇,两人一起经历的点点滴滴,张小波此刻激动得心脏都要跳出嗓子眼了。

坐在副驾驶的马小利隐隐感觉到小波在走神,不过她没想到今晚他会向自己求婚。

两家父母第一次见面,彼此之间显得很是拘谨。在一顿火锅的调解下,双方关系很快开始升温。

马父听说张卫国是以写小说为生的网络作家,一脸兴奋地问道:"老张,我听孩子们说,您是一位网络作家!我想请教一下,网络作家和传统作家除了作品的载体不同,还有没有其他的区别?听说网络小说分类很多,您写的是哪一类型的题材呀?"

张卫国一开始有些社恐,他大部分时间都待在家里,已经不太擅长与人交往了。这个问题瞬间让他们之间尴尬的氛围破冰了,张卫国扶了一下鼻梁上的眼镜,一脸从容不迫。若是未来的亲家公和他聊些别的领域,他不一定说得上来。未来的亲家公聊起了网络文学,张卫国的眼神顿时变得闪闪发亮。

两位父亲相聊甚欢,两位妈妈也聊得如火如荼。

马母一脸敬佩地看着李芬芳:"老李,听说你开了一个家政公司,你好厉害啊!我现在退休了,在家闲着也是闲着。以前我在单位是做会计的,以后我可以免费给你做账。"

李芬芳一阵脸红,未来的准亲家母可是大学生,自己就是误打误撞走上了家政这一行业而已。她连连谦虚道:"小打小闹,随便做着玩玩的。一帮老姐妹组成的草台班子,也就是去年年底才注册的公司。我们家政正缺一个财务,您如果不嫌弃,以后就是'卫民家政'的财务总监了。"

马母高兴得合不拢嘴："老马，没想到我又迎来了事业的第二春，咱们亲家母给我封官加爵了！"

看着双方父母聊得十分投缘，马小利和张小波心里松了一口气。特别是张小波，两家人在各方面实力有悬殊，没想到准岳父岳母一点没摆架子，这让他心里充满了感激。

这时，海底捞火锅店对面的电子显示大屏突然变成了粉红色的画面。

坐在窗户边的顾客们一阵兴奋，每个人都看向了窗外。显示屏正在播放一对俊男美女从相识到相知再到相爱的视频。

见状，马父马母和张父张母纷纷笑得合不拢嘴。

一旁的马小利已经喜极而泣，没想到交房的日子，张小波竟然背着自己偷偷准备了一份这么大的惊喜。

这时，婚礼策划公司布置的聚光灯照在海底捞二楼的玻璃窗户A20餐桌上。

一时间，马小利和张小波成了众人眼中艳羡的焦点。

在围观群众的起哄下，张小波绅士地牵起马小利的手，走出了火锅店。

在音乐的烘托下，人群中有人带头起哄："嫁给他！嫁给他！嫁给他……"

此刻，张小波手捧一束玫瑰花，单膝下跪："马小利，我爱你，嫁给我吧！"

这时，一架无人机在天空中盘旋，引得众人一阵惊呼。无人机带着钻戒缓缓降落时，马小利感觉像在做梦似的。

看着精美夺目的钻戒，散发出耀眼的光芒，马小利感动到热泪盈眶。

张小波取下那枚戒指，对着她大声而幸福地喊道："马小利，你愿意嫁给我吗？"

马小利用力点着头，一双好看的杏眼里注满了幸福的泪水。

钱倩和卢远明早已经抵达求婚现场，两人在现场热情地带动围观群众，一起打着拍子："嫁给他！嫁给他！嫁给他！"

马小利满脸幸福地看着张小波，大声喊道："我愿意嫁给张小波为妻！"

在众人瞩目下，两人在街边深情地拥吻，街头响起了绵延不断的掌声。

第 43 章　国庆高峰期

转眼到了金秋十月，距离张小波和马小利的婚期越来越近。

马小利现在已经是坐拥小红书百万粉丝的知名美妆博主，最近除了工作，她还要和两个妈妈忙着筹备婚礼大小事宜。

张小波工作实在太忙了，国庆期间是出行高峰期，高速公路上离不开高速卫士们的守护。

对此他感到很愧疚，马小利却安慰道："你放心去忙吧，你在前方为人民服务，我们在后方做你的坚实后盾。"

这让张小波经常觉得自己是这个世界上最幸福的男人，自己何德何能竟然能够拥有这么能干出息又才貌双全的老婆。有时候他都感觉自己在做梦，自己真的就快要为人夫了吗？

不过马小利也给他下了死命令，十月七日是两人结婚的日子，他必须提前把日子空出来。她开玩笑道："如果新郎不出现，我就嫁给别人去！"气得张小波眼眶都湿润了，一天没搭理她。

黄金周第一天，高速公路检查站，一眼望去，到处都是密密麻麻的车辆。

此刻，张小波正在例行检查车辆，远远看见两位司乘人员在应急车道上争吵。

"高速路上不能随意乱走，你俩这是打算在这里压马路呢？"

面对警务人员的责备,一男一女停止了争吵,男人连忙解释道:"不好意思啊,堵了太长时间了,我们下车透透气。"

话音刚落,张小波就闻见了男子口腔内的酒精味道,立刻拿出了酒精测试仪:"你是不是喝酒了?"

男子一脸惊慌,摇头道:"没……没有!"

张小波轻哼一声:"我都闻见了,张嘴,吹气!"

仪器上面很快显示男子口腔有酒精浓度,属于酒驾。

随后,男子被交警部门暂扣六个月机动车驾驶证,并处 1000 元以上 2000 元以下罚款。同时移交司法机关依法追究刑事责任。

半响之后,又有一辆车停在了应急车道,张小波立刻将人给带回来了。

车内也是一男一女,看着不像是原配夫妻。两人张口说话之后,张小波才察觉出来,女人貌似是男人的婚外情人。

女人当着张小波的面开始哭诉道:"我怀了他的孩子,他要带我去他老家做人流手术。我不答应,他就和我一直吵,还让我把这些年他给我花的钱全部还给他。我毕业之后就在他公司上班了,当年我也是一个清纯的小姑娘。是他主动招惹了我,还说他没有老婆,他就是一个骗子。"

男人低着头,嘟哝道:"咱们好聚好散吧!我是骗了你,但是我对你也不薄,你吃喝用穿都是我的。"

这话一出口,张小波眉头蹙起:"你还是不是一个男人?你先欺骗了人家小姑娘的感情,谎称自己未婚,人家才跟了你。如果追究起来,你这是欺诈,要被判刑的。

"另外,你在高速公路上吵架,把车子停在了应急车道,并且没有打开提示灯警示后方车辆。如果发生了交通事故,请问你负得

第 43 章 国庆高峰期

起这个责任吗？"

男子顿时慌了："同志，我车上有一份薄礼，礼轻情意重，还请您收下，我们这就离开。"

说完，男人从后备厢取出两条香烟塞进了张小波的怀里："一点小心意，您把我们放了吧！"

张小波冷笑一声，眉宇之间散发出了不怒自威的神色。

男人心中一惊，心想可能两条烟不够："下次经过检查站，我给您送一箱茅台！"

张小波立刻拨打电话，让高速道路管理部门过来将车拖到检查站。

男人顿时狗急跳墙，不管不顾那个女人，一个人上了车。张小波上前拦住了他，男人竟然大打出手，被张小波一个反手擒拿控制住了。

男人的车被拖到了检查站，随后他本人被两名公安带回了公安局。女人见男人被带走了，蹲在原地哭了起来，张小波和卢远明上前安慰了一番。

张小波说道："美女，这个男人根本不值得你赌气把孩子生下来。一个玩弄女性感情的人，他也不配当孩子的父亲。即便他和家里的原配离了婚，此人品行不端，难保以后不会再犯。你还年轻，希望你三思而后行。如果你要留下这个孩子，就要做好当单亲妈妈的准备，尽量寻求家人的帮助，不要一个人在外逞强。"

女人哭着说道："我爸妈如果知道了，一定会骂我是第三者，我不敢告诉他们。"

卢远明站在一旁已经听出了大致情况，劝说道："姑娘，自己的亲生父母不管怎么打骂，他们都是爱你的。一个人犯错不可怕，更何况你也是被渣男欺骗了，我相信你的爸爸妈妈只会心疼你。"

女人站起身，像是下定了决心，一双楚楚可人的眼睛看着张小波："您能送我回市里吗？我决定先回家和父母商量一下！"

张小波回头看了一眼师父卢远明，卢远明朝着他点了点头。

张小波将女人送到了市里，返回高速检查站，一脸唏嘘地看着卢远明。

卢远明问道："怎么了，有什么感想要发表吗？"

张小波轻叹了一声："她和我聊了一路，说是大学一毕业就去了那个男的公司上班。那男的为了追到她，竟然让整个公司的人瞒着她自己已经结婚的事情。唉，那个女人也是遇人不淑，掉进了贼窝里，希望她父母不要过分责备她吧！"

卢远明不禁感叹道："生儿子担心以后到社会上跟人学坏了，生女儿担心以后被坏小子给骗了。"

张小波眼神一亮，一脸八卦地问道："师父，难道你要和钱倩生个小棉袄了？"

这话一出口，卢远明又叹了一口气："上回见了她父母，她爸都拿棍子撵我出门了。要不是她妈拦着她爸，那根棍子就要把我的头打开瓢了。我和钱倩注定是没有结果的！"

张小波"啊"了一声，问道："师父，怎么没听你提起这事啊？我还以为你已经过关了呢！"

卢远明呵呵苦笑了两声："当时我的脸都丢尽了，他们家周围邻居听见动静都跑了出来，一个个都在看笑话，还有人拍照片。这种事情你让我怎么和你说？"

张小波歪着脑袋，问道："我看你和钱倩最近还交往着，难道你们现在转为地下恋情了？"

卢远明的脸色越发沉重："我和钱倩说了分手，她就是不同意，还想了一个馊主意。我没同意她那么做，担心她以后会后悔。"

张小波问道："什么主意？"

"还不就是那些生米煮成熟饭的主意？她说怀了孩子，她爸妈不答应也得答应。我觉得这么做不合适，太不尊重她的父母了。我换位思考过，如果我有女儿，我也没有办法接受一个比女儿大十几岁的鳏夫，还带着一个儿子。"

张小波见师父一脸郁闷，于是转移了话题，问道："墨墨国庆节怎么没回来？"

提起儿子，卢远明的心情顿时好些了："他们大学国庆节有校外活动，他是学生会代表，打电话回来说春节回来。墨墨能够考上厦大，钱倩功不可没，考前几个月的数学都是她在辅导墨墨呢！"

张小波一脸欣慰道："我干儿子真有本事，以后我们家孩子也让钱倩给补补数学。"

卢远明苦笑道："以后的事情以后再说吧！小波，路上车多起来了，赶紧忙起来吧！"

下午的时候，检查站的电话响了起来。这电话要不不响，要是响了一定是出事了。

张小波接通了电话，车主正在距离检查站两公里处。车主声称货车爆胎了，无法继续正常行驶，只能被迫停在了应急车道。

张小波跟随巡查队员一同赶往现场，经过十几分钟的努力，将货车其中两只轮胎进行了更换。

巡查人员中有一位老前辈没想到张小波竟然有这本领，忍不住问道："小波，你上学的时候学的汽修专业吗？你这手法不比我们专业人士差啊！"

张小波笑了笑:"我是学计算机的,以前有一辆二手车经常出故障,修着修着就无师自通了。"

很快,他们将货车轮胎进行了更换,货车司机说了一堆感谢的话。

他们朴实无华的一句感谢,对于在一线工作的警务人员和救援人员都是一种肯定和鼓舞。

国庆节假日,高速公路上频频发生大小事故,但是也上演着许多温暖人心的故事。

国庆节的第二天,监控室的杨晓杰在对讲机里喊张小波:"小波哥,高速路上有个小男孩正在狂奔,距离检查站大约两公里。我调监控才发现他和父母去了一趟高速服务区,随后他父母开车离开了,把这孩子一个人留在了服务区。小波哥,这该不会是家长故意遗弃儿童吧?"

张小波火气蹿头,忍不住爆了一句粗口:"要是被我发现是遗弃儿童,我今天一定亲手把他们送到局子里。"

说完,他骑着警用摩托车行驶在应急车道上。当他找到小男孩时,那可怜的孩子正在一边哭一边拼命地奔跑。男孩八九岁的模样,哭着喊着:"爸爸、妈妈,你们快回来!"

看见身穿公安制服的张小波时,小男孩才停下了脚步:"叔叔救救我!"

张小波下车后,问道:"小朋友,你怎么和爸爸妈妈走丢了?"

小男孩一头扑进了张小波的怀里号啕大哭起来,半晌之后才眼泪汪汪地看着张小波,开始哭诉起来:"爸爸开车带我和妈妈去了服务站,我们三个都上了洗手间。爸爸突然接了个电话就出去了,等我上完厕所出来,发现爸爸和妈妈都不见了。我跑去停车场的时候，他们的车子从我眼前开走了，我怎么追也追不上他们！叔叔，我好害怕，他们是不是不要我了？"

望着小男孩绝望的模样，张小波心里一阵愤怒，这对父母最好不是故意遗弃儿童。

张小波连忙安慰道："别担心，爸爸妈妈可能是将你忘在了服务区。他们发现你不见了，一定会回来找你的。你现在先跟着叔叔回检查站等爸爸妈妈，好吗？"

小男孩一边哭着，一边拉扯着张小波的衣角，跟着张小波回到了检查站。

收费站的女同志将自己的早餐拿来与小男孩分享，没想到小男孩不吃东西，哭着闹着要爸爸妈妈。

卢远明见状，黑着脸说道："小波，虎毒还不食子，说不定孩子的父母是忘了孩子还在洗手间。如果他们发现孩子不见了，一定会立刻拨打110指挥中心的电话。你现在赶紧打电话去110那边报备一下，如果发现有人在高速路上丢了孩子，大概率就是这个孩子了。"

半小时过后，孩子父母的电话打到了高速公路检查站。

电话一接通，孩子的母亲急道："警察同志，我们刚刚把孩子弄丢了！110那边说你们在高速路上捡到一个孩子，那就是我们的儿子。我们这会儿已经下了高速，马上就赶过来，拜托你们帮忙照顾一下孩子。"

张小波冷哼一声："把孩子丢在服务区，我还真是头一次见到，你们是怎么当父母的……"

第 44 章　充话费送的

挂断电话，张小波狠狠埋怨道："这孩子的爸妈也真是心大，竟然能够把孩子忘记在服务区。"

卢远明摇了摇头，一脸无语的样子："小波，奇葩年年有，不过我也是头一次遇见这样的父母。"

一个小时后，孩子的爸爸妈妈赶到了检查站。

小男孩看见爸爸妈妈从车上走下来，哭着扑了上去，哭得撕心裂肺："爸爸——妈妈——"

小男孩的母亲抱着儿子亲了又亲："儿子，你没事吧？爸爸妈妈太大意了，接了个电话竟然忘了你还在洗手间。乖儿子，你没受伤吧？"

小男孩摇了摇头，哭道："是那个叔叔救了我,他带我回来的！"

小男孩的父母朝着张小波礼貌地点了点头，两人抱着儿子再三检查了好几遍。

张小波站在一旁冷哼了一声，心里一万只羊驼在奔腾："师父，你和他们说吧，我都不高兴搭理这样的家长，看了就生气。"

卢远明走近，厉声道："这孩子是你们充话费送的吧？我们工作这么多年，还是头一次遇到这样的事情。"

孩子的父亲连忙解释道："对不起，警察同志，您骂得对，是我们太粗心大意了。我们从服务区洗手间出来，刚巧接了一个单位的电话，一说就说了好久，就把孩子给忘记了。实在是不好意思啊，给你们添麻烦了，一定不会再有下次了！"

张小波冷声道："孩子一开始以为你们不要他了，建议你们回去之后给孩子找个心理医生。心理疏导这方面，千万不能大意，避免出现创伤后应激障碍！"

孩子的父亲连连点头："您放心，我们回去一定给孩子做心理疏导……"

望着这家人离开，卢远明勾着张小波宽实的肩膀，说道："以后让你爸写一本书，《高速公路上面的马大哈》，说不定能够火爆，卖个 IP 影视改编都有可能，毕竟可以起到警示作用。"

这话一出口，张小波终于露出了笑容："师父，你现在越来越有幽默细胞了，钱老师真是功不可没，竟然将你这么一个超级大直男变成了脱口秀达人。"

提到钱倩，卢远明变得愁眉不展。她的父母不仅排斥他，而且发自内心地抗拒他。

想到两人可能没有结果，卢远明给钱倩发了一条微信："倩倩，我想了很久，决定还是跟你提出分手。不被父母祝福的婚姻长久不了，我不希望看见你夹在中间左右为难。你说愿意为了我和父母决裂，我怎么能看着你为了我违背亲情？父母永远是这个世界上最疼爱你的人，如果非要在我和父母之间选择，我希望你坚定地选择父母。"

钱倩收到微信时，气得都要炸了，怒道："卢远明，我都没有放弃，你怎么就放弃了？"

说完，她给卢远明回了条微信，没想到自己已经被他拉黑了。

她气得头晕目眩,立刻拨打了卢远明的电话。这才发现男人决绝起来,真是比女人无情一万倍。卢远明竟然将她的电话号码也拉黑了,这明摆着要和她一刀两断了。

钱倩气得抱着被子痛哭了很久,随后拿起车钥匙,一路开出了路段限速的最高时速。她要找卢远明当面谈清楚,两人已经约定好,分手也要好好分手。如今这个卢远明倒像是个女人,为了和她断干净了,竟然把和她有关的联系方式全部拉黑了。

卢远明拉黑了一切与钱倩有关的联系方式,感觉整个人的魂魄都抽离了,他感受到了心痛。半晌之后,电话突然响起,他以为是钱倩换了一个电话号码打给了他,刚想强制挂断时,发现是儿子卢墨的电话。

他没想到儿子张口不是关心他,而是问道:"爸,钱倩阿姨在不在你身边?我们学校最近要开画展,我想参加这个比赛,想让她帮我选一个主题。"

卢远明淡淡说道:"爸在检查站上班呢!儿子,爸爸给你出个主题,你就画一幅《父与子》!你上小学的时候,曾经画了一幅《父与子》,当时还拿了全校一等奖。现在咱父子俩的关系更深厚了,爸爸相信你一定可以画出一幅更加感动人心的作品。"

卢墨顿时石化了:"爸,你这个主题也太老土了吧,肯定不能获得大奖。顶多领一个参与奖,或者是陪跑。算了,我还是问钱倩阿姨吧,她的思想可比你前卫多了!"

卢远明有些愠怒道:"别整天钱倩阿姨,爸爸出的这个主题虽然老土了点,但是打铁还需自身硬,你的作品要是真的出彩,不管什么主题都能感动他人。钱倩阿姨最近工作很忙,你就不要经常打扰她了。"

第44章 充话费送的 | 251

卢墨歪着脑袋想了想:"爸,最近是国庆节,钱倩阿姨不是放假了吗?"

卢远明不悦道:"和你一样,学校组织了课外活动,她亲自带着学生出去了。最近老爸都没有打扰她,你小子也别总是打扰别人,知道吗?"

卢墨一脸狐疑地应了一声:"爸,你最近过得还好吗?我想你了,可能会提前回家陪你过元旦。"

这话一出口,卢远明顿时泪目,努力保持镇定道:"爸好着呢,和你干爹经常下了班就去喝点小酒,撸个串儿。你出去上大学了,爸爸就彻底解放了。元旦你也别回来了,春节再回来吧!"

卢墨失落地"哦"了一声,随后父子俩闲扯了一会儿,卢远明找了个借口挂断了电话。

重新回到工作岗位中,卢远明的心脏隐隐作痛,眼眶也湿润了。钱倩总有一天会明白他的良苦用心,他绝非她的良配,她值得更好的男人。

钱倩一路开车抵达检查站,将车子停在了路边,下车奔向了卢远明。

张小波见到她,笑着打招呼道:"我师父在忙呢,你到检查站坐着等会儿吧!"

卢远明正在盘查一辆车辆,钱倩已经怒气冲冲地推开了张小波:"你师父和我闹分手,我该不该找他算账?"

张小波惊叹了一声,竟然弱弱地点了点头:"应该!"

钱倩苦笑一声,走向了卢远明。卢远明盘查了那辆车,确定没有问题将车主放走了。

卢远明原路折返时,看见钱倩气势汹汹地朝着自己走来,他当场转身准备逃避和她正面交锋。

"卢远明,你给我站住!"钱倩扯着嗓门大叫了一声,引得来往司机打开了窗户"围观"。

卢远明觉得影响不好,只好转身回头走向她,拉着她去了一个人少的地方。

钱倩的眼泪瞬间迸出:"为什么拉黑了我所有的联系方式?卢远明,你真打算和我一刀两断吗?就因为我的父母不同意我们交往,你就要放弃我吗?"

卢远明默不作声,沉着一张脸看向远处,他根本不敢和她的眼神对视。但凡看上一眼,他都会无法克制自己不去爱她。

"卢远明,我说过了,我不在乎你的年纪,我一定可以说服我爸妈接受你。如果他们一直不同意,我就搬过去和你一起住,我有权利和喜欢的人在一起,没有人可以反对我的选择,即便他们是我的父母。"

卢远明深吸了一口气,终于鼓起勇气看向了钱倩:"对不起,其实我和你分手,并不是因为你的父母反对我们在一起,而是因为我找到了一个更适合和我共度余生的女人。"

钱倩木然地愣在原地,半晌之后,苦笑道:"卢远明,你为了和我分手,竟然连这种俗套的故事都编得出来?"

卢远明拿出手机,打开相册里面的一张照片:"这是我父母给我介绍的女朋友,我们年龄相仿,她儿子跟着她前夫,我们各方面条件都很合适。"

钱倩接过卢远明的手机,照片上的女人看得出已经人到中年,但是眉眼之间可以看出这个女人曾经是鲜亮过的。女人有些微微发福,容貌较好,看着是个脾气十分好的女人。

卢远明继续说道："我和她已经见过面了，我们都很合适对方，可以共度余生。钱倩，你是个好姑娘，会有很多人喜欢你。但是对于你而言，我绝非良配。"

这一刻，钱倩的眼泪瞬间迸出："卢远明，原来你们已经见过面了，我还像一个傻子在那边努力！"

说完这句话，钱倩哭着离开了，留下卢远明独自立在原地很久。其实那个女人不是父母给他介绍的相亲对象，而是和他年龄相仿的一个表妹。他猜到钱倩会到检查站找他，于是借用了表妹的照片想让她对自己彻底死了心。

卢远明回到岗位中，张小波见他一脸落寞，问道："师父，刚才钱倩找你干吗的？"

卢远明叹了一口气，长话短说将他和钱倩分手的事情告诉了张小波。

没想到这一次张小波没有站在他这一边，对他说话的语气难得愠怒："师父，你可真是伟大，为了让钱倩放下你，甘愿背负一个陈世美的罪名。你这样做太伤钱倩的心了！"

卢远明无奈地摇了摇头，语气也有些不悦道："你是站着说话不腰疼，事情没发生在你身上，你当然不能理解我为什么要这样做！行了，现在是上班时间，赶紧忙吧！"

卢远明走到一旁，张小波扯着嗓门喊道："师父，你每次都是拿这句话压人！你打着为了钱倩好的名义，做着伤害她的事情，你一定会后悔的……"

第 45 章　送老人就医

钱倩一边开车一边哭着和马小利打电话:"小利,卢远明和我分手了!"

马小利一听惊住了:"你俩一直相处得挺好的,怎么突然就闹分手了?"

钱倩号啕大哭道:"卢远明和我父母见了一面,我爸妈见到他坚决不同意我们在一起。我们一直偷偷交往着,没想到他突然和我提出分手,说我不是他的良配,还说我可以找到很好的男人。小利,其实这些都是谎话,卢远明就是一个大渣男。我刚才去检查站找他,他终于说出了实情,他背着我和别的女人相亲了。"

马小利"啊"了一声,不可置信地问道:"卢远明不是那样的人吧?"

这话一出口,钱倩就哭得更厉害了:"我也以为他不是那种人,可是刚才我去检查站找他,他都把那个女人的照片给我看了。小利,男人都是大猪蹄子……"

钱倩哭了半天,缓过神来,问道:"小利,你在哪里?我想见你!"

"在家呢!刚仿了一个林青霞的妆容,现在可以陪你了!"

钱倩委屈巴巴道:"好,我马上就到你们家楼下,咱俩去吃海底捞吧！"

马小利不厚道地笑了："行，没有什么是一顿火锅解决不了的！如果不行，就吃两顿。"

很快，两人抵达海底捞，钱倩一边大快朵颐，一边哭着骂卢远明不是人。

"小利，我一个女孩子主动倒追他，为他洗衣做饭带孩子。他到头来面对一点小挫折就放弃了我，我真是眼瞎了才会喜欢上他。"

马小利眉头蹙了起来："倩倩，我觉得以我对卢远明的了解，他不是那种朝三暮四、喜欢养备胎的人。你爸妈第一次见人家就拿棍子，这态度已经很明显了。卢远明不是年轻小伙子了，心理和自尊上面肯定接受不了。你父母的态度明摆着不会答应你们走下去，所以他对你们的未来也许根本就没有信心。

"卢远明一定担心你夹在中间左右为难，然后才想出这么一招让你放弃他，他一定不希望你和家里人为了他闹翻了。像他这个年纪的男人，都比较顾全大局，甚至喜欢打着为你好的名义，自己就做了决定。"

马小利这么一分析，钱倩突然不哭了："小利，你说的有道理啊！不过他给我看了那个女人的照片，那个可假不了吧？"

马小利摇了摇头，笑道："看你平时挺聪明机灵的，怎么到了自己身上就糊涂了？"

说完，马小利打开朋友圈："你看，我随便刷一下，或者点开某个男人的朋友圈，这些照片随便就可以保存在相册里面冒充我的男朋友。你以为卢远明不会啊？他了解你，知道你会去检查站和他闹，所以人家已经想好了对策。你因为太爱他了，所以才会关心则乱，一时间醋坛子打翻了。"

钱倩连连点头，觉得马小利分析得非常有道理。

马小利接着问道："你还记得那个女的长什么样子吗？"

"记得！"

"你不是学美术出身的吗？如果让你画可以画出来吗？"

钱倩用力地点了点头，问道："画出来，然后呢？"

马小利拍了拍她的头："傻瓜，你不是有墨墨的微信吗？你画出来问一下墨墨认不认识那个女的，说不定是他们家什么亲戚呢？"

钱倩一双楚楚可怜的眼睛顿时恢复了神采，让服务员拿来了纸和笔，凭着脑海里的印象画出了女人的模样。

马小利接过看了起来，饶有兴致道："虽然没有你年轻貌美，不过和卢远明倒是挺般配的。"

钱倩故作生气道："难道我和他在一起就不般配吗？"

马小利捂嘴笑道："你俩在一起，有一种老牛吃嫩草的感觉，别人会认为卢远明一定实力雄厚，富甲一方，不然怎么能有这么漂亮的小女朋友。"

钱倩终于笑了："我就当你在夸我了！"

"我最近看了不少悬疑推理小说，感觉自己'破案'能力越来越强了。你赶紧拍了发给墨墨问问！"

钱倩立刻拍了一张照片发给了卢墨，卢墨很快就发了一个视频通话过来。

"阿姨，你最近已经打入我们家亲戚内部啦？"卢墨嘿嘿笑道，"是不是就快要当我后妈啦？"

钱倩愣住了几秒，缓过神来问道："你说这女的是你亲戚？"

"对啊，这是我一个姑姑！"

这话一出口，钱倩全部搞明白了。卢远明学坏了，竟然拿自己

第 45 章　送老人就医

表妹的照片糊弄了她。

下午,卢远明一直在一旁打喷嚏,张小波笑他一定是被钱倩在背后骂了。卢远明白了他一眼,这时来了一辆汽车,说是玻璃水没了,车子出了点小故障。卢远明骑着摩托车,立刻去了附近的乡镇替车主购买玻璃水。

检查站的电话再次响起,张小波赶忙接通了电话,打电话的是正停在路上的大巴车司机。

"警察同志,车上有一位老人好像快不行了,需要紧急就医。"

张小波急着问道:"你先别着急,现在知道老人发病的具体原因吗?"

"看着像是阑尾炎,我们就在距离你们检查站不到一公里处,麻烦你们派人赶紧过来……"

张小波挂断电话后,发现摩托车已经被师父骑走了。

国庆假期,这个点路上到处都是车,四个轮子的根本开不进去,连应急车道上都是人,两个轮子的摩托车比四个轮子的汽车快多了。

交警林海提议道:"小波,大巴车距离检查站不远,你现在赶紧跑着去把老人背到检查站,这边就交给我了。"

张小波点了点头,眼下只能采取这个方法了。

随后,他脱下外套,撸起袖子,以"百米冲刺"的速度在高速公路应急车道上奔跑。

客运大巴正开着双闪,在五十米开外处放上了一块三角警示牌,等待警务人员前来救援。

张小波气喘吁吁地出现在大巴车跟前,大巴司机急得问道:"同志,老先生已经不能走动了,您两条腿跑过来怎么将他送去医院啊?"

张小波将背对着司机:"放心吧,赶紧把大爷放我背上!"

司机愣了一下,看着前方密密麻麻的车辆,眼下只能辛苦这位警务人员了。

几名男子将奄奄一息的老人搀扶着,放在了张小波的背上,张小波费了九牛二虎之力将老人背到了检查站。

随后,他将老人送到了附近最近的一所医院救治。等老人被推进手术室的时候,张小波才发现自己的双腿正在不住地打着哆嗦。

很快,手术灯熄灭了,医生说幸亏送来及时,不然老人就要凶多吉少了。

当老人的女儿想问张小波的名字时,发现助人为乐的英雄已经悄然离开了医院。

张小波前脚刚回到检查站,老人的女儿电话就打来了,说是老人已经脱离生命危险了,要给检查站送一面锦旗……

第 46 章　钱倩被分手

十月六日，凤城高速公路迎来了返乡潮，高速卫士们已经坚守在一线工作岗位一百多个小时。

距离张小波和马小利的婚期还有一天时间，潘局长和卢远明他们命令张小波赶紧回去陪新娘子。张小波这头倔驴却谢绝了潘局长和同事们的好意，他知道交通警务人员并不充足。

公安系统在编警察有限，大部分都是合同工。这几年随着新兴行业的产生，许多年轻人都不愿意从事辅警工作，投身于主播行业的年轻人越来越多。辅警越来越难招聘，数量也在逐年减少，甚至出现了离职潮。检查站辅警的工作量巨大，尤其是遇到节假日，加班加点那是常态，愿意来检查站工作的辅警更是寥寥无几。

张小波心想，如果这个时候离开，无疑加大了大家的工作压力。他必须和兄弟们坚守一线，打好双节出行高峰这场仗。

临近傍晚的时候，路况终于有所缓解。卢远明和张小波躲在老地方，抽着烟，解解乏！

卢远明问道："小波，十三天的婚假，打算和小利怎么过二人世界啊？"

"师父，我们不过二人世界，两家人一起出去旅游，机票都已经买好了。我爸妈一辈子都没有坐过飞机，这次借着休婚假的机会，我想带他们去玩玩。"

卢远明点点头,深吸了一口烟:"海南是个好地方,小利写的那些游记,钱倩之前给我看过。"

张小波睨了他一眼:"师父,你还是放不下钱倩,你如果现在赶紧给人家解释清楚,说不定她还能原谅你。"

卢远明神色落寞地摇了摇头:"父母之命不可违,我不希望看着她和父母为了我决裂。时间是最好的良药,她总有一天会忘记我的。"

张小波撇了撇嘴:"师父,我第一次发现你挺狠的,竟然拿自己表妹的照片糊弄钱倩。"

卢远明急道:"小波,说好了,我和钱倩的事情你和马小利不要插手。如果被我发现你告诉她了,我们这么多年的兄弟情就断了。"

张小波被唬住了:"行吧,不说就不说!等有一天钱倩穿上洁白的婚纱嫁给别的男人,你可别偷着哭啊!"

卢远明没有吱声,默默地抽着闷烟,心里却在暗暗滴血。

"师父,其实二婚男人是个宝,二婚的男人更知道珍惜婚姻,更懂得疼爱老婆,你没什么可自卑的。再说了,墨墨都已经上大学了,根本不会影响你们的二人世界,钱倩的父母也太固执了。"

卢远明长舒了一口气,将烟头狠狠踩了几下:"小波,我们的想法不代表人家父母的想法。不被父母祝福的婚姻,未来日子也不会好过。我这一代人还是比较传统的,尊重对方父母是前提,我不能为了得到钱倩就做一些不合理的事情,这样人家父母心里也会瞧不起我。"

话音刚落,张小波有些不厚道地笑了:"师父,既然道理你都

第46章　钱倩被分手　｜　261

懂,那你还在这里抽闷烟?"

卢远明叹了一口气,一脸委屈地看着天空。想起钱倩刚才那张哭得梨花带雨的脸,他的心里就疼了起来。

这时,儿子的电话打了进来,卢远明赶紧调整了一番情绪才接通了电话:"儿子,是不是想老爸了?"

卢墨没好气地问道:"爸,你和钱倩阿姨到底怎么了?"

这话一出口,卢远明知道钱倩找儿子告状了,故作镇定道:"大人之间的事情,小孩子不要多问。等爸爸休年假的时候,和你干爹一起去厦门看你,到时候你可要当导游哦!"

卢墨生气道:"爸,你别转移话题啊!你为什么拿着姑姑的照片骗钱倩阿姨说是你女朋友?为什么要故意伤害她?"

面对儿子的逼问,卢远明愣了片刻,随后提高了嗓门,试图在气势上压过儿子:"你爸的事情还轮不到你多管闲事。不说了,爸上班了,回头联系。"

说完,卢远明一脸理亏地挂断了电话。卢墨又打了几个电话之后,他索性把手机给关机了。

张小波站在一旁目睹一切,无奈地摇了摇头:"师父,墨墨都看不下去了,墨墨是真的打心眼里认可了钱倩。不过钱倩这回挺聪明的,竟然发现了你的计谋,这倒是令我刮目相看啊!"

卢远明冷哼一声:"估计不是钱倩想出来的,而是你们家马小利想出来的。她不是最近在朋友圈分享了几部悬疑推理小说嘛,这'破案'能力越来越强了,你小子千万别干坏事。"

张小波这才想起来,小利前几天推荐给他两部悬疑刑侦小说,好像还是个女作家写的,据说挺烧脑的。

他连忙打开了小利的朋友圈,喃喃自语道:"《追凶三十三天》

《沉默之刃》，回头我也来研究一下。"

马小利和钱倩吃完火锅，钱倩打了几通电话给卢远明，这家伙竟然关机了。

这时卢墨打了个电话给钱倩，说自己已经替她狠狠"教育"了老爸，说他会坚定地站在钱倩这一边，逗得刚才还在哭鼻子的钱倩转哭为笑："墨墨，不枉费阿姨疼你一场……"

离开海底捞，马小利接到一个电话，说原先的婚纱出了点问题，建议她赶紧去店里重新挑选一件婚纱。马小利急得不行，担心没有合适的款式。没想到一到店里，店主说刚到了一批高端新货。马小利一看，确实款式新颖别致，在钱倩的陪伴下，挑选了一套比原先更加精美的婚纱。

钱倩看着马小利身穿一袭洁白色的婚纱，心里不由得一阵失落，眼眶不禁湿润了。卢远明处心积虑就是逼她分手，两人之间难道真的不可能了吗？看着眼前琳琅满目的婚纱，钱倩的眼神里面写满了落寞和委屈。

半响之后，她挑选了一件婚纱，眼睛看向了店员："我可以试试这件婚纱吗？"

店员点点头，一脸和气地说道："当然可以啦，您结婚的时候也可以选择我们家的婚纱，您先提前试试！"

当钱倩从试衣间走出来的时候，马小利惊呆了，钱倩简直美得不可方物，像是从画里面走出来的美人儿。

两人亲昵地站在一起，她们曾经约定一起结婚，最好一起怀孕，如今钱倩只能先看着马小利嫁为人妻。

马小利看着一脸黯然神伤的钱倩，心里已经下定了决心，婚礼当天她要助攻。她要将手捧花，幸福地传递到钱倩的手上。

第46章 钱倩被分手 | 263

第 47 章　电波婚礼

六辆黑色奥迪婚车被堵在了高速公路上,新娘眼看着婚礼吉时即将到来,急得在车里大发脾气。两人是准备回男方家乡举办酒席,原本这个点应该已经在酒店候场了,不料却被堵在了高速公路上。新娘急得在车里大哭大闹,新郎忍不住批评了新娘几句,结果新娘的倔脾气当场就炸了!

"你妈选的这是什么日子?!路上简直堵死人了,害得我爸妈坐了这么长时间的车。酒店那边一直在催,你们家亲戚已经到了,大家都在等我们到场。

"我和我爸妈都说国庆节不适合结婚,你妈非说六号是个好日子,不顾我们所有人的反对。现在好了,要不是因为她瞎逞能,我们完全可以国庆节后举办婚礼,也不会这么干堵在路上!"

这话一出口,车后的摄影师和跟妆师都尴尬得不敢吱声,车内氛围降到了冰点。

新郎一开始哄了一会儿新娘,后来一直压着自己的脾气。直到新娘抱怨了他的母亲,新郎终于忍无可忍了:"你发几句小脾气可以,但是你别血口喷人骂我妈。皇历上面写得清清楚楚,今天的确适宜婚嫁,我妈这日子也没有选错啊!

"你凭良心讲,我妈算不算一个好婆婆?我俩的婚房不仅没让我们掏钱，连房贷都是她和我爸在还。为了给你足够的安全感，她在房产证上面没有写我的名字，只写了你一个人的名字。

"你现在即使不和我结婚了，婚房也是你的了，你还要我妈怎么掏心掏肺对你，你才能像个合格的儿媳妇？你扪心自问一下，我妈是不是把你当亲生女儿一样对待？"

话音刚落，新娘冷笑一声："别以为我是法盲，新的《婚姻法》已经出来了，房子即便是我的名字，但是付款人和还贷人不是我，这套房子他们也可以随时收回去。你妈要是真的给足了我安全感，她当初捧着钱去买房子的时候，为什么没想到把这笔钱打到我的银行账户上面，然后再由我去购买房子？这样房子就是我一个人的。说白了，你妈这个人太有心机了，表面上在房产证上面写了我一个人的名字，实际上把我算计死了。"

新郎顿时怒道："好，你说我妈算计你，我今天倒是要和你掰扯清楚了。原则上你们女方不该陪一辆婚车吗？即使不陪车，新房也应该由你们女方主动承担装修费用吧！我当初找你的时候就知道你有弟弟，知道你们家会重男轻女，没想到你们家还真不是一般的重男轻女，你爸妈就是一毛不拔的铁公鸡。你爸妈去年给你弟弟在杭州买了一套精装修房子，你怎么什么都没有就被他们打发出门了？我喜欢你，所以不在乎这些，没想到你这么愚孝，反倒是不知道我妈真心待你，还扭曲了我妈的意思，是不是你妈在背后乱嚼舌根子了？"

这话一出口，新娘气得大哭，扯掉了头纱。

堵车已经够糟心的了，新娘子居然不停作妖，后排的摄影师和跟妆师都看不下去了。要不是因为堵在了高速路上，两人真不打算做这一单生意了。

第 47 章　电波婚礼 ｜ 265

新娘不停哭闹，扯完了自己的头纱，又开始对着新郎一顿暴击，新郎一直在退让。

这时，新郎的手触碰到了电台广播按钮，里面传出了主播的声音。原来高速公路上一直堵着，是因为前面发生了重大交通事故，导致堵车的情况变得雪上加霜。

这一刻，新郎和新娘停下了争吵，车里恢复了安静。

新郎看向新娘的脸，出门前还是娇俏可人的模样，现在竟然跟个大花猫似的。新郎忍不住笑出了声，搞得新娘云里雾里。摄像师、跟妆师看了看新娘，两人都没忍住，纷纷笑出了声。车里的氛围一瞬间像寒冰遇见了太阳，顷刻之间融化了。

新娘忙不迭地打开了汽车遮阳板，看见镜子里，自己正顶着一张大花脸。刚才大哭大闹，妆容已经哭花了，像一只大花脸猫，连她自己也忍俊不禁。

新郎和新娘再四目相对时，两人心中的怒火已经烟消云散了。

"老公，对不起，我刚才太着急了！"

"老婆，我也有不对的地方，没有体谅你的心情！"

两人又开始腻歪了，摄像师和跟妆师终于松了一口气。

新郎的手机已经被酒店的电话打爆了，眼看赶不上订好的时间了，新郎拨打了检查站的救援电话，张小波知晓了事情的来龙去脉，第一时间向卢远明汇报了情况。卢远明想了想，建议二人不如求助电台，举办一场电波婚礼。

一对新人采纳了他们的建议，新郎官拨打了《交通广播之声》栏目的电话，和节目组取得了联系，希望节目组可以帮他们举办一个空中电波婚礼。

没想到这个提议很快得到了电台主持人徐洋的响应。能够帮助到一对新人，徐洋感到非常有意义。

"听众朋友们，今天是一个特殊的日子，也是一个重要的日子。在全省听众朋友的见证下，有一对新人将通过电波举行一场婚礼。请问美丽的新娘，想对新郎说点什么吗？"

话音刚落，新娘太过激动，当场就哭了出来。

新郎连忙接过了电话，深情地说道："听众朋友们，大家好！新娘太激动了，现在由我这个新郎官先说几句。感谢正堵在路上的听众朋友们隔着电波见证我和黄芊芊的婚礼。

"我想对我的老婆黄芊芊说，这点小小的堵车算不了什么，这是我们迈向婚姻生活的第一步，往后的日子我们一定会顺风顺水。感谢我的新娘能够嫁给我，我向听众朋友们保证，结婚以后工资上交。以后老婆生娃，夜里给孩子泡奶粉、换纸尿裤、干家务活都是我来……"

美丽的新娘偎依在丈夫身边，一会儿哭，一会儿笑。

主持人笑道："虽然我们隔着电波，但是已经感受到了新郎对新娘浓浓的爱意。请问美丽的新娘，你此时此刻想对新郎说些什么？"

新娘一阵动容，幸福地说道："我想对我的老公说，感谢你一直包容我的坏脾气和小任性。虽然我的脾气不太好，但是我的心很善良。我会努力为你改变，做一个温柔的女人。往后余生，我们相互照顾，彼此尊重，白头偕老。老公，你放心吧！虽然以后你的工资卡每月按时上交，但是我当着听众朋友们保证，会每个月给你发零花钱的……"

高速公路上拥堵的车流，因为一场空中电波婚礼，变得井然有序。

所有人都沉浸在这场特殊的婚礼中，纷纷连线电台表达了诚挚的祝福。

电台主持人徐洋十分感动，在所有人的共同见证下，说出了那番神圣的话。

"新郎周谚先生，无论贫穷与富贵、疾病与健康，你是否愿意一生守护你美丽的新娘黄芊芊女士？"

"我愿意！"

"新娘黄芊芊女士，无论贫穷与富贵、疾病与健康，你是否愿意一生守护你帅气的新郎周谚先生？"

"我愿意！"

这时，电台响起了浪漫温情的婚礼歌曲，送给了一对新人。

在这个堵车堵得令人糟心的日子里，一场电波婚礼抚平了所有人内心的不悦。

事后，新郎和新娘对电台主持人和检查站的所有工作人员表示了感谢。主持人徐洋说会将这份录音寄到一对新人手中，张小波代表检查站全员也向这对新人送上了祝福。

挂断电话，张小波见卢远明一脸落寞："师父，你现在不仅得罪了钱倩，还把墨墨给得罪了。我们家小利都说了，下午钱倩陪她试婚纱的时候，人家都哭了。"

卢远明听了脸色越发暗沉："时间会冲淡一切，慢慢都会好的，这个世界上没有谁离不开谁。"

这时，张小波故意拿出手机，身体紧挨着卢远明："师父，小利下午试婚纱的时候，钱倩也穿了一套，想不想看看照片？"

卢远明嘴上说不想，眼睛已经瞥向了张小波的手机。

"怎么样？以后钱倩就穿着一袭洁白的婚纱嫁给另外一个男人，

你简直太伟大了。"

　　卢远明苦笑一声，转身回到了高速卡口，心里却七上八下，方寸大乱。自从认识钱倩，他越来越有一种无力感，明明喜欢着她，却总是不能不顾及他人的感受。看着钱倩如此伤心难过，他的心里十分不是滋味……

第 48 章　张小波接亲

国庆节最后一天，高速公路车流量剧增。

偏偏前一天晚上，交警林海突发痛风，目前正在医院诊治，检查站的工作量也增加了。

张小波得知林海住院，在接亲过程中，一直魂不守舍。备岗的大部分都是从市里借用过来的年轻辅警，各方面都经验不足。今天又是国庆返乡潮最后一天，师父一个人怎么顶得住啊！

鞭炮声阵阵响起，长长的接亲车队进入小区，女方亲友已经在楼下等候多时。

几个伴娘在窗外看见张小波的婚礼车队，立刻堵住了房门。

钱倩大声吆喝道："张小波已经到了，咱们赶紧把门堵死了。想进新娘子的闺房，没有大红包可不行。"

几个伴娘连连点头，一个个用身体贴着门，手上拿着一堆刁难的问题。

今天的马小利美得不可方物，坐在大红色的婚床上莞尔道："倩倩，你们别太为难我们家小波了，差不多就行了！"

"那可不行！我们作为女方，可不能让张小波这么轻松就把你娶回家。小利，考验他的时候到了。"

这时，张小波和伴郎团已经到了门口，张小波敲门道："小利，我来了!"

几个伴娘兴奋地齐声道:"想要见到新娘,必须给红包。"

马小利身穿新中式新娘服,娇滴滴地坐在床上捂嘴偷笑。

张小波从门缝里塞进来喜钱,伴娘们拆开,连喊不够。伴郎团已经做足了准备,给红包里面放上了百元大钞,伴娘们终于满意地开了门。

见到美丽的新娘时,张小波惊在了原地,今天的小利美得无可挑剔,他真想抛开眼前这些世俗的繁文缛节,立刻将马小利带回家。

这时,钱倩轻咳了一声:"张小波,赶紧擦一擦你的哈喇子,都流了一地了。"

闺房里头一阵嬉笑,随后进入了找婚鞋的环节。在伴郎们的努力下,小波终于找到了小利的一双婚鞋。

钱倩继续说道:"伴娘堵门有一道门、二道门的说法。刚才新郎已经给'开门喜钱',俗称一道门。二道门必须经过游戏通关,只有考核成功,才能带走我们新娘子。新郎和伴郎们,你们准备好了吗?"

"准备好了!"新郎们信心满满地说道。

钱倩笑道:"游戏环节原本有十个,新娘子人美心善缩减成三个小游戏。第一个游戏,蒙眼睛涂口红。游戏规则:新郎蒙着眼睛给四位玉树临风的伴郎涂口红。开始吧!"

随后,伴娘们将张小波的眼睛蒙住,四个伴郎噘着嘴巴等待,最终四名伴郎的脸被画得"面目全非",逗得里屋和外屋的人笑得前仰后合,一旁的摄影师拍下了这些难忘而搞怪的精彩瞬间。

钱倩继续道:"第二个游戏,冲破保鲜膜!游戏规则:请新郎和伴郎们用自己帅气的脸冲破保鲜膜。这个很简单,开始吧!"

新郎和伴郎们开始卖力地用脸去挤保鲜膜,一个个脸已经开始变形,五官异常夸张,引得一屋子的人哈哈大笑。

"第三个游戏是新郎的力量展示环节!请我们的新郎一边做俯卧撑,一边用胸压响'尖叫鸡',每做一次大喊一声'老婆我爱你'。大家说需要张小波做多少个俯卧撑。"钱倩卖力起哄道,"要不五十个吧?"

一屋子人纷纷跟着起哄:"不够,最起码一百个!"

"两百个!"

"三百个!"

看着张小波吓得连连求饶,钱倩笑着说道:"去掉一个最低数,去掉一个最高数,就做一百五十个俯卧撑吧!"

张小波一边卖力地做起了俯卧撑,一边故意咬牙切齿道:"钱倩,等你结婚了,我一定狠狠替你虐一虐你男人。"

"好啊!你先把这一百五十个俯卧撑做完了再说吧!"钱倩虽然笑得一脸得意,但心里想起卢远明时还是一阵隐隐作痛。

游戏结束后,伴娘们拿出和新娘事先商量好的宣言,让张小波照着朗读。

张小波累得瘫坐在马小利身旁,马小利伸手温柔地摸了摸他,两人小动作不断。

这时,钱倩轻咳了一声:"张小波,别猴急,下面请新郎宣读'三从四德'保证书,并且婚后严格按照上面的每一条规则履行。如果不遵守'三从四德'保证书,我们可是新娘身后最坚实的后盾。姐妹们,对不对?"

伴娘团齐声道:"对!"

只见张小波单膝下跪,看着他美若天仙的新娘,满目柔情蜜意,屋子里瞬间安静了下来。

"亲爱的老婆大人,能够娶到你是我三生有幸。接下来我将宣读'三从四德'保证书,并且严格按照每一条规则履行。如果做不到,老婆大人可以用搓衣板、榴莲'伺候'我。

"一、坚决不抽烟、不喝酒,下班按时回家,出门随时报备。

"二、关心爱护体贴老婆,家里坚决不站队。如果非要站队,一定站'老婆说的全"队"'。

"三、工资卡归老婆管,绝对不私藏小金库。老婆娶回去不是当保姆的,老婆是用来疼爱呵护的。工作以外的时间,我将主动承担家务活。给孩子换尿不湿、泡奶粉、讲睡前故事、哄娃入睡,只要有时间,我就一定会积极帮老婆分担……"

张小波宣读完"三从四德"保证书,伴娘们拿出印泥,让他在上面签字画押,即刻生效。

接下来是最温馨、最催泪的环节,新人向父母"敬茶改口"。

马父和马母有些拘谨地坐在上座,满眼不舍地看着自己的女儿。马母倒是控制住了情绪,马父的眼圈已经泛红了。

张小波分别给岳父岳母递上了茶水:"爸爸、妈妈,请喝茶!"

两人接过了女婿手中的茶水,心中万般不舍!

马父努力不让人发现眼眶泛红,端着茶杯的手却在不住颤抖。他突然想起网上有个段子:"生女儿就像是精心培植了一朵小花,每天细心呵护她、浇灌她。等她长成了一朵漂亮的鲜花,自己还没欣赏几年,却被一个小伙子连盆带花给端走了!"当时读到这一段的时候,他的喉咙就一阵发紧。此时此刻,这种感觉更加强烈。

"敬茶改口"仪式结束后,新娘就该从娘家去婆家了。根据本地娶亲风俗,接亲时,新娘的脚不能落地,否则会带走娘家人的福气。

马小利的两个表弟争着抢着要背她下楼，却被马父突然拦住了："我的女儿出嫁，让我来背吧！"

顿时，屋内人无不动容。马小利眼眶已经湿润了："爸，您就让表弟背我吧！我沉着呢！"

马父故意摆着脸："我的公主必须由我背下去。"

众人感动得纷纷落泪，马母偷偷抹着眼泪，马小利哽咽了。真要离开娘家，心里面万般不舍。

马父背起女儿时，身体往前踉跄了半步，笑道："张小波，看看利利被我们养得多好，要是去你们家少了半斤八两的，爸爸可要找你哦！"

张小波动容道："爸，放心把小利交给我吧！"

马父点了点头，在众人的追随下，背着女儿下了楼。

马小利一路心疼道："爸，你慢点！"

马父笑道："你小时候就和别人家的孩子不一样，别的孩子都是要抱着睡，你要在大人的背上睡觉，还要大人在家里来回走动。你妈和你外婆那时候被你折腾得叫苦连天，后来这个遛娃的活儿就是爸爸的了。就这么一背一放，我的女儿已经出嫁了。"

马小利全程憋着泪，担心哭花了眼妆。她将头轻轻贴在爸爸的肩头，像是小时候一样，听爸爸哼唱着家乡的民谣……

男方亲友已经在婚房楼下等候多时，不同于女方的处处"刁难"，新郎和新娘很快被男方亲友一阵簇拥着上了楼。婆婆李芬芳已经等候多时，分别给车内的新娘、伴娘、压轿孩子每人发了红包。

敬茶的时候，张卫国和李芬芳更是开心得合不拢嘴。娶儿媳的开心，嫁女儿的伤心。

两家的敬茶环节完全不一样，老夫妻俩眉眼之间满是笑意。

"爸爸、妈妈，请喝茶！"

马小利温柔大方、乖巧可人的模样，深得老夫妻俩的喜欢。两人喝了茶，笑眯眯地递上了准备好的大红包。

行礼完毕，李芬芳开始热情地招呼亲属，桌上摆放着喜烟、喜茶、红枣、喜糖。

马小利的洗漱用品从娘家由选中的"掂盆人"提到楼上，李芬芳连忙接过了洗脸盆，给女方"掂盆人"封了个大红包。

一系列的接亲婚礼风俗一一走过，张小波和马小利已经累瘫了！亲友们在客厅谈笑风生，两人躲在婚房里稍作休息。

马小利一阵娇羞，躺在了张小波的怀里："小波，有没有感觉像做梦似的？"

张小波点点头，嘴角勾起幸福的笑容："是啊，就像做梦一样。当年你是学霸，我是学渣，一开始你根本瞧不上我。我故意和你作对，其实是想吸引你的注意。你知道高中的时候，我为了你得罪了多少情敌吗？有一次，险些被一个高年级的男生找人围殴！"

马小利眉头蹙了起来，问道："什么情况啊？我怎么一点也不知道？"

"让你知道了，我不就露馅儿了吗？娶你，是我从高中时就有的梦想。当年他们见我和你是同桌，又觉得你铁定瞧不上我，根本就没把我当成他们的情敌。相反，他们还把情书和礼物交给我，让我替他们送给你，结果没想到我每次都把情书和礼物扔进垃圾箱。有一次竟然被人发现了，他去和那个高年级的男生打了小报告，结果那人带着几个人高马大的同学要来教训我……"

张小波一脸得意地搂着马小利的小蛮腰，将高中三年自己是如何与情敌斗智斗勇的事情一五一十和盘托出。

马小利故作娇嗔道:"好啊,没想到你背着我做了这么多事情,竟然还藏在心里这么多年。张小波,以后不许再有事瞒着我,知不知道?"

两人一阵嬉闹过后,张小波突然愁眉不展。在一起这么多年,马小利自然很容易就察觉出他的异样。

"小波,你怎么了?"

张小波叹了一口气,道:"今天是国庆节长假最后一天,路上都是回城务工的车辆。群里说路上已经堵得不像高速公路,车子像蚂蚁一样在爬行。林海突然痛风住院了,我这边在举办婚礼,检查站一下子少了两名人员,我担心大家忙不过来……"

第 49 章　卢墨助攻

马小利脸色有些不悦道："小波，今天是咱俩大喜的日子，这个时候你还身在曹营心在汉。你是不是有点过分了？"

下一秒，张小波竟然撒娇道："老婆，今天情况特殊，人家担心师父他们忙不过来嘛！我保证，晚上婚宴之前一定赶回来参加婚礼，不然你就罚我跪榴莲！"

原本马小利心里还窝着火，瞬间就被他逗笑了："那你必须要答应我，晚上必须准时出现在咱们的婚礼现场。"

张小波见小利松了口，激动得在她脸上狠狠亲了一口："老婆，你是世界上最漂亮、最善良、最正义、最好的老婆！我能够娶到你，真是三生有幸，上辈子我一定是做了好事。"

"马屁精！"马小利娇嗔一声，继续说道，"小波，你中午不参加酒席还是要和爸妈说一声，不然大家心里都会有想法。虽然我能够理解你，但是外头基本上都是咱们的长辈，他们不一定能够理解你结婚当天还出去参加工作。"

张小波点点头，脱下了新郎服，换上了熟悉的辅警制服，戴着警帽准备出门。

李芬芳和张卫国见到儿子换上了辅警制服，两人脸色顿时沉了下来。一屋子人也惊住了，以为是高速检查站出了什么事情。可是即便出了天大的事情，今天是他和马小利大喜的日子，他也不能够放下新娘一个人不管吧！

李芬芳急得站了起来："小波，今天是你大喜的日子，你这难道是要去检查站上班？"

张小波点了点头。

李芬芳怒火攻心，狠狠拍了拍他的后背："你们领导已经批了婚假，你怎么能在大喜的日子把新娘子一个人留在家里？小波，你是不是脑子短路了啊？"

张小波深吸了一口气，看着一屋子的亲友，解释道："今天是国庆节假期的最后一天，检查站那边缺人手忙不过来。我请了婚假，另外一名交警突然痛风发作住进了医院。我现在得过去帮帮大家，晚上婚宴之前一定回来。"

话音刚落，一屋子的亲友都跟着数落张小波的不是。

"小波，我们的大英雄，你能不能先老老实实结个婚，再出去为人民服务？结婚是人一辈子的大事情，你让小利和她的家人怎么想？"

"就是啊，小波，你这会儿是哪壶不开提哪壶，检查站又不缺你一个人！再说了，人手不够，可以请求支援。小波，你不要总是自己第一个冲锋上阵，人家只会喊你二愣子！"

"小波，大喜的日子，天大的事情都要撂下。你这样做实在是不妥，女方亲友怎么看我们男方人？传出去人家会说咱们男方不重视新娘子！"

李芬芳急得直跺脚："小波，你平时加班，妈说过你一句没？爸爸妈妈都是无条件理解你、体谅你，支持你的工作。但是今天你别想走出这个家门！今天是你和小利一生中最重要的日子，说什么妈都不会让你出去上班!"

张卫国也是一脸不悦:"小波,结婚就是结婚,工作就是工作,希望你可以将生活和工作区分开,这样对你和小利未来的婚姻生活也有好处,今天无论如何你都不可以离开新娘子半步!"

张小波面露难色,刚想说些什么,马小利走出了房门。

令大家没有想到的是,马小利满脸和气,笑着说道:"我和大家打个招呼,是我批准小波去检查站帮忙的。今天高速公路检查站那边确实是警力不足,小波应该去支援一下。我向大家保证,小波一定会赶在婚宴开始前出现在现场。"

新娘子一发话,一屋子的人瞬间不再说什么了,大家心中顿时生出了敬佩之情。娶妻当娶贤,小波能够娶到马小利这样的贤妻,大概是前世行善积德修来的。

儿媳妇如此明事理,给足了张家人面子和里子,这才没让张卫国和李芬芳在一众亲友面前出洋相。二人心中暗暗发誓,这辈子都要将小利当成自己的宝贝女儿照顾。

张小波紧紧抱住了马小利,在她耳边说着谢谢。出门前,他当众亲吻了小利,屋内的气氛顿时打破了冰点,张卫国和李芬芳心里也松了一口气。

张小波一路驱车行驶在路上,嘴角勾起了幸福的笑容。一边是理解他工作的家人,一边是他热爱的工作,他感觉在三十而立的年纪,内心越发从容和自在。

路上,他的电话突然响起,是他的宝贝干儿子卢墨打来的。

"干爹,我现在准备坐飞机飞往凤城,两个多小时后就能到了。"

张小波一听,心中大喜:"墨墨,你不是说没空回来吗?"

卢墨沉默了几秒,开口说道:"干爹,一是您今天和小利阿姨结婚,作为干儿子不来见证一下,太不够意思了;二是我已经听说我爸和钱倩阿姨闹分手了,我想回来劝劝他,错过会后悔一辈子的。"

张小波心口一暖,感叹道:"墨墨,你真是长大了!"

"干爹,您先别告诉其他人,我想给他们一个惊喜!"

"放心,这是咱俩之间的秘密。对了,你打算这次怎么助攻他们?"

卢墨道:"其实我看得出来我爸很爱钱倩阿姨,他就是自卑,觉得自己年纪大了,还有就是钱倩阿姨家里人不同意。他们彼此相爱,我真心希望他们能够在一起。我在外地读书陪伴不了爸爸,如果未来在更远的地方工作,我希望爸爸可以和一个喜欢的女人在一起互相照顾。所以我打算……"

张小波听着卢墨想出来的助攻方法,不禁连连点头称赞道:"墨墨,你脑袋瓜子可以啊!这样他俩一定能和好,你爸就是死要面子活受罪,前几天我就感觉出来他后悔了。"

卢墨笑道:"干爹,保密哦,提前剧透就不惊喜了!"

"放心吧,干爹的嘴巴已经封死了!"

第 50 章 辅警秒变"修车工"

国庆节最后一天，路上车流如织，卢远明和几名从市里调过来的辅警正在维持检查站卡口的工作。

这几名刚来的辅警都是市区交通岗的，第一次来检查站支援，干起来不如张小波得心应手。交警林海又突发痛风，以往检查站的工作都是由他来挑大梁，今天都交给卢远明了。

刚才两辆车在卡口处发生了摩擦，车主火气大，差一点打起来。卢远明上前劝阻，险些被误伤。这会儿才松了一口气，他跑到路边上了个厕所，顺便抽了支烟解解乏。想起那天因为狠狠骂了墨墨，他拨打了儿子的电话，却迟迟无人接听。

"师父，想啥呢？"这时，张小波的声音传进了他的耳朵里。

卢远明以为自己听错了，猛地回头才发现是小波来了，顿时一惊，问道："小波，今天可是你和马小利大喜的日子，你怎么到这儿了？赶紧给我回去！"

张小波嘿嘿笑道："我担心你忙不过来，反正下午也没什么特别重要的事情，基本上就是等晚上的婚宴了。我已经和小利说好了，她同意我过来，不然借我一百个胆子我也不敢啊！"

卢远明无奈地摇了摇头："张小波，你就是欺负人家马小利识大体，明事理。结婚当天丢下新娘出去上班，我还是头一次听说，组织真的要给你颁发一张劳模的奖状才行。"

"师父，我不是不放心你嘛！"

张小波这么一说，卢远明撇了撇嘴："你别这么说，搞得我汗毛都竖起来了，你该不会暗恋师父吧？"

张小波哈哈笑道："对啊，害怕吗？"

卢远明喉结缩了缩，追着张小波一顿揍。

玩笑之后，他看着络绎不绝的车辆开上高速，不禁长长地叹了一口气："小波，师父今晚可能没时间去喝你的喜酒了，路上的车丝毫没有减少的意思。"

张小波看破他的心思，道："师父，你不是可惜喝不到我的喜酒，是可惜见不到钱倩吧！今天上午接亲的时候，她和几个伴娘堵门，让我吃尽了苦头，还做了一百五十个俯卧撑。"

卢远明惊道："这么狠？"

张小波用力点了点头："师父，我和钱倩说了，以后她大喜之日，我一定会好好虐一虐她的老公。"

这话一出口，卢远明脸色沉了下来。张小波将这一切看在眼里，心里暗暗笑道："师父，你就嘴上说不在乎，心里难过吧！还好你有一个好徒弟、一个好儿子，今晚我们给你助攻。"

这时，监控室的杨晓杰走了出来，看见张小波，顿时惊呆了："小波哥，你怎么来了？你该不会逃婚了吧？"

张小波拍了拍他的脑袋，笑道："逃你个头呢！你能不能盼我一点好？"

杨晓杰笑笑："小波哥，我还以为要好长时间见不到你呢！听说你和小利姐马上要去海南度蜜月了，能不能帮我从美兰机场的免税店带点东西？我要送给我女朋友！"

张小波笑道："没问题，你嫂子是坐拥百万粉丝的美妆博主。回头你列一份清单给我，到时候我让她帮你采购。"一提起马小利，张小波就开启了炫妻模式……

半个小时后，一辆小型面包车停在应急车道，电话打到了检查站求助。车主说车胎爆了，出门又忘了带备用轮胎，车子停在距离检查站三公里的应急车道上。

卢远明挂断电话看向张小波："小波，修车换轮胎是你的强项，检查站没人比得过你。你赶紧拿着轮胎过去给车主换了吧！"

"是！"

张小波拿着轮胎抵达现场时，车主像是见到了救星，忙着配合张小波打下手。

这时，车主突然认出了张小波，惊呼道："你就是'神眼'小波？"

张小波呵呵笑了两声："过奖了，哪有什么神眼！"

车主顿时来了兴致："你现在可火了，大家都知道检查站有个'神眼'小波，没想到今天被我遇上了。小波，咱俩来张合影吧！"

说着，车主掏出了手机，对着镜头比了个耶的手势。

张小波在卖力地换轮胎，这一切又被车主拍摄小视频记录了下来，上传到了网上。很快，一段辅警同志替车主换轮胎的视频火了。这名辅警娴熟的手法、敬业的精神，很快得到了一众网友纷纷点赞。

此时的张小波根本不知道，他认为再平常不过的事情，已经在网络中传开了，许多人都认出了他是检查站的党员辅警张小波。

张小波的同学也看到了这条视频，此人收到了张小波发来的电子请帖，于是兴奋地在评论区回道："这名辅警是我的同学，今天是他大喜之日，没想到他还坚守奋斗在一线。张小波，我们全班同

第50章　辅警秒变"修车工"　｜　283

学以你为荣。"

这条评论很快就被顶上去了，一时间许多人都被张小波的事迹感动了。

张小波换好轮胎后重新回到检查站，没想到检查站的电话又响了起来。

"警察同志，我右边前轮胎爆了，车上有备用轮胎，您能不能找个人帮忙过来换一下？"

"你具体在什么方位？"

"不远！我刚开上高速没多久，距离你们检查站大概一点五公里的样子。"

"好！你先把车子停在应急车道，然后打开警示灯提醒后方来车，车上人员下车到安全地带等候。我马上就到。"

车主连连道谢。

张小波心想，多亏过来一趟，不然检查站还真没人会更换轮胎。

挂断电话之后，他向卢远明说明了情况："师父，前面又有车子爆胎了，说是车上有备用轮胎，我现在过去一趟。"

卢远明无奈地叹了口气道："驾校就应该开设一门专门学修车的课程！"

张小波笑了笑，骑着摩托车离开了。抵达一点五公里处，他看见一辆破旧的小型面包车正停在应急车道上。

车主见到张小波，客气地掏出一支烟，想要给张小波点上。

张小波摆了摆手，目光落在了那辆破旧不堪的小轿车上，问道："这车是不是到报废期了？"

车主一愣，头摇得像拨浪鼓："这车怎么可能报废呢？就是平时开得比较多，外边磨损了，里子好着呢！"

张小波绕着车子转了一圈，他"神眼"小波的美名可不是吹牛的。在汽修方面更是表现出异常卓越的天资，所以还是很有眼力的。

"你这车差不多已经到寿命了，把驾驶证和行驶证拿出来给我看看。"

这话一说，中年男人面露难色，支支吾吾了半天。

张小波重复了一遍，车主只好从车内拿出了驾驶证和行驶证。张小波接过一看，这辆车果然已经到达了使用年限。

张小波说道："车子可以申请报废了，建议尽快前往公安交通管理部门办理车辆报废手续。"

车主的妻子在车内冷笑一声："报废个啥啊？一堆破铜烂铁卖废品得了。今天要不是轮胎坏了，你们也不知道这车该报废了。"

张小波一脸严肃道："我不是危言耸听，就是因为有人像你们一样心存侥幸，才会造成不必要的伤亡事故。车辆不报废对车主是有影响的，如果是车主本人登记的车辆，会影响车主驾驶证换证或年审。驾驶证报废的机动车一旦被查处，就会对驾驶人处以200到2000元不等的罚款，严重时可能会吊销驾驶员的驾驶证。"

车主连连点头："同志，我们下了高速就去登记报废车辆！您会换轮胎吗？我给您搭把手。"

张小波撸起袖子，一边换着轮胎，一边继续普及："车辆报废需要携带机动车登记证书、号牌、行车证和原车。去公安交通部门填写《机动车停驶、复驶/注销登记申请表》，后续问题工作人员会当场给予提示的。你这辆车再开下去，很有可能出现交通事故……"

车主回头看了一眼不远处的老婆，小声说道："这车我早就想报废了，三天两头要修，花了我不少钱了，都是我老婆死活不同意买新车……"

第 50 章 辅警秒变"修车工" | 285

话音刚落，车主的妻子原本正啃着鸡爪，突然破口大骂起来："你背后骂谁呢？你如果有本事赚钱，还需要我处处省吃俭用，算计着过日子吗？"

看着车主连连赔不是，张小波除了同情车主之余，心中不禁暗暗庆幸自己娶了一个贤妻回来。他一定是上辈子行善积德做了不少好事，这辈子老天爷才让他遇见了又贤惠又温柔又漂亮的小利。这么一想，他手里的活儿干得更加卖力。想到晚上就能见到身穿洁白婚纱的小利，他的嘴角微微扬起。

眼下是桂花飘香的十月，风一吹，再想起小利，张小波的心里都是甜滋滋的。

半晌之后，张小波替车主换好了轮胎，再三交代他下了高速一定要去报废了车辆。车主的老婆阴着一张脸催促车主快点上车，车主匆忙与张小波四目相视笑了笑，两个男人之间迅速建立起来了友谊。

回到检查站，张小波将老实巴交的车主和他的悍妻，添油加醋一番描述。原本以为师父会同情车主，没想到他却羡慕了起来："人家还能有老婆骂，我啥都没有！唉，干活吧！"

话音刚落，杨晓杰在对讲机里喊起来："卢警官、小波哥，不好了，高速路上出事了。"

张小波笑道："多大人了，每回出事都这么不沉稳，淡定一点，出什么事了？"

杨晓杰道："前面不到一公里处有个女人躺在应急车道上，这简直太危险了！"

卢远明和张小波赶紧冲到监控室看了监控，果然看见一个女人躺在应急车道上，来往的车辆无不避而远之。

卢远明急道:"这也太危险了,路上这么多返程的车辆,一不留神就会出事。小波,你赶紧去把人给带回来!"

张小波在距离检查站不到一公里处,看见了那个女人躺在应急车道上。他连忙下车,在车后摆放了警示三角牌,随后走向了那个女人。

女人看起来年龄有四五十岁,身材有些发福,脸上挂着一种怪异的笑容。

张小波心想,这女人会不会是一位智力障碍患者?很快,女人的种种表现,印证了他的想法是正确的。

女人见到张小波突然兴奋地扑向了他,神情像极了一个花痴,"帅哥——"

张小波吓得往后踉跄了一步:"你干什么?这里是高速公路,很危险的,你知不知道?"

下一秒,他就明白说什么都是白费力气,女人根本听不明白。

"帅哥——"女人再次朝着他扑了过来。

这时,高速路上的车子越来越多,道路上不断响起了警示提醒的喇叭。

张小波心一横,豁出去了,将女人抱上了摩托车。

女人见张小波要带她走,开心地坐在了摩托车上,一路死死抱住了他的腰。结果女人上了警用摩托车后,笑得一脸花枝乱颤,开始对张小波上下其手。

张小波惊出了一身冷汗:"大姐,你别动,好好坐着!"

距离检查站越来越近,张小波这才感觉到如释重负。可偏偏这个时候,女人突然站了起来,死死抱住了他的脖子,对着他的左右两边脸颊一阵狂亲。

抵达检查站,卢远明和杨晓杰费了九牛二虎之力才将他们给分开了。

张小波喘着气,说道:"师父,她……她这里好像有点问题。"

卢远明点了点头,决定先采取迂回战术:"美女,告诉我们,你家住在哪里?我们送你回家好不好?"

女人一副无动于衷的样子,眼睛一直痴痴地看着张小波,嘴角笑得流出了哈喇子。

卢远明道:"小波,她穿着还算整洁,应该是有家属在照料。说不定她就是附近村庄的居民,你就从距离咱们最近的寺巷镇开始找起。"

话音刚落,张小波就差给师父卢远明下跪了:"师父,你饶了我吧,刚才她在路上差点把我勒死。"

卢远明叹了一口气:"林海痛风住院,检查站就我一名有执法权的在编交警。车流量这么大,万一有突发情况怎么办?小波,还是委屈一下你啦!"

张小波一脸欲哭无泪地望着卢远明:"师父,不是有几个新来的辅警嘛!"

"他们都是刚毕业的新兵蛋子,对周边的村庄乡镇都不熟悉,你不会是希望待会儿我们去找他们三个失踪人口吧?"

正当卢远明、张小波二人陷入头疼犯愁时,有三个人从高速下面的村庄抄近路爬了上来。

"王霞,快跟我们回去!"说话的是一名中年男人,眉宇之间尽是怒气。

女人听见他的声音似乎有些怕他,身体不住地往后倒退,小鸟依人地躲在张小波的身后。

卢远明问道："你们和她是什么关系？"

中年男人连忙满脸堆笑："警察同志，这是我姐！我叫王刚，她叫王霞。这是我俩的身份证，我姐脑子不好，经常走丢了，我们隔三岔五地就要出来找她。这是我们家的户口簿，您看看，她真的是我亲姐。"

经过一番身份核实，女人与中年男人确实是姐弟关系。

"以后别让她再上高速公路了！"

"是是是，您放心，我们回去就把她锁起来！"

这时，女人的母亲哭着解释道："警察同志，我们的女儿命苦啊！我外孙六岁那年跟着一群孩子到河里面游泳淹死了，女婿就闹着和女儿离了婚。离婚之后，她精神就出了问题。刚子摊上这么个姐姐，到现在都没有娶上老婆，求你们饶了她这一次，别罚我们款。"

卢远明安慰道："二老别担心，以后要加强对王霞的管理，不要让她再冲到高速公路上。这边车多，要是真的撞上去了，非死即伤啊！"

王霞跟着家人离开了检查站，张小波望着他们的背影轻叹了一声，好像是在故意对卢远明说："珍惜眼前人啊……"

第51章　司机被抢劫

一个小时后，杨晓杰再次跑来汇报，说是高速路上距离检查站一点三公里处，有一辆电动汽车正停在应急车道上。卢远明一听，赶紧安排了张小波和另外一名辅警前去帮忙。

两人抵达现场时，询问了情况，车主说这是一款电动汽车，突然没电了，刚想打电话寻求帮助。

最后在两名辅警的帮助下，四个人一起将车推到了检查站，接上了充电桩。

车主离开时不停地感谢检查站所有的交警和辅警。还客气地从车上拿了礼品送给了张小波和另外一名辅警。

张小波拍了拍车主的肩膀，笑道："我们不拿人民群众一针一线，下次出门之前，一定要检查车子是否满电。这要是今天你们距离我们检查站没这么近，就要耽误你们返程了。"

车主连连感谢道："谢谢你们，咱们能不能加个微信，我们想给你们检查站送一面锦旗。"

卢远明上前笑道："你们出行安全是对我们工作最大的支持，锦旗就不必了，快点回去吧！"

下午3点左右，张小波站在检查站卡口值岗，突然一辆出租车停在他的面前。

张小波回头看了看，车主没有安装 ETC 通行，停在收费站掏出了现金。

收费站的女同志面带笑容，接过了女司机手中的现钞，清点了一下发现多给了 50 块钱。

"女士，您多给了 50 块钱！"

女司机面色复杂地哦了一声，伸手颤巍巍地接过了 50 块钱，张小波就站在这儿附近。

他无意间看到电子牌上面提示过路费是 60 元，女司机为什么会多给了 50 元？突然，他灵光一闪，女司机给了 110 块钱，难道是车上有情况？转念间，他摇了摇头，觉得自己有些神经敏感了。可是当女司机接过收费人员手中的 50 元时，张小波的耳边突然听见车内传出了铃铛的声音。

张小波眉头不禁蹙起，女司机给了 110 块钱，又摇晃了铃铛，他不禁喃喃自语起来："摇摇铃？110？"

就在车子准备启动时，他一边呼叫卢远明一边拦住了车辆，命令女司机下车。

女司机见到张小波时，整个人顿时松了一口气，可就在开车门时，女人突然被身后一名男子用匕首控制住了。

女司机惊呼道："救救我！我刚才接了他的网约派单，没想到他是抢劫的。"

卢远明和张小波顿时明白了，车后座的男子就是最近在周边城市屡屡作案的逃犯，而且专门抢劫出租车和网约车，主要针对的就是这样的女司机。

卢远明使了个眼色，张小波立刻拨打了刑警队的电话。

刑警队的王副队长接到电话，立刻带着人赶往高速检查站，没想到逃犯在检查站被发现了。

眼看着逃犯手中的匕首割破了女司机的脖颈，卢远明与逃犯打起了心理战。

"先把刀放下，抢劫和持刀抢劫判刑不一样，你不想把牢底坐穿了就赶紧把刀扔了。"

男子眼眶猩红，冷笑一声："我已经屡犯抢劫罪，抓住了一定会把牢底坐穿了。我不能被抓，我女儿还等着我救命呢！"

卢远明心里松了一口气，歹徒愿意交流，那就可以拖延时间，等待刑警队那边的警员过来。

男子突然崩溃大哭道："我女儿得了不治之症，医生说有钱也不一定能够救活，但是可以让孩子少受一些疼痛。我们家的钱已经全花光了，能借钱的亲戚朋友都已经借了，钱还是不够给孩子治病。

"我女儿才五岁，她长得很漂亮，很可爱，她最大的希望就是能够在今年下雪的时候拍一张全家福。还有三个月过年，我们家在医院账户上的钱已经要花光了，我需要钱……"

卢远明和张小波使了个眼色，张小波安慰道："你做出这么极端的行为，等到下雪天你女儿要拍全家福的愿望就破灭了。她要是知道你为了她抢劫犯罪，孩子心里会多难受？听我的，先把刀放下，我们答应你，下雪的时候会申请让你和女儿拍一张全家福。如果你闹出人命，一命抵一命的死罪，你女儿会含恨而终。"

这话一出口，男子哭着放下了手中的匕首，卢远明赶紧将主驾驶的女司机救了出来。

这时，远处响起了警笛声，男子突然拿起刀对着自己的脖子。

张小波惊呼道："你答应过你女儿，要陪她在雪地拍一张全家福。你现在死了，你女儿的希望就破灭了。你如果还是个男人，是个好父亲，赶紧把刀放下。"

男子哭道："我没脸面对她，她的爸爸不是一个好人了，是一个屡犯抢劫罪的坏人。她如果知道我是这样的父亲，一定会对我感到失望的。"

话音刚落，王副队长已经走近："小波说得对，你死了，你女儿的心愿就落空了。我可以承诺你，等到了今年下雪天，我会向领导申请让你和女儿见一面。"

男子抬起头，眼神弱弱地看向王副队长，问道："您说话管用吗？"

卢远明笑了笑："放心吧，答应你的事情，警察一定会做到。"

男子还是半信半疑，王峰无奈地摇了摇头，没想到这个歹徒还嫌弃他们几个官职低。

王峰拨通了潘建国局长的电话："老大，最近在周边城市专门抢劫女司机的歹徒抓住了，人就在高速公路检查站这边。他现在拿着刀要自杀，问我们能不能答应他下雪的时候让他和狱外的女儿拍一张全家福……"

王峰说明了情况，潘建国让他把手机递给了歹徒。

歹徒接过手机，一边流着悔恨的眼泪，一边将一肚子的苦水倒了出来……

潘建国道："我是他们的领导，我可以承诺你，下雪天的时候让你在警务人员监管之下，陪着女儿拍一张全家福。前提是你放下武器，不要伤害自己和他人。同时我还可以承诺你，会发动社会爱心组织为你的女儿进行筹款，努力延续这个小小的生命。"

话音刚落，男子哭着放下了匕首，对着潘局长感激涕零。随后，男子被王峰他们押上了警车。

女司机受了一点轻伤，被前来救治的医护人员进行了包扎，将跟着警车回公安局做笔录。

离开之前,王峰听说是张小波敏锐地发现了女司机的异样,问道:"小波,说说你当时是怎么发现这车不对劲的?"

张小波还没开口,收费站的女同志激动道:"王副队长,小波哥太厉害了,我当时还纳闷呢,女司机为什么多给了我五十块钱。小波哥脑瓜子转得快,110块钱想到了110。"

王峰一脸赞叹地点了点头,道:"小波,不错,潘局长之前就说你是一块干刑警的好材料。怎么样?想不想转到我们刑警队?"

张小波笑道:"谢谢刘队,我还是希望在这里工作,一直跟着我师父。"

王峰笑了笑,准备离开时,张小波说道:"王副队,其实刚才真正让我怀疑车辆不对劲是另外一个原因。女司机刚才摇了车上的铃铛,我一下子想到了'摇摇铃'的谐音就是110报警电话。不得不说,这位女司机两次求救的方法都很棒。"

王峰点点头,十分欣赏地拍了拍张小波的肩膀:"很可惜,你对当刑警没有兴趣,之前我就关注过你了!不过我还是尊重你的选择,毕竟你在检查站也一样可以发光发热,服务人民群众。"

转头,他又对卢远明说道:"远明,你带出了一个非常出色的好徒弟,这是你的福气!"

卢远明笑了笑:"是啊!这小子就是一块金子,到哪里都会发亮。"

第 52 章　卢墨回来了

卢远明正在盘查车辆时，突然听见身旁有人叫了一声"爸爸"！

他回头发现儿子卢墨出现在检查站，顿时惊住了："墨墨，你怎么突然回来了？"

卢墨笑得一脸青春洋溢："爸，我想你了！"

卢远明心口一暖，查完那辆车拉着儿子返回到检查站。他拍了拍儿子的肩膀，露出了一脸慈父的笑容："几个月不见，我儿子又长高了，看来老爸的生活费没有乱花，全部吃进肚子里面去了。"

张小波上前搂着卢墨，笑出了一口大白牙："路上一切还顺利吗？"

卢墨"嗯"了一声："干爹，今天航班飞得很顺利，没遇到强气流。老天一定是知道今天真是黄道吉日，墨墨祝干爹干妈百年好合，早生贵子。"

卢远明愣在一旁："好啊，原来你们已经串通好了，就瞒着我一个人啊！唉，我这儿子真是胳膊肘往外拐，我养了一个白眼狼！"

张小波连忙解释道："师父，你可冤枉了墨墨，他不是白眼狼，而是来报恩的。"

话音刚落，卢墨放下行李，脸色沉了下来："爸，你怎么和钱倩阿姨闹分手了？还拿着一张姑姑的照片骗人家说是你相亲对象！"

爸,你现在竟然学会撒谎了!"

一提到钱倩,卢远明整个人就方寸大乱了:"墨墨,你大老远坐飞机回来就是为了找爸爸'兴师问罪'吗?"

"没错!"卢墨回答得斩钉截铁,"人家钱倩阿姨在咱们爷俩最艰难的时候陪伴了我们,你怎么能过河拆桥呢?当初妈妈刚走,你工作又忙,都是钱倩阿姨又当爹又当妈照顾我吃喝。我数学不好,钱倩阿姨免费给我当补习老师。我大年三十在家食物中毒,也是钱倩阿姨送我去医院……

"爸,钱倩阿姨喜欢你,才会爱屋及乌喜欢我。她为你付出了多少,我都看在了眼里,你为什么还要伤害人家呢?"

卢远明陷入了沉默,半晌之后,说道:"你还小,不会明白大人之间的事情。有些事情不是你想得那么简单,人不可能任性而为。我和你钱倩阿姨岁数相差太大了,你都能喊她姐姐了。爸爸这么老牛吃嫩草不合适,而且人家父母也不答应,上回都拿着棍子撵我出门了。"

"儿子,咱们不能自取其辱,你钱倩阿姨也值得拥有更好的选择。爸爸四十来岁了,以后肯定要在钱倩阿姨前面经历生老病死,到时候就是她的累赘。"

这话一出口,卢墨更是不苟同:"爸,虽然我没有谈过恋爱,但是我觉得如果人家对咱们好,咱们就得对人家好。什么年龄、什么身份,只要彼此相爱,什么困难都可以克服。"

卢远明苦笑道:"幼稚!这些都是你和钱倩这样的小孩想的,你们的思想根本不成熟。墨墨,你待会儿和你干爹一起回去,爸来得及就过去喝喜酒。"

张小波搂着卢墨,说道:"咱们走吧,你爸就是一根筋,总觉得自己这样做是为了别人好,其实这是一种最自私的表现。他根本没有考虑对方的感受,就一意孤行替别人做了决定。

"墨墨,虽然你现在没有谈恋爱,但是你要记住干爹的话,爱是互相的,爱可以冲破一切阻拦,爱根本不是成全和妥协,而是不顾一切也要拥有对方……"

卢远明望着儿子和张小波离去的背影,心里五味杂陈,难道自己真的太自私了吗?不,小波他们都太年轻了,觉得两个人只要彼此相爱就是最坚强的盔甲,因为他们根本没有落实到生活中。

他和李婷朝夕相处了近二十年,两人从浓情蜜意到相敬如宾,最后甚至有一阵子感觉彼此形同陌路。李婷是事业型女强人,过去家里的大收入都是靠李婷,她已经坐到了副行长的位置上。而他是一个安于现状、属于没什么功利心的男人,两人在墨墨十岁以后已经没有太多的共同语言。

如果有一天褪去了爱情的光环,钱倩还会喜欢一个已经渐渐中年油腻的男人吗?

此时此刻,想起儿子大老远回来"兴师问罪",想起自己最好的小兄弟不理解自己,想起钱倩怨恨自己,卢远明抬起头看向了天空。

马小利已经到了婚宴酒店,化妆师正在给她做婚纱造型,另外一名化妆师正在给两位美丽的妈妈化妆。

伴娘们已经化好妆了,一个个如同仙女下凡,然而今天最美的女人只有马小利。

摄影师记录下伴娘们和新娘子的互动过程,这将是一对新人未来会无数次拿出来细细回味的美好记忆。

钱倩全程宛如一个开心果，逗得全场乐翻天，但是她骗不了马小利。两人多年的好闺密，她知道钱倩心里一直想着卢远明。刚才已经和张小波商量好了，他们要给钱倩制造一个惊喜。

张小波一路开车带着卢墨来到了酒店，新娘子心里已经等急了。

钱倩见到张小波，叉着腰说道："你再不来，我们家小利就不嫁给你了！"

张小波笑了笑："这是你的想法，我们家小利才舍不得不要我。钱倩，你看谁来了？"

这时，卢墨从身后出现了，捧着一束美丽的鲜花送给了马小利："干妈，祝您和干爹百年好合，早生贵子！"

这话一出口，两个妈妈和新娘一人给了卢墨一个大红包，直夸他乖巧懂事。

钱倩没想到卢墨国庆节当天没回来，假期最后一天却回来了，将他拉到了一旁，问道："墨墨，你不是说不回来吗？怎么突然空降啦？看来还是你干爹的脸大啊。"

卢墨笑道："一是为了参加干爹干妈的婚礼，二是为了你和我爸，你俩真是让我操碎了心。阿姨，你给句准话，你喜欢我爸吗？喜欢他什么啊？"

这话一出口，钱倩一张精致的妆容，眼眶突然起了雾气："墨墨，我不只是喜欢他，我还深爱着他。但是你爸为了和我分手，竟然把你姑姑的照片都拿出来忽悠我。我知道他是为我好，我也知道不找他，我一定会找到比他年轻帅气、多金的男人，但是他们都不是你爸！我喜欢你爸，跟他年龄、长相、财富没有多大关系，我就是喜欢你爸身上的沉稳气质，还有一种特别的温暖和安全感。墨墨，你懂吗？"

卢墨点点头又摇了摇头："阿姨，是不是像一句歌词里面唱的，'有些人说不出哪里好，但就是谁都代替不了'？"

钱倩点点头，表情黯然："墨墨，从我认识你爸开始，就是我一直黏着他、追着他。你爸拿你姑姑的照片冒充他的相亲对象，我心里特别不是滋味。他总是说为了我好，但是我最在乎的人就是他。我觉得父母不答应我们结婚，我们还可以去努力，为什么不努力就放弃我了？"

说完，钱倩仰起头，害怕哭花了脸上的妆容。

卢墨眼神坚定地看着钱倩："阿姨，你放心，我爸那个榆木脑袋一定会想明白的。"

钱倩苦笑一声，摸了摸卢墨的脑袋："墨墨，不管我和你爸将来怎样，我们永远都是好朋友，你有心事随时都可以联系阿姨。"

这时，马小利喊钱倩做好准备，准备去婚礼现场门口迎接来宾，钱倩的主要工作是负责收下来宾们送上的祝福红包。

卢墨将刚才钱倩说的话，发送给了正在检查站工作的爸爸。卢远明收到之后，整个人陷入了长长的沉默中……

张小波和马小利的婚礼现场盛大而华丽，看着马小利穿着洁白婚纱被父亲挽着上台时，钱倩已经激动得哭成了一个泪人。

当马父一脸动容地将女儿交给了张小波时，当张小波单膝下跪交换戒指时，钱倩仿佛看见自己正由父亲牵着手，交给了可以托付终身的卢远明。她和马小利相约，以后要一起结婚，一起度蜜月，最好一起怀孕。如今，父母反对他们交往，卢远明不够坚定，总是借着为她好的名义自作主张。

婚礼进行到后半场，主持人宣布道："下面请美丽的新娘马小利女士抛出她手中幸运的手捧花，看看会花落在现场哪一位幸运嘉宾的手上。这束手捧花是爱情的接力棒,大家准备好了吗?"

事先张小波、马小利已经和主持人商量好了,手捧花将会由伴娘钱倩接到。所以钱倩几乎没有费力气,就接到了那束手捧花。

主持人连忙将话筒对向她:"恭喜我们的伴娘,请您发表一下接到手捧花的心情。"

钱倩激动道:"感谢我的闺密马小利,祝福她和张小波先生百年好合,早生贵子。今晚很荣幸得到这束承载着祝福、美满和幸福的手捧花,我一定会找到属于我的幸福!谢谢大家!"

话音刚落,婚礼大屏上突然出现了卢远明不算年轻但是依旧俊朗的五官。钱倩万万没想到小利竟然在自己的结婚仪式上给她准备了一份惊喜。

第 53 章　卢远明表白

　　这是卢远明长这么大头一次在万众瞩目下,对着一个女人深情告白。

　　过去他和李婷是相亲认识的,当年没有这么浪漫,两人自然而然就走到了谈婚论嫁的地步。

　　如今时代变了,人们更加追求一份生活的仪式感,也比过去人敢于表达内心的情感。

　　卢远明看见钱倩手中拿着一束手捧花,穿着一袭美丽的伴娘裙,简直美得不可方物。

　　他努力平复了自己激动的心情:"首先祝福小波和小利百年好合,早生贵子!其次真诚感谢他俩提供这次宝贵的机会,让我在他们的婚礼上拥有五分钟的告白时间。

　　"在此之前我是大家眼中的直男,不懂浪漫,不解风情,甚至有些古板。自从遇见了钱倩,我的世界因为她的到来而变得阳光。今天当着大家的面,我有一些心里话想要对钱倩说。"

　　话音刚落,台下响起了一阵热烈的掌声。

　　主持人说道:"帅哥有些害羞和紧张,大家鼓励一下他,好不好?"

　　新郎张小波带头喊了一声"好",台下响起了一片叫好声,卢远明开始了他的深情表白。

"钱倩,一直以来我都很介意我们两人之间的年龄差,我一直觉得自己配不上这么好的你。

"你年轻、貌美、善良、真诚、聪明、果敢……所有美好的名词都属于你。

"爱上你之后,我特别在乎自己比你年长十几岁,甚至会自卑。有时候走在路上,见到别人质疑的目光,我会觉得你是一朵鲜花插在牛粪上。"

这话一出口,台下笑声一片,主持人示意大家保持安静。

"钱倩,因为年龄问题,我经常担心有一天我会先离你而去。一想到以后留下你一个人在这个世界上,让你孤苦伶仃地继续生活,我就会很难过自己为什么已经这么老了。

"今天是小波点醒了我,比起人生的结局,我们更应该珍惜彼此相爱的过程。

"墨墨回来'批评'了我,你已经好到我的家人和朋友都护着你,这是我的幸运。

"钱倩,借着这次机会,我想对你说出那三个字:'我爱你',我想和你共度余生。"

婚礼现场响起了一片沸腾的掌声,男人们纷纷拍手叫好,女人们感动得落泪。

主持人带头打拍子喊道:"在一起,在一起!"

众人跟着齐整整地喊道:"在一起,在一起!"

这时,摄像师将聚光灯照在了伴娘钱倩的身上,她已经激动得热泪盈眶。

主持人举起话筒,问道:"美丽的伴娘,您愿意接受这位爱您如命的男人吗?"

钱倩用力点着头,幸福的眼泪飞了出去,大声道:"我愿意!"

随后,她跑向了闺密马小利,深情拥抱了她:"谢谢你,小利!"

马小利笑道:"策划人是小波和墨墨,我只是执行人。"

钱倩爽朗地张开了怀抱,给了小波和墨墨各自一个大大的拥抱。

张小波笑着说道:"这个点高速路上应该车已经不多了,快去看看我师父吧!"

话音刚落,钱倩已经从舞台上走下去,迫不及待奔向了停车场。

她一路驱车赶往检查站,满脑子都是刚才卢远明说爱她的样子。他终于不再自卑,愿意和她一起面对往后的生活,不管艰难还是快乐,他们都将一起品尝。

此时此刻,没有什么比一个拥抱来得更加真实。她不仅需要那三个动人的字眼,她更需要卢远明宽阔温热的胸膛,感受他的心脏为她跳跃的声音。

经过检查站工作人员一天的坚守,此刻,高速公路上的车辆已经减少很多了。

备岗人员前来换班,卢远明总算可以下班了。想起刚才自己的那番表白,他的心中依旧一阵热血沸腾。

卢远明换好衣服走出检查站,眼睛猛然一亮,看见钱倩已经开车来到了检查站。她从车里走下来,一袭修身的伴娘礼服,美得令人窒息,美得和检查站四周的环境格格不入。她宛若仙女下凡,明眸皓齿,甜美地注视着自己,粉色的纱裙将她凹凸有致的身材展现得淋漓尽致,引得周围同事们的眼光都落在了她的身上。

卢远明赶紧脱下外套,一边给钱倩披上,一边交代两名辅警工作事项:"小朱,小贾,我就先回去了,晚上的夜班你们辛苦了。

夜里虽然车辆少,但是容易鱼龙混杂,一定要盯紧了,严格查七人座的面包车以及超速的车辆。"

两名辅警连连点头,眼睛却看着眼前的大美女钱倩,就差没流下哈喇子了。

卢远明故作严厉道:"还不赶紧叫嫂子?"

"啊!原来是嫂子啊!卢警官,您藏得可真够深的啊!"

两名年轻辅警一脸艳羡,女人看着也就和他们差不多年纪,怎么会看上一个二婚的中年男人?

卢远明一脸得意:"这叫低调!我先下班了,你们夜里要盯紧了。"

两人离开时,卢远明三步一回头:"以后不允许穿成这样来检查站找我,你看他们的眼珠子一直盯着你。"

钱倩扑哧笑道:"你看看你刚才得意的劲儿,这是要虐死单身狗啊!"

"哈哈!让他们羡慕去吧!"说完,他将穿在钱倩身上的外套拉了起来,如同将自己的宝贝藏了起来。

第 54 章　马小利怀孕

三个月后!

2019 年画上了完美的句号,时间悄然来到了 2020 年 1 月份。元旦小长假出行高峰期刚结束,检查站全员开始准备轮流调休。

此刻的他们都不知道,在短暂的平静期过后,将会有一场轰动全国的事件发生。在这次事件中,检查站全员将会面临更加严峻和艰巨的工作。

张小波每天在检查站和家之间两点一线,因为他现在多了一个身份。马小利怀孕了,他就快要当爸爸了。马小利肚子里的孩子已经三个月大了,而且还是一对双胞胎。

医生没有透露两个孩子的性别,但是张小波已经激动地告诉了全天下的人,他很快就有一儿一女了!

他沉浸在初为人父的快乐中,恨不得一天二十四小时围着马小利的肚子转悠。

他俩是在海南度蜜月时怀上的孩子,此时马小利还没有完全显怀。平时化妆、直播、带货,一样没少干,现在已经是坐拥小红书百万粉丝的美妆博主。

这天晚上张小波下了班回家第一件事情,就是贴着马小利的肚子叽里咕噜地讲话。

半晌之后，他突然抬起头看向马小利："老婆，我给孩子们已经想好了名字。"

马小利脸上一喜，笑道："我也想了许多，不过一直没有太满意的，我妈也在家里翻字典呢！快说，你给孩子们取了什么名字。"

张小波一脸得意道："儿子就叫张海，女儿就叫张娣瑙，怎么样？"

话音刚落，马小利一脸蒙："这是什么名字啊？张海？好老土的名字啊！张娣瑙又是什么意思？玛瑙吗？我看还是让孩子们的作家爷爷取名吧，爸可比你靠谱多了！"

张小波笑道："张海，张娣瑙，组合起来就是'海娣瑙'！你不是最爱吃海底捞火锅吗？"

马小利愣住了几秒，随后笑得岔气："张小波，你真是人才啊，竟然给孩子们取了个海底捞的名字。你当辅警真是屈才了，脑洞这么大，不如跟着爸爸写小说去！"

张小波故作委屈道："你不是最爱吃海底捞嘛！唉，看来马屁拍到了马蹄上了！"

马小利笑道："行，答应你，两个孩子的小名就按照你取的，上户口的名字还是要斟酌一下。"

话音刚落，传来一阵敲门声，李芬芳亲昵地喊道："小利，妈炖了老母鸡汤，赶紧出来趁热喝一碗。"

张小波扯着嗓门喊道："妈，我也要喝！"

李芬芳笑道："你没有！这是妈给小利和孩子们准备的，你和你爸就喝中午剩下来的西红柿蛋汤。"

张小波故作生气地打开门，噘着一张嘴看向母亲："妈，你俩好得我都要嫉妒了！我再也不是你唯一的宝宝了，对吗？"

李芬芳笑得前仰后合，她这个儿子外人面前钢铁直男，家里就是一个开心果。

李母拍了拍儿子的手臂，笑道："有，妈已经给你盛好了，赶紧和小利一块儿喝！"

突然，张小波搂着母亲，语气亲昵道："妈，有你们真好，我感觉自己简直是这个世界上最幸福的男人。"

李母笑得合不拢嘴："快别拍马屁了，赶紧趁热把汤喝了！"

张小波正喝着鸡汤，突然接到了老爸的电话。

"爸，你是不是在家想妈了？"

张卫国笑道："你妈在你们那边照顾小利，我在家里码字挺好的！儿子，爸爸要告诉你一件大喜事。爸爸这部辅警题材的小说已经被一家出版社相中了，马上就要准备出版了！"

张小波一听，激动道："爸，你这是要起飞的节奏啊！"

张卫国嘿嘿笑道："爸爸也没有想到，以我儿子为原型的故事写得这么顺畅。所以小说来源于生活，爸爸已经摸到了写作的门槛，切忌写出假大空的作品。一个作者能够让读者感受到内心最真诚的东西，这就是这部作品存在的价值。小波，感谢你让爸爸找到了灵感。"

张小波鼻尖一酸，激动道："爸，其实你最应该感谢的人是你自己！这些年不管外面人如何打击你，你都坚持了下来。成功可能来得晚一些，但是你终于等到了这一天。

"许多人因为生活放弃了对理想和梦想的追求，渐渐变得随波逐流，贪恋眼前的苟且。爸，过去我挺瞧不起你的，现在我觉得你就是我的偶像。"

父子俩进入了互夸的环节，李芬芳在一旁和儿媳马小利相视而笑……

第54章　马小利怀孕　| 307

第55章　严防高速口

马小利除了拍仿妆视频，最近还开始直播带货了，流量一直居高不下。近几年在凤城市涌现出的一批网红中，马小利的人气和粉丝值无疑是最高的。

前阵子，她在网络平台上将家乡凤城市本土的绿色护肤品推广了出去。一时间，厂家收到了大批订单，成功引起了市委宣传部的关注。

本地的文创产品被一名网红成功推广并且破圈了，市里面的领导十分重视，特意给马小利做了一期人物专访。当得知马小利原先是一名大学老师，为了追求热爱的事业毅然辞职时，不乏有人敬佩她的果敢和决策。

夜幕降临了，马小利坐在屏幕设备前，一边和网友们聊天，一边给他们分享彩护好物。

"谢谢萱宝妈妈的小心心！"

"谢谢云淡风轻的火箭！"

"谢谢人在江湖送的皇冠！"

如今马小利已经坐拥百万粉丝，每个月的收入足够养活几家人，实现了一定意义上的财务自由。她时常感叹自己生在了一个好时代，一个充满了无限可能和机会的时代。

国家的繁荣发展，带动了互联网的繁荣发展。互联网的繁荣发展，带动了网络新兴职业应运而生，成就了许多普通人，让更多有梦想的人在这个好时代乘风破浪。

马小利也在刚过去的一年获得了全市"十大杰出青年"荣誉，在三十而立的年纪站在了高光的舞台上。

此刻，张小波正靠着床头看书。看着如此能干勤奋的老婆，心里暗暗下定了决心，今年一定要考上公务员。

一年的考核期已经到了，上级虽然已经答应破格提拔张小波成为一名在编警察，但是目前仅仅只是口头答应。时至今日红头文件并没有下发，他心里不免还是有些不安。

眼下他已经做好了两手准备，一边等待上级下发红头文件，一边积极备考。总而言之，在编警察这个身份距离他越来越近了，他一定会实现当年在马小利面前吹下的牛。

卢远明那边也苦尽甘来了，钱倩的父母终于接受了他。

虽说钱母对女儿说出过十分难听的话："你如果跟卢远明过，爸爸妈妈就和你断绝关系。以后这个家，你就不要回来了！"

钱父更是怒道："从小到大，爸爸没有亏待过你。你怎么会喜欢一个四十出头的男人，你这孩子怎么专门挑别人挑剩下来的？你要是真的跟了他，就按照你妈的意思，咱们断绝关系……"

可是父母终究是拗不过子女，看着女儿成天以泪洗面，一副非他不嫁的样子，作为父母最终还是松了口。他们开始尝试接受这个"老女婿"，经过一番相处，他们发现了卢远明身上不少优秀的品质。

父母终究心里还是会有些膈应，因为卢远明的年纪摆在那里，各方面条件也只是中规中矩罢了。可是女儿偏偏情人眼里出西施，父母也就同意了。

婚后，钱倩很快怀孕了，钱倩的父母陪着女儿去医院建档案，做产检。没有什么比隔代亲更能让父母妥协的，当他们听见胎心跳动的声音，一瞬间都放下了各自的面子和里子，从心里认可了他们。

2020年春节前后，X病毒在W市全面暴发。互联网时代，消息很快传遍了全国。

很快，卢远明和张小波等警务人员接到通知，要求第一时间投身一线防控工作中！

第 56 章　迎接新生儿

　　高速检查站全体警务人员，黎明即起身，半夜不合眼。日日夜夜坚守在自己的工作岗位上，终于迎来了黎明前的那道曙光。

　　当张小波和卢远明回到家中时，他们的妻子已经怀孕六个月，胎儿已经开始踢妈妈们的肚皮了。两个大男人一脸幸福地贴着妻子的肚子，近距离感受生命的神奇。

　　三个月后，全国上下疫情逐渐稳定下来。

　　老百姓们因为半年的 X 病毒而压抑的出行热情，一下子爆发了出来，高速公路检查站迎来了今年最大的车流高峰。

　　张小波当爸爸了，如他所料，一儿一女，马小利给她一次性凑成了一个"好"字。

　　儿子是哥哥，女儿是妹妹，一对可爱的兄妹。

　　当时马小利被送往医院时，羊水已经破了。当天早晨睡梦中的张小波被一声尖叫声惊醒了。

　　马小利惊慌失措地告诉他："老公，我羊水好像破了！"

　　张小波瞬间一个鲤鱼打挺，从床上跳了起来。马小利已经是个 158 斤的孕妇，体重超出张小波 38 斤。

　　过去张小波总是吹牛："小利，不管你以后胖成啥样，我都能够将你公主抱！"

那会儿真是啪啪打脸,他费了九牛二虎之力也没能将圆球状的马小利抱起。最后马小利是由医护人员一起抬上救护车,送进了医院产房。

张小波事先已经找了院方,陪着小利一起共同见证了两个孩子的出生。

产子现场,马小利疼得撕心裂肺,面目狰狞,狠狠骂道:"张小波,下辈子换你给我生孩子!"

张小波紧张得不住点头:"好!下辈子换我当女人,替你生儿育女。"

"老公,你出去,我现在的样子一定很丑!"马小利叫道。

张小波顿时哭笑不得:"老婆,虽然你现在的样子不太好看,但是你努力的样子很美!"

马小利差点破防,又哭又笑了半天,最终顺利生下了一对儿女。

当看见两个孩子的那一刻,两人流下了初为人母、初为人父的眼泪。

没过几天,卢远明和钱倩的女儿也出生了,取了一个乳名叫"小圆满"。

钱倩生孩子是一点苦没吃,进产房半小时不到孩子就生下来了,她开心地笑道:"不愧是妈妈的小棉袄,舍不得妈妈疼痛。"

卢墨从厦门赶了回来,抱着襁褓中的妹妹,眼神里面的疼爱简直溢了出来。

卢墨在厦大表现优异,已经连续两年获得了奖学金。他学的专业是海洋科学,写出了多篇关于海水鱼的优秀学术论文发表在国内重点期刊上,这让卢远明和钱倩感到十分欣慰。

第 57 章　汽车超速了

卢墨在家里待了几天，卢远明再次为人父，并没有冷落他的大儿子。

父子之间推心置腹长聊了一次，这一次两人之间不是围绕任何人，卢远明将话题落在了儿子卢墨身上，两个更像是一对朋友在彼此开诚布公地聊着对人生的规划。

"儿子，妹妹出生了，但是这不会影响爸爸对你的爱。"卢远明眼神坚定地看着儿子。

卢墨笑道："爸，你该不会担心我和妹妹争风吃醋吧？我喜欢妹妹还来不及呢！"

卢远明摸了摸儿子的脑袋，像小时候一模一样，只是儿子的身姿已经越发挺拔，如同一棵伟岸的松柏。

"爸爸知道你疼爱妹妹！在爸爸心里，你永远都是我的骄傲。和爸爸聊聊，在学校有没有交往女朋友？"

卢墨没有扭捏，回道："她也是海洋科学专业的，不过她除了研究海水鱼，她还选修了研究淡水鱼。爸，她很漂亮，很有学识，很有理想。

"我们是在一次辩论赛上认识的，当时的论题是海水鱼和淡水鱼哪种营养更好。当时场面一度混乱，研究海水鱼的瞧不起研究淡水鱼的，研究淡水鱼的瞧不起研究海水鱼的。轮到我上场的时候，我以为我会十拿九稳赢了她，没想到却输给了她，我们就是从那一次认识，后来慢慢就走近了。"

看着儿子清俊的脸庞，他在聊起那个女孩时，眼神里面闪烁着星河，卢远明脸上露出了慈父的笑容。

"爸，我将来想留在海滨城市研究海洋科学，用科学技术造福人类。"

卢远明一脸欣慰地点了点头："儿子，爸爸永远支持你的选择……"

国庆黄金周第一天，高速公路堵到崩溃。一天之内，先后发生了大小事故28起。

"小波，快过来帮忙，又是换胎，这个你最擅长了！"卢远明扯着嗓子喊道。

"来了！"张小波迎着一抹明媚的阳光走了过来。

车主提了提鼻梁上面的眼睛，惊呼道："这不是'神眼'小波吗？去年我的车在高速上爆胎，也是您给我更换的轮胎。"

说完，车主将自己的儿子拉到身旁："快叫叔叔！去年就是这位辅警叔叔帮咱们更换了轮胎！"

小男孩乖巧地喊了一声："辅警叔叔好！"

话音刚落，卢远明笑着说道："现在已经不是辅警叔叔了，改口叫警察叔叔吧！"

车主愣了一下，这才发现"神眼"小波的制服已经换成了正式公安警察的制服。

车主一边恭喜小波，一边帮忙打下手，很快就更换好了轮胎。

离开前，车主摸着儿子的脑袋，语重心长道："儿子，一定要向小波叔叔学习。在平凡的岗位上坚持努力，总有一天会发光发热。"

张小波摸了摸小男孩的脸蛋，笑道："小朋友，好好学习，天天向上，不辜负每一天就赢了！"

傍晚时分，一天的工作告一段落。夕阳的余晖洒在张小波俊朗的侧颜上，卢远明笑着说道："小波，抗击 X 病毒期间，你立了一等功，组织将你破格提拔成为在编警察。当时你为什么不听潘局长的建议，去刑警那边历练一番呢？你这双神眼，不用在刑警工作上，大家都觉得太可惜了。"

张小波浅浅笑道："师父，我觉得检查站挺好的！别看这是一条高速公路，这里演绎着各种各样的故事。师父，你也舍不得我走，咱俩可是黄金搭档！"

"小波，凭你的能力，未来会前途无量，师父宁愿你往高处走！"

张小波轻轻地摇了摇头："师父，志向无大小之分。一点点付出可以换来群众的平安，就对得起咱们这身警服，只要为人民服务就都是好警察！"

卢远明一脸欣慰地点了点头，这时钱倩的视频电话打了进来。

卢远明看见女儿时，脸上露出了老父亲的笑容："小圆满，叫爸——爸——"

电话那头，钱倩哈哈笑道："我们小圆满才三个月大，爸爸这是拔苗助长呢！"

话音刚落，三个月大的小圆满竟然咿咿呀呀，模糊地发了一声"爸"的音。

"小波，听见没？我闺女刚才喊了一声爸！小圆满，再叫一次

第 57 章 汽车超速了 | 315

爸——爸——"

等了半天,小圆满愣是没再给一点面子,逗得张小波在一旁笑了起来。

张小波的手机也响了起来,直男顿时变成了奶爸:"宝贝们,想爸爸了吗?"

两三个月大的孩子,咿咿呀呀了半天,像是在和他们的爸爸拉家常。

"你们在说什么呀?来,跟着爸爸学叫爸——爸——"

张小波以为能够发生奇迹,引导一儿一女学着发出"爸爸"的声音,等了半天,两个孩子无动于衷,卢远明在一旁憋着笑。

马小利笑道:"才三个月怎么可能会叫爸爸?如果真会叫爸爸,这就违反了大自然物种的生长规律了。"

这时,儿子小海突然面色凝重,马小利一见顿觉不妙。

"小利,咱儿子怎么不笑了?"

卢远明看了一眼,哈哈笑道:"这小子保准在干坏事了,墨墨小时候也这样!"

突然,马小利哎呀叫了一声:"小波,儿子拉臭臭了,我赶紧给他处理一下!"

挂断电话,张小波一脸佩服地看着卢远明,竖起了一根大拇指。

卢远明嘚瑟道:"怎么样?师父还是师父!"

突然,两人抬头看见远处一辆汽车急速驶来。

他和卢远明还没来得及反应,汽车已经撞上了收费站的电子栏杆。

张小波走近时,敲开了车窗。车主已经吓傻了,整个人坐在驾驶位置上瑟瑟发抖。

张小波拿出了酒精测试仪器，说道："张嘴，吹气！"

车主顿时一脸不配合："吹气干吗？我没喝酒！"

张小波语气严肃道："下车配合检查！"

车主走下车，大着舌头说道："警察同志，我……我真没喝酒！"

话还没说完，张小波已经闻见车主口腔里浓浓的酒精味："赶紧吹气！"

此刻，张小波眼神里面散发出不怒自威的神色，车主只好对着呼气式酒精检测仪吹了一口气。

第58章 交警张小波

"先生,你这属于严重酒驾了!现在对你罚款2000元,记12分并暂扣驾照6个月。"

车主一听要罚款扣分,顿时神志清醒了:"警察同志,别说2000元了,再加一个0我也愿意罚!您能不能网开一面,我再加一个0,您别扣我分和驾照!我有单位,如果被发现了,工作就没了……"

张小波冷哼一声:"撞坏电子栏杆的钱也得你出,这属于破坏公共设施。如果这次不给你加以严重惩罚,你下一次还会抱着侥幸的心理。这一次是撞上了卡口的电子栏杆,下一次万一你撞到人了,你负得起这个责任吗?"

这时,卢远明走了过来,厉声道:"小波,人和车都扣下来,酒驾绝不姑息!"

黄金周最后一天,高速公路上一辆红色的跑车以最高时速182km/h的速度一路疾驰。

监控室杨晓杰从监控中看见时,吓得惊出了一身冷汗。他第一时间向交警卢远明和张小波二人汇报了情况。

张小波看着气喘吁吁的杨晓杰,笑道:"晓杰,都工作一年多了,怎么还是不淡定?"

杨晓杰擦了擦额头上的冷汗:"小波哥,没法淡定啊!那车正以 182km/h 的速度开过来。"

卢远明和张小波到监控室一看，一辆红色的轿跑飞一般地往检查站的方向驶来，目测距离检查站还有一公里。

没过多久，那辆红色轿跑在收费站一个急刹车，瞬间停了下来！

张小波上前敲开了车窗："女士，你已经超速了，请出示一下驾驶证和行驶证！"

打开车窗时，里面露出了一张非常年轻的脸。张小波查看了驾驶证和行驶证，女孩是一名 95 后。

"你开这么快干吗？"

女孩抿了抿嘴，一双漂亮的大眼睛酷酷地说道："只要我跑得够快，病毒就追不上我。X 病毒依然存在着，前阵子出现了病毒变异，听说还有无症状感染。没想到节假日这么多人往外跑，刚才我看见好多人都没佩戴口罩，开这么快就是担心被感染 X 病毒。"

张小波愣住了几秒，这女孩的解释看似有道理，又十分没道理。

"女士，这是你的处罚通知书。超速 50%，驾驶证记 12 分，暂扣处理，缴 1000 元是罚款！"

黄金周过后，凤城第四分局召开了全员大会。

潘局长在会议上对高速检查站全体警务人员给予了极高的评价，尤其隆重表扬了张小波和卢远明这对黄金搭档。

"高速公路检查站的全体警务人员在这次双节出行高峰期又打了漂亮的一仗，他们用实际行动诠释了为人民服务的铮铮誓言。

"网上已经将检查站称为'最美检查站'，我们的交警张小波和卢远明已经成为网红高速交警，经常会被市民拍摄视频发布在网上，影响非常正面积极。

"有些过往司乘人员还会在检查站打卡，真的做到了警民一家亲。让我们再次用最热烈的掌声，送给我们高速公路检查站的所有同志……"

散会后，张小波和卢远明各回各家。两人现在除了工作，就是回家当奶爸！

"小圆满，爸爸回来喽！"

小圆满忽闪着一双和钱倩一模一样的大眼睛，看着她的爸爸。

钱倩看着小圆满，脸上难掩慈母的笑容："爸爸身上臭死了，快让爸爸去洗干净，记得消毒和刮胡子，不然不可以亲人家哦！"

小圆满像是听懂了似的，咿咿呀呀地流着透明色的口水，看得卢远明心都融化了。

"爸爸这就去刮胡子，然后和小圆满香香。"

张小波回到家，看见老爸正在给儿子换纸尿裤，笑着问道："爸，你今天怎么有空了？"

张卫国笑道："爸今天小说完结了，接下来打算休息一阵子，专门陪我的宝贝孙子孙女。"

"爸，恭喜你啊！我同事都读了你的辅警故事，还说要去新华书店给你捧场呢！"

张卫国一听乐了："好好好，爸到时候给他们签名。老婆，有没有弄几个下酒菜啊？晚上我和儿子喝几杯！"

李芬芳正在厨房忙碌着，笑着回道："都是你们最爱吃的菜，洗好手就准备开饭吧！"

张小波蹑手蹑脚地走进了卧室，女儿像一只小猫在马小利的怀里。他走近时，马小利立刻做了一个"嘘"的手势。女儿香甜地睡着了，张小波眼神柔柔地看着马小利："老婆，辛苦你了！"

马小利一脸温柔地说道:"自己生的孩子,不会觉得辛苦,我要陪着他们一起长大。"

张小波突然一脸酸样:"爸爸好可怜啊,你们的妈妈已经不关注爸爸了,满眼都是你们这对小可爱。"

"哪有人和自己的儿女吃醋的?你比厨房柜子里面的那坛陈醋还要酸!"马小利满眼爱意地看着女儿,"老公,女儿睡着了,不哭不闹的样子最可爱了。"

张小波刚想亲吻一下女儿的小脸蛋,被马小利立刻捂住了嘴:"把胡子刮了再亲,小孩子的皮肤多娇嫩啊,昨天女儿就被你亲哭了。"

此刻,张小波痴痴地注视着马小利,半晌之后,笑道:"那……我就先亲老婆吧!"

凤城市公安局这次一共新招录了五十名辅警,分派到下面各分局,第四分局迎来了十二名辅警。

潘局长要求组织"新辅警欢迎会",活动的前期准备工作都交给了张小波。张小波高兴地领走了这份活儿,找了几个同事将辅警办公室精心布置了一番。

这天上午他早早就到了,如今他的办公室已经不在辅警办公室,但是那张当年的合影一直贴在墙上,提醒他曾经在辅警岗位上奉献过自己的青春。

这间办公室平日里空无一人,辅警大部分都在户外一线参与工作。

距离约定召开的"新辅警欢迎会"还有半个小时,张小波独自站在那张照片前回忆过去经历的点点滴滴。

他的目光从照片上一张张面庞拂过，他们当中有人陪着他一起度过了半年、一年、两年、三年……尽管他们都已经离开了这个行业，在其他行业中找到了自己的归属。但是在张小波心里，他们一直都是自己的战友和朋友。

往事历历在目，张小波眼睛里浮起了雾气。自从有了一对儿女，他的内心变得比过去柔软细腻了许多。

这时，身后传来了几声敲门声，张小波回头看见一个留着寸头、皮肤黝黑的小伙子。

小伙子笑起来十分阳光："请问这是辅警办公室吗？"

"是的！你是新招录进来的辅警吧？"

小伙子点点头，以一副自来熟的样子走了进来："您是张警官吗？"

张小波饶有兴致地问道："我的脸上有姓氏吗？"

小伙子一脸崇拜地笑道："张警官，我们新招录的五十名辅警在大市公安局接受培训的时候，王教官给我们讲了您的故事，我们都见过您的照片和视频。大家都迫不及待想要见到您呢！"

两人聊天时，新招录进来的辅警们已经陆续到了，就差最后一个叫江航的还没到。

卢远明小声道："小波，这个江航要被记住了，潘局长和三个副局长都等他一个。"

话音刚落，门外风风火火进来一个大男孩，身姿挺拔、肤色白皙，眉眼之间十分机灵。

"报告，我是新辅警江航！"

所有人的眼睛都唰地一下看向他，潘局长笑了笑，想起了当年张小波也是最后一个到的。

张小波抬头打量了这位江航,窗外一抹阳光正巧洒在了小伙子清俊疏朗、年轻活力的脸上。

那一刻,张小波冷不防打了一个激灵。站在门口的年轻人,像极了当年那个刚走出校园二十三岁的他!